Heiko Michael Hartmann

Das schwarze Ei

Roman

Carl Hanser Verlag

1 2 3 4 5 10 09 08 07 06

ISBN 10: 3-446-20763-5
ISBN 13: 978-3-446-20763-9

Satz: Gaby Michel, Hamburg
Druck und Bindung: Friedrich Pustet, Regensburg
Printed in Germany

Wer bin ich? Er blickte auf. Was will ich? Bäume, tief eingewurzelt in uralter Ackererde, flogen vorüber. Was kann ich? Felder, Wiesen, Wälder, hinten aber, als vermöge Geschwindigkeit nichts, zog, endlos, ein Strich den Horizont. Diese, so stand da, drei banalen Fragen solle man sich stellen. Schätzen Sie sich richtig ein: Ihre Stärken, Ihre Schwächen. Wer nicht über sich selbst Bescheid wisse, könne auch keine Auskunft über sich geben.

»Die Fahrscheine, bitte.«

Er faßte, wo war er, nach der Jacke, die neben ihm am Fenster hing. In der – nein, rechten Seitentasche steckte, auch nötig, aber nicht jetzt, die, ganz neu, Kreditkarte, während sofort die Hand, tastend weiter – ich hab doch! – nach, von außen, der Umschlag, endlich, da war er. Der Schaffner nickte und, nach einem kurzen, flüchtigen Blick, entwertete den Fahrschein mit einem altmodisch zangenartigen Gerät.

»Die Fahrscheine, bitte.«

Er schob, schon hatte der Schaffner sich abgewandt, den Fahrschein zurück in den Umschlag. Was wenn, den Umschlag in die Jacke, sie ihn nach seiner Motivation fragten? Draußen, ein Dorf, ganz plötzlich, jagten Häuser vorüber. Sein Blick, er klappte das Buch wieder auf, fiel nach unten:

Ansehen, offen, freundlich, direkt ins Gesicht! Vergessen

Sie nie: Der erste Eindruck entscheidet! Nein, nicht die Arme (Abwehr!) verschränken oder, wie Schlangen sich ringeln, die Beine, leise nuschelnd, auf der Stuhlkante, als hätten Sie, ängstlich, wertlos, nichts zu bieten. Kinn! Ja! Weil Sie jetzt, morgen, übermorgen: können und wollen, aber bitte nicht mit links und, um Himmels willen, dabei, nein, jetzt mußte er, aber das soll wirklich vorkommen, lächeln: Kaugummi kauen. Bitte! Gerade! Sitzen, sprechen und die Arme, klar und lebendig, bewegen, als seien Sie, ruhig, intelligent, belastbar, der Gesuchte.

Seine Augen, wieder, ließen das Buch, und er blickte, starr vor fliegenden Wiesen, in dieses sein – aussichtslos, dachte er – Gesicht: zu alt, nie im Ausland, das Falsche studiert. All die Bewerbungen! Zu Schlitzen verengt, sahen, nur am Blinzeln sich erkennend, die Augen sich selbst. Sie konnten, merkwürdige Kraft der Linse, jederzeit, die Scheibe verschwand, durch sich hindurchsehen auf die rasende Landschaft. So sprang, erst langsam, dann schnell, immer schneller, zwischen draußen und drinnen sein Blick hin und her, bis Landschaft, Scheibe, Spiegelbild verschwanden und die reine Aufmerksamkeit, leer, den Raum, winzig kurz, durchbrach, vielleicht auch die Zeit.

»Hör auf damit!«

Sein Blick, wieder da, suchte, als sei auch sie sichtbar, die Stimme: Eine Mutter, schräg vorn, wand ihrem Jungen etwas aus der Hand. Ein, schwer zu erkennen, was, Spielzeug,

das aus – Gnade? Hatten sie Gnade gesagt? An einem Tisch, die beiden davor, in Schwarz, vielleicht Theologen, diskutierten über – Autoreifen? Hatten sie Autoreifen gesagt? Er, vergeblich, versuchte die Worte, ihre, andre, verschwanden in der frostig-frischen Luft des klimatisierten Großraumwagens. Aufgehängt, schräg vorne am Fenster, baumelte eine Frau im Sommerkleid, mit rotem Mund und glatter Haut. Sollte er nach ihr greifen? Eine Reisezeitschrift, sein Blick, statt dessen, fiel wieder nach unten:

Unterschätzen Sie nicht Ihre Persönlichkeitsmerkmale (soft skills)! Analysieren Sie sich anhand der gängigen Schlagwörter: Kreativität, Geduld, Ausdauer, Pflichtbewußtsein, Selbständigkeit, effiziente Arbeitsorganisation, Flexibilität, Teamfähigkeit, Durchsetzungsvermögen, Eigenmotivation, Lebensfreude.

Erschöpft klappte er's zu, steckte es, in, am Vordersitz, die Tasche und schloß die Augen. Hatte er eine Chance? Von vorne drang, jemand tippte, das leise Klackern einer Tastatur zu ihm. Ein Schreiben, einen Vortrag, etwas Wichtiges: schnell bis, stop, dann, zögernd, weiter bis, nein doch dann, klackernd, prasselnd – stop! Oder? Ja! Ja! – machten spritzende Finger das fremde Denken hörbar.

»Schluß jetzt!«

Die Mutter, der Junge stand mit den Schuhen auf dem Sitz, zerrte ihn nach unten. Er trat nach ihr, sie riß, er schrie, ihm die – Gnade? Was? Hatten sie, dort, die beiden in Schwarz, vielleicht Theologen, wieder Gnade gesagt? Heute nicht, rief von hinten, die Stimme viel zu laut, jemand ins Telefon und brachte, das prasselnde Klackern erstarb, den Vordermann aus dem Konzept.

»Nein, morgen früh.«

Es war, als, dachte er, verstumme alles. Als wollten alle, selbst der Junge, dem Telefonierenden zuhören. Dann aber setzte, das Klackern, von drüben der Junge, nervös, verworren, das eigene, begrenzte Leben wieder ein. Das Schreiben, den Vortrag, etwas Wichtiges – der Vordermann, ohne Geldprobleme, tippte, die Mutter, ringend, ausgebrannt, zerrte an dem Jungen, und drüben, mit Händen die Luft zerteilend, sprachen die beiden in Schwarz, vielleicht Theologen, aufeinander ein.

Sein Kopf drehte sich zum Fenster: Äcker, Häuser, Straßen, immer wieder, während drinnen, Schattenbild des Draußen, Stimmen, Wörter, Bilder einander sich jagten, als plötzlich, niemand dachte dran, ein Schlag, der – Bomben zerreißen Lungen – die Luft preßte, das Licht verlöschte und, für einen winzigen angstvollen Moment, alles anhielt. Luft drückte sanft in die Ohren, Dunkelheit weitete die Pupillen, bis plötzlich, Wahnsinn der Geschwindigkeit, Licht, der Tunnel schon zu Ende, ihn blendend anschoß. Die Landschaft raste, die Luft leuchtete. Mit einem Hochgefühl blinzelte er zum Horizont: eingeladen, zum ersten Mal.

* * *

»Jetzt schon?«

Die junge Frau, die ihn beim Empfang abholte, sah ihn an. Er blickte zur Uhr, noch fünf Minuten. Zehn, lächelte sie, und zehn Minuten seien hier wie woanders eine halbe Stunde.

»Kommen Sie, wir fahrn aufs Dach, von dort hat man die beste Übersicht.«

Er, der gläserne Aufzug setzte sich in Bewegung, griff nach der Haltestange. Lächelte die Sekretärin? Er ließ los. Die Menschen am Boden der riesigen Lobby verkleinerten sich. Um sich wenigstens mit den Augen festzuhalten, blickte er auf das Messingschild mit den Knöpfen.

»Herzlich willkommen in der Bundesgeschäftsstelle! Schon bei der Planung des Gebäudes wurde auf eine ökologische Ausrichtung des Baus geachtet. Hier ist insbesondere auf den Wintergarten zu verweisen, der auch den charakteristischen Stil des Gebäudes prägt. Im Sommer Wärmeschutz, im Winter Wärmegewinn, so läßt sich der Einsatz von Primärenergie für Heizung und Klimaanlage – Herzlich willkommen in – Herzlich – Herz – He – He – He – «

»Tanzen Sie gern?« fragte sie und drückte immer wieder den Knopf mit der Aufschrift »Infos«.

Sie schloß, he, he, dabei die Augen, und ihr Kopf, he, he, bewegte sich im Rhythmus der Stimme aus dem Lautsprecher. Auf ihrer Bluse, links, wo –

»Ein Skorpion«, sagte sie und öffnete die Augen. »Wollen Sie ihn anfassen?«

Er schüttelte den Kopf. Die Frau schien wenig Hemmungen zu haben. Sie streckte, seine Augen hatten die Brosche längst verlassen, absichtlich die Brust heraus. Bloß, dachte er und schaute in die Scheibe, ein Zeichen von Lebensfreude? War sie verliebt? In wen? Standen, in dem Glas erkannte er den Umriß seines Kopfes, ihm nicht wieder Haare ab? Sie jetzt, das würde sie bemerken, glatt streichen? Also lieber, sah er nach unten, nicht. Dort, klein, aber zielstrebig, durchquerte eine Gruppe von Männern die Lobby.

»Und? Glauben Sie, Sie werden die Stelle bekommen?«

Er zuckte mit den Schultern. Doch dann, aus Furcht, zu lässig zu erscheinen, sprang sein Blick zurück:

»Ist es schwer?«

»Schwer?« lachte sie, als habe er einen Witz erzählt. »Bei dreihundert Bewerbern?«

Das Messingschild mit den Knöpfen – hätte er jetzt die

Augen geschlossen, wäre er umgefallen. Mit einem sanften Stoß kam der Aufzug oben an. Von hier sahen die Menschen unten in der Lobby aus, als bewegten sie sich nach einem wichtigen Geheimplan. Wie war es der Sekretärin gelungen, hier arbeiten zu dürfen?

»Jetzt«, fragte er leise, während sie voranging, »noch? Dreihundert?«

Ihr Gang verriet, daß sie noch immer irgendeinen musikalischen Rhythmus im Kopf hatte. Dreihundert, immer noch – hatte sie seine Frage nicht verstanden? Warum antwortete sie nicht? Mit dem Hammer! Sie, sah er, von hinten, auf ihre Haare, mit einem einzigen, wütenden Schlag, der, das Schädeldach durchbrechend, die breiige Masse zerspritzen ließe, zwingen. Jetzt, hier, in dem schmalen, noch weißen Gang. Doch ihre stöckelnden Schritte, immer noch, klangen wie Hohn, eine kleine Treppe, und sie standen im Freien.

* * *

»Die Stelle – worauf kommt es am meisten an?«

Sie lachte und deutete, der Wind blies ihr in die Haare. In der Richtung ihres Arms erkannte er die Kuppel des Parlamentsgebäudes.

»Glauben Sie an Gerechtigkeit?«

Widerwillig – wozu die Frage? – nickte er.

»Dann darf ich Ihnen keine Vorteile verschaffen.«

Er errötete. Sie begann zu lachen. Ob er denn keinen Humor habe, im Grunde gehöre ihm die Stelle schon. Er blickte zurück zur Parlamentskuppel. Ein neuer dummer Scherz der Sekretärin? Was wußte sie? Spielte sie sich bloß auf? Offenbar hatte sie keine Ahnung, wie wichtig es für ihn war, die

Stelle zu bekommen. Sie deutete und gab ein paar Erklärungen über Gebäude und Straßen. Es handle, sagte sie, sich um ein altes, historisches Viertel, das im Krieg, und lächelte dabei, sei alles, was, hörte er und dachte nach, jetzt noch davon da, endlich, begriff er: Eine Inszenierung, eine Falle, das Vorstellungsgespräch hatte längst begonnen!

Den Kopf still, bewegte er die Augen. Gab es Kameras? Oder reichte die Zeugenschaft der – war sie überhaupt Sekretärin? Schauspielerin? Abteilungsleiterin? Worauf kam es jetzt an? Oder hatte er schon alles vermasselt? Ob er, unterbrach sie sich plötzlich selbst, wirklich geglaubt habe, sie fahre, wenn er keine Chance habe, die Stelle zu bekommen, mit ihm aufs Dach und zeige ihm alles?

Er schüttelte den Kopf, deutete auf ein Gebäude und fragte. Zeit gewinnen! War es richtig, der Sekretärin aufs Dach zu folgen? Hätte er nicht widersprechen müssen, um seine Zielstrebigkeit zu beweisen? Ihr Verhalten im Aufzug – eine einzige Provokation, wie konnte er das dulden? Wer nicht einmal eine Sekretärin in den Griff bekommt …

»Statt zum Vorstellungsgespräch«, unterbrach er sie, vielleicht ein wenig zu laut, »haben Sie mich aufs Dach gebracht.«

»Bloß um Ihnen erst mal einen Überblick zu verschaffen. Schauen Sie, das schwarze Ei!«

Sie deutete auf einen kleinen Anbau mit ovalem Grundriß, dessen Außenseite mit glasierten schwarzen Kacheln verkleidet war. Er hielt sich an der Brüstung fest.

»Schwarzes Ei?«

»Da wollen Sie doch rein.«

Machte sie sich über ihn lustig? Oder hieß der ovale Bau wirklich so?

»Sie brauchen nicht zu glauben, daß ich keine andere Stelle finden würde.«

»Ihre Bewerbungsunterlagen sind hervorragend.«

Das also wußte sie.

»Ich könnte habilitieren und an der Universität bleiben.«

Sie lachte. Sein Blick fiel zurück aufs schwarze Ei. War sie dumm oder ungewöhnlich intelligent? Das war nicht normal, was sie sich ihm gegenüber herausnahm. Sie drehte sich in eine andere Richtung. Die Art, wie sie die Arme verschränkte, zeigte, daß sie fröstelte. Der Wind blies ihr das Haar übers Gesicht. War sie schön? Sie zog sich von hinten hoch und setzte sich, ihm zugewandt, auf die Brüstung.

»Haben Sie eine Freundin?«

Sein Blick streifte von ihr ab.

»Wird Sie mitkommen, wenn Sie hierher ziehen?«

Ein winziger Stoß, und die Sekretärin würde nach hinten über die Brüstung fallen. Sie grinste, er brauchte sie nicht anzusehen, um das zu wissen. Mit einem Ruck drehte er sich um: Waren sie nicht schon viel zu lange auf dem Dach? Keine Angst, Toledo sei selber der Unpünktlichste. Toledo? Ihr Chef, er entscheide über die Einstellung. Er blickte noch einmal zur Kuppel, dann, als habe er's verstanden, das ganze, von ihr eingefädelte Spiel, faßte er sie am Arm.

»Wir müssen sofort los!«

Auch sie geriet nun in Eile. Also hatte er recht. Oder war sie nur dumm? Hastig verließen sie das Dach.

»Gibt es keine Treppe?«

Der Aufzug kam nicht, vergeblich drückte er den Knopf.

»Sie müssen Herrn Toledo sagen, daß Sie mich aufs Dach geführt haben.«

»Wozu? Er interessiert sich nicht für meine Freizeit.«

»Freizeit?«

»Es ist doch Mittagspause.«

Als der Aufzug endlich kam, drängte er, die Sekretärin sollte seine Wut ruhig bemerken, sich an ihr vorbei. Doch schien das bei ihr nur Trotz auszulösen. Kaum waren sie im Aufzug, drückte sie mehrere Knöpfe zugleich.

»Was soll das? So kommen wir nie hinunter.«

»Reden Sie nicht so mit mir. Sie glauben wohl, eine Sekretärin habe keinen Einfluß?«

Wieder erfaßte ihn der Gedanke, alles sei nur inszeniert. Unmöglich, daß eine Sekretärin auf eigene Faust so mit den Stellenbewerbern sprach. Welche, vielleicht hat sich auch ihr Freund beworben, Absicht verfolgt sie?

»Sie wollen wohl verhindern, daß ich die Stelle bekomme?«

»Im Gegenteil. Der Ausflug aufs Dach sollte Ihnen die Steifheit nehmen. Aber Sie haben alles verdorben.«

Er blickte durchs Glas nach unten. Dort warteten bereits Leute und deuteten zum Aufzug hoch, der auf jeder Etage hielt, ohne daß jemand ausstieg. War Toledo dabei?

* * *

Wenn nur der Aufzug nicht aus Glas gewesen wäre! Sie führte ihn rasch zu Toledos Büro, sie rannten fast. Auf den letzten Metern bremste er ab. Keuchend, außer Atem vor Toledo zu erscheinen, würde nur alles verschlimmern. Er ließ sie vorlaufen. Als er in ihrem Büro ankam, stand sie bereits an der Tür, die zu Toledo führte: das Zimmer, leer.

Nichts versäumt – ob er, lachten ihre Augen, der Kopf nickte, das jetzt einsehe? Er, statt zu antworten, blickte sich um. Im Grunde, bisher war nichts Schlimmes passiert. In Aufregung, ganz normal, hatte ihn ihr Verhalten, recht besehn, ließ sich auch damit erklären, daß er, noch verwirrt, sank, auf den angebotenen Stuhl. Auf dem Dach, dabei drehte er die Hand lässig, habe er an eine, irgendwie mußte er das erklären, Inszenierung geglaubt. Nur für einen Moment, aber ein modernes Vorstellungsgespräch – man könne, lächelte er, nie wissen. Heutzutage, lachte sie zurück, sei alles inszeniert. Weil zu viel ferngesehen werde, ob er etwas lesen wolle.

Er überlegte. Leselust verspürte er nicht. So kurz vor dem Vorstellungsgespräch würde ihm die Konzentration fehlen. Dennoch schien es unhöflich, das Angebot abzulehnen.

Sie öffnete einen der weißen Büroschränke und zog einen Karton mit alten Illustrierten heraus. Als käme nur eine ganz bestimmte Zeitschrift für ihn in Frage, so wühlte sie. Schließlich, abgegriffen, fast zerfetzt war die Zeitschrift, fand sie, was sie suchte: vorne drauf ein Politiker. Da er einen Helm trug, wohl ein Fliegerhelm, und, anstatt zu lächeln, den Mund, wie erschrocken, weit aufgerissen hielt, war er nicht leicht zu erkennen. Er blätterte. Die Zeitschrift enthielt auch Fotos von Nackten. Keine schönen, ätherischen, über denen der Name einer Seife oder eines Parfüms schwebt – Alltagsnackte quasi, häßlich, gewöhnlich, auf ihrem Küchentisch sitzend oder, ganz normale Pose, auf der Wohnzimmercouch. Daneben standen Überschriften wie »Wir lieben uns immer noch« oder »Unser neues Haus«.

Beobachtete sie ihn? Warum, den Blick hob er aber nicht, ausgerechnet diese Zeitschrift? Langsam, ohne Hast, als sei er solche Zeitschriften gewöhnt, blätterte er. Ein Flugzeugabsturz: die Passagiere tot, einer lebte noch, blutüberströmt, schreiend, verzweifelt auf die Stelle blickend, an der jetzt ein Bein fehlte.

»Wollen Sie an unserm Osterquiz teilnehmen?«

Sie kenne die Frau, die die Gewinner auslose, und falls er einverstanden sei – er ließ die Zeitschrift sinken.

»Was kann man denn gewinnen?«

»Ein Surprise-Pack. In den Parteifarben.«

Schon war sie aufgesprungen und hielt ihm ein Teilnahmeformular hin. Auf dem Formular standen verschiedene Fragen zu Politikern, deren Fotos abgebildet waren. Außerdem handelte es sich um Fragen zur Geschichte der Partei und des Landes. Ganz unten stand: *Ich habe alle Ostereier gefunden. Das Lösungswort lautet …*

»Es lautet: Föderalismus. Wissen Sie, wie man das schreibt?«

»Sie halten mich wohl für dumm?«

»Dumm nicht, aber –«

Sie lachte und hielt ihm einen Kugelschreiber hin. Widerwillig ergriff er ihn. Falls sie ihn für ungeschickt hielt, warum hatte sie dann auf dem Dach behauptet, er werde die Stelle mühelos bekommen? Die Fragen waren läppisch leicht, rasch kreuzte er die Antworten an. Dann blickte er auf:

»Da steht, daß Mitarbeiter der Bundesgeschäftsstelle nicht teilnehmen dürfen.«

Die Sekretärin, als wolle sie die Klausel lesen, beugte sich, er spürte ihren Atem, über das Formular.

»Dann schnell. Nach dem Vorstellungsgespräch könnte es zu spät sein.«

Sorgfältig faltete sie das Formular.

»Gefällt Ihnen übrigens meine Bluse?«

Sein Blick, angestoßen, fiel, noch bevor er, Brust, Brosche, Skorpion hoben, senkten sich, etwas sagen konnte, lachte sie frage bloß, damit er lockerer werde. Eine Freundin habe er nicht, das sei schon klar, aber ein roter Kopf bei der kleinsten Streßfrage, das sei in einem Vorstellungsgespräch, sagte sie, dachte er, filmen dich jetzt und sehn's sich nachher an!

Na, antwortete er, vielleicht aus Wut, vielleicht aus Berechnung, das sei aber auch schon komisch, ihm einen Termin zu geben, der in der Mittagspause liege. Sie nahm, die Antwort hatte sie wohl nicht erwartet, die Zeitschrift, um sie in den Karton zurückzulegen. Wie lächerlich das alles war! Gab sie, deshalb war sie so abgegriffen, nicht allen Bewerbern diese Zeitschrift? Dann, mit einem Ruck, als habe sie gerade etwas entschieden, drehte sie sich um: Ob er denn nicht begreife? Nur um ihn in alles einzuweihen, habe sie ihn für die Pausenzeit bestellt. Doch weil er zu früh gekommen sei und Toledo noch nicht in der Pause war, habe sie ihn aufs Dach geführt.

»Einzuweihen?«

Seine Bewerbungsmappe! Selbst ein Blinder hätte gesehen, daß er von Bewerbungen keine Ahnung habe. Das Foto! Ob er ernsthaft geglaubt habe, mit diesem Foto zu einem Gespräch eingeladen zu werden? Eine Stelle wie diese, dreihundert Bewerber! Sie habe es ausgewechselt.

»Ausgewechselt?«

Der, von dem sie's genommen habe, sehe, keine Angst, ganz ähnlich aus, nur eben besser. Sie sammle Bewerbungsfotos und verfüge inzwischen über eine ganze Schachtel. Auch sonst habe sie die Unterlagen ändern müssen, genauso wie die Mappen seiner Konkurrenten. Die Mappen der besten Kandidaten habe sie, um seine Chancen zu erhöhen, gleich weggeworfen. Ob er sich denn im klaren sei, in welche Gefahr sie sich damit begebe? Was, wenn einer der Bewerber, die sie weggeworfen habe, Toledo anrufe? Toledo! Falls der merke, daß man ihn an der Nase herumführe – er könne furchtbar sein.

»Ist er Spanier?«

»Ach was, er heißt nur so.«

Er zögerte. Sollte er sich wieder setzen?

»Aber – warum tun Sie das für mich?«

Sie hatte sich auf den Schreibtisch gesetzt und ließ die Beine baumeln. Es gehe, da wolle sie ganz ehrlich sein, weniger um ihn, als darum daß – nun, sie habe eben auch mal etwas entscheiden wollen.

»Und aber dann – warum ausgerechnet ich?«

Die Rezeption des Griechischen in der spätkarolingisch-ottonischen Hofkultur, null politisches Engagement, das Foto, kein Ausland – mit Abstand sei er, genau darin sehe sie ja die Herausforderung, der ungeeignetste Bewerber gewesen. Er setzte sich und, ihren Blick nicht aushaltend, sah auf den Skorpion. Wenn der glitzerte, wirkte er wie, was, war er wirklich der Ungeeignetste? Übertriebene Bildung, sagte sie, zum Stereotyp führe, das zeigen neueste Forschungsergebnisse, nach wie vor in Vorstellungsgesprächen dazu, daß diese, sagte sie und hob die Hände, wie ein Spiegel die bereits vorhandene Erwartung bloß zurückwerfe. Außerdem gebe es Binnenbeziehungen zwischen den Teilnehmern, die, das sei belegt, sich gegenseitig überlagern und, soziale Interferenzen bildend, das erzeuge, was kommt, dachte er, das nicht am Ende alles raus? Fragen, Widersprüche, plump gefälschte Zeugnisse, die sie würden, Betrug, Urkundenfälschung, die Polizei anrufen, sofort, er hätte mitgemacht, klar, und damit, alles genau durchdacht, lande sie den Coup: Glöckner werde ihn von Anfang an ablehnen, also entscheide sich Toledo für ihn.

»Glöckner?«

»Ihr zukünftiger Vorgesetzter.«

Aber, wand er, ohne genau zu wissen, ein, was er sagen sollte. Der Ungeeignetste? Dann war, kein Zurück, das seine einzige Chance. Darüber, sah sie seinen Kopf an, brauche er sich keine Gedanken zu machen, ein Lügner, der immer gleich rot werde, sei das Ungefährlichste überhaupt, und in der Politik – ein ungefährlicher Mitarbeiter, das betreffe alle Parteien, sei für jeden der größte Wunschtraum. Er richtete sich auf. Existierte sie? Durfte er sie mit der Hand berühren? Obwohl sie so jung und naiv war, strahlte sie eine merkwürdige Sicherheit aus. Als sei sie unüberwindbar, als sei jeder, den sie beschütze, ist – im Grunde, dachte er – es nicht ein sagenhaftes Glück?

* * *

»Nach Ihren Bewerbungsunterlagen – um ehrlich zu sein: Sie scheinen ja wie für uns geschaffen.«

Die indische Gottheit, als könnte das sein, öffnete ihre Arme, es waren sechs. Lächelte sie? Grinste sie? War sie ein Mann? Eine Frau? Ihr göttliches Geheimnis, wie jedes andere, entstand durch Widersprüchlichkeit. Zu viele Hände, zu viele Gesten, als daß man – oder ist zu viel weniger als nichts? – etwas begriff. Ein Urlaubsmitbringsel, ein Geschenk? Sein Blick, als springe dort ein Tennisball, war von Toledo zu Glöckner, von Glöckner zu Toledo, je nachdem, wer sprach, gewechselt, rasch, ganz rasch, bis er endlich, in der Leere suchend, die vielarmige Gottheit erkannte, die hinter den beiden auf einem Regal tanzte. Über ihr hing ein Foto, auf dem ein Mann, breit, selbstbewußt, Toledo, lachend neben dem Parteivorsitzenden saß.

»Sogar in Princeton haben Sie studiert.«

Ich? Sein Körper – hatte er noch einen? – fühlte sich – nur deshalb! – taub an. Eine träge, glatte Masse, die, spürte er, dem Denken zu entkommen, vergeblich sich, wie ein Gesicht vom Kopf, von ihm abzulösen versucht.

»Studium, Noten, gut, schön, keine Frage. Aber was hier im Alltag zählt: Praxis, Praxis, Praxis.«

Glöckner? Die Männer hatten ihre Namen genannt, aber es ging so schnell, daß – wie ein großer Luftballon kam er sich vor, der langsam an die Decke schwebt, dort anstößt und, vom Schlag betäubt, langsam wieder nach unten sinkt.

Plakate, Aktionen, sagte Toledo, das laufe ohnehin. Aber was fehle, wirklich fehle, sei mehr Unabhängigkeit vom Tagesgeschehen. Er habe, jetzt sah er ihm in die Augen, selbst mal ein paar Semester Geschichte studiert, Göttingen, Schrampel – fest, ganz fest, als dränge die Kraft heraus und nichts hinein. Abstand, wand Glöckner ein, Weitblick, klar, absolut. Aber wozu sich was vormachen? Die Stelle, um die's hier gehe, es wär ihm lieber, wenn – ob er, der Bewerber, denn überhaupt Auto fahren könne?

Fahrer, lachte Toledo, hätten sie genug. Nein, was ihn fast hätte er gesagt beunruhige: Schülersprecher, Jugend-forscht-Preis, Dissertation über, schaute er hinunter, ›Die medialen Transmissionsfunktionen moderner Parteien‹, und, sah er wieder auf, mit dem Bundespräsidenten verwandt, damit, das brauche er nicht zu erklären, könne man überall, und in der Wirtschaft – er wisse doch, daß man ihm hier kein Gehalt zahlen könne, das auch nur annähernd – Geld, seine Stimme sprach und seine Hand, ohne daß er's wollte, bewegte sich, spiele keine Rolle. Sondern?, fragte Toledo. Sondern?, dachte, ergebnislos, er nach einer Pause, viel zu lang schon, wollte er, da, zum Glück, rief Glöckner: Idealismus, politische Überzeugung, schon klar, okay, gut. Nur, was wir hier – ob er denn wisse, was eine Crash Campaign sei? Pause, nichts, wie eben, drohte nun aber, wiederum Glück, schüttelte Toledo – wie er das denn wissen solle, jetzt schon? – den Kopf. Nein, was er, drehte er, Toledo, den Kopf, sich von den Bewerbern erwarte, sei, die Hand ging nach vorn: sich auch selbst mal was ausdenken, Ideen, Begriffe, die einschlagen, wirklich einschlagen, und nicht, wie das in dieser Generation leider der Fall sei, nur das Vorgekaute schlecht nachkauen. Bewerber, ja Gott, die gäb's genug, hundertfünfzig, um ganz offen zu sein. Doch viele, er deutete, und alle Blicke folgten, auf einen Stapel Bewerbungsmappen, würden ja nicht mal die Rechtschreibung beherrschen. Einen, die Hand stieg mit der Stimme, Universitätsabschluß haben und Verkerspolitik ohne h schreiben – manchmal glaube er, die machen's aus Absicht. Der kleine, dickliche Mann mit Glatze, rechts neben Glöckner, kicherte. Hatte er auch Einfluß auf das Entscheidende, ergänzte Toledo, sei heutzutage, stets eine Spur schneller, eine Spur origineller zu sein. Was in Deutschland fehle, wirklich fehle, sei – Glöckner, Spaziergang eines Blicks, schaute zur Decke, während Toledo, das Foto, eine angebissene Brezel in der Hand, jünger als jetzt, in einem Bierzelt vielleicht, lachend, stolz, neben dem Parteivorsitzenden, der, als der Fotograf drückte, sich gerade ein Würstchen in den Mund steckte.

Vordenken, querdenken – klar, gebongt, natürlich müsse, so Glöckner, doch andererseits, er meine, wer setzt das um? Er brauche Leute, die auch mal auf die Straße gehn. Einen Autofahrer, der keine Zeit hat, trotzdem anhalten und mit ihm über den Benzinpreis reden – ob er, der Bewerber, sich das zutraue? Oder die Rentenreform.

Ohne praktische Umsetzung, sprach Toledo, bleibe alles nichts. Doch eines sei klar: Ein Thema, das man morgen besetzen wolle, müsse man sich heute ausdenken. Schrampel, er werde das nie vergessen, habe damals, als es im Studentenausschuß hoch herging, ihm gesagt, Politik müsse, wenn sie, Glöckners Nasenflügel: gebläht, den Menschen dienen wolle, stets darauf achten, was sie, der kleine Glatzkopf nickte, während Toledo, ohne Rücksicht auf Glöckner, sprach, und zwischen ihnen, vielarmig, auf dem Regal, die Gottheit tanzte. War Glöckner besiegt? Was sie wollen, wirklich wollen: wer das, fuhr die Hand weit aus, erspüre und dann die richtigen, wirklich richtigen, Daumen und Zeigefinger rundeten sich zu einem Kreis, Begriffe finde, könne Glöckners Gesicht, das sah er nicht, drückte die ganze Zeit – was sonst? – Blut in die winzigen Gefäße, so daß er, nun endlich, sei der letzte, der da was dagegen habe. Aber bitte, der kleine Mann auf der Straße, und das sei doch die Mehrheit, die brauchten keine neuen Begriffe, sondern, sagte er, und zwar erregt, obwohl Toledo – stand er in der Hierarchie nicht über Glöckner? Warum ließ er sich's gefallen? Warum blickte er nun unentschlossen vor sich hin und klopfte, als liege da etwas Zweifelhaftes, Unklares, Störendes, mit dem Kugelschreiber auf die vor ihm liegende Bewerbungsmappe?

Jetzt sich einmischen, jetzt sich beteiligen, bevor – er spürte, daß er mußte selbst was jetzt – jetzt! – konnte er denn sagen? Um noch Toledo, zu spät, wandte sich bereits an Glöckner wegen einer neu angelaufenen Plakataktion fragte er Glöckner sprach von Verzögerungen, die beauftragte Agentur sei verantwortlich, angesichts der Kurzlebigkeit des plakatierten Themas stehe der Erfolg der ganzen Aktion habe von Anfang an sei zu vorsichtig versuchte er, ein Bein zu bewegen. Das Vereisen hatte begonnen, von den Füßen, dachte er, hinauf zu was bin, wo, das war jetzt klar, würde er, mit dieser seiner passiven Art, mit diesem Studium, niemals – ich, hatte die Sekretärin geglaubt, kann sogar dem Ungeeignetsten hilft das nichts! Festhalten! An irgendwas, Glöckners fettigen Haaren vielleicht, seiner viel zu bunten Krawatte, der nervösen Art, mit der dieser schmierige, gewiß unglückliche Mensch hat jetzt alles zerstört.

Er versuchte es mit den Fingern. Bewegen ließen sie sich. Aber, sie fühlten sich an, als plötzlich, er hatte nicht damit gerechnet, sprang, der Stuhl kippte, Toledo auf. Wie inszeniert, so sah das aus. Aber hatte nicht schon die Sekretärin auf Toledos gefährliches Temperament hingewiesen?

Toledo trat ans Fenster. Der kleine Glatzkopf, lächelnd, als wolle er sich für Toledo entschuldigen, nutzte die Stille, um – der Stuhl war umgekippt! – ihn aufzustellen. Glöckner dagegen schien der Anwesenheit eines Stellenbewerbers keine Bedeutung mehr beizumessen. Mit sturem, weit vorbeizielendem Blick erledigte er, die Zähne mahlten, irgendeine Kopfarbeit, während Toledo, eine, als müsse er sich festhalten, Hand am Fenstergriff, nach draußen schaute. Ohne sich umzudrehen, ganz so, als sage er's lieber zur Welt hinaus, begann er, von den Dreistigkeiten der Agenturen zu sprechen, von ihren unverschämten Preisen, ihrer Unzuverlässigkeit. Man solle besser darauf setzen, sich eigene gute

Leute heranzuziehen, die vertrauenswürdig und hochmotiviert seien. Dann, Sekunden vergingen, drehte er sich mit einem Ruck.

»Ach, ja – noch mal wegen Princeton. Hatten Sie ein Stipendium? Nur wegen meines Sohns. Den will ich nämlich auch nach Amerika schicken. Und Princeton – das kostet doch, oder?«

Er, überrascht, bewegte, irgendwie, den Kopf. Fast, flüsterte er und machte eine unsinnige Handbewegung, ist es unbezahlbar.

* * *

»Uaaaaa!«

Er blickte sich um. Wieder dieser verzagte, verzweifelte Schrei. Im Grunde hatte er Lust, selbst so zu schreien.

Jetzt hab ich sie im Sack! So hatte ihn die Sekretärin empfangen. Er blickte auf seine Schuhe: Jetzt hab ich sie im Sack, so laut, daß man sie drüben, Toledo, Glöckner, doch vielleicht hören konnte. Sie festhalten, schütteln und ihr sagen, daß sie träumt, spinnt und nun, endgültig, mit diesem Geschrei, ihn, sich, alles hineinreißen würde in die – Polizei, lachte sie, in einer Parteizentrale? Er starrte, ihr Gesicht sprach für beides, sie an: Sie war dumm, unglaublich dumm, oder, das konnte man nicht ausschließen, wahnsinnig intelligent.

Toledo, Glöckner, der kleine Glatzkopf, sie saßen drin und sprachen, man hörte Stimmen, über die Frage, welche, das konnte man nicht wissen, Entscheidung sie, ein Anruf beim Bundespräsidenten genügte, würden alles, ganz leicht, herausbekommen und – gehn Sie da, flehte er, weg, denn

Toledo, wußte sie das nicht, konnte jeden Moment, ihr Horchen war Wahnsinn, durch die Tür herausstürmen.

Ich hab, wandte sie sich um und stelzte wie im Rausch durchs Zimmer, sie im Sack. Was hatte, dachte er, sie gehört, oder war, wiederum alles, auch das möglich, inszeniert, um, aber zu welchem Zweck, ihn zu verstricken, noch tiefer, in diesen ganzen Wahn, der oben auf dem Dach begann: Im Grunde gehört Ihnen die Stelle schon.

»Uaaaaa!«

Mitgefangen, mitgehangen: Ich habe mich strafbar gemacht. Aber nein, nein, bitte, das war, Herr Toledo, auch wenn ich nichts dagegen tat, doch Ihre Sekretärin: Schülersprecher, Princeton, das Foto, alles gelogen, und in Wirklichkeit – der Ungeeignetste? Ja was wollen Sie denn dann kommen Sie natürlich nicht auf, das war jetzt klar, diese Stelle – ist eine einzigartige Chance! Das erste Gespräch, nach so vielen Bewerbungen, und nur weil die Sekretärin, Zufall, Glück, ganz egal, sein Foto – hab ich, sein Kopf ging hoch, wirklich ein Gesicht, das, ich mag's einfach nicht glauben, zu den Fotos anderer Bewerber paßt?

»Uaaaaa!«

Merkwürdiges Geräusch – er blickte hoch und drehte, die Bilder zurück, den Kopf, er hatte ihn verloren: ich habe, im nachhinein versteh ich's nicht, wie ein Häufchen Elend dagesessen. Anstatt, Glöckner lehnte ihn doch ohnehin ab, sich an Toledo zu wenden und, deutlich sprechend, freundlich lächelnd, immer in Blickkontakt, alles das, was in den Büchern steht, hatte er außer acht gelassen. Welcher Eindruck! Princeton, Schülersprecher, ›Jugend-forscht‹ – selbst wenn sie, nehmen wir's ruhig mal an, das alles glauben, werden sie, keinen einzigen vernünftigen Satz hatte er gesagt, niemals – Kleinigkeiten, so Toledo, seien noch zu klären, rufen Sie doch bitte in einer Stunde bei mir an. Kleinigkeiten? Was heißt das? Werden die gefälschten Zeugnisse untersucht? Princeton angerufen? Der Bundespräsident gefragt?

»Unsinn«, sagte die Sekretärin auf dem Weg zum Aufzug. »Toledo hält Sie nur ein wenig hin.«

»Hin? Aber – warum?«

»Treue.«

»Treue?«

»Folter – sobald sie aufhört, nichts macht loyaler.«

Und dann, im gläsernen Aufzug, in dem alle, vielleicht Glöckner, vielleicht sogar Toledo, ihn und die Sekretärin beobachten konnten, hielt sie ihn am Arm und – wollte sie sich lustig machen? – hauchte:

»Sagen Sie bloß, ich hätt kein Danke verdient.«

»Uaaaaa!«

»Elefanten.«

Er blickte den Mann an, der sich neben ihn auf die Bank gesetzt hatte und jetzt deutete: der Zoo. In der angegebenen Richtung waren nur Bäume und Büsche zu sehen.

»Wie ein Mensch, der in höchster Verzweiflung und dennoch mit überdurchschnittlicher Würde nach Gott ruft, finden Sie nicht?«

Die Haut seines knochigen Gesichts sah aus wie gegerbt. Er hatte lange, dünne Haare.

»Meiner Meinung nach ist das Tier der angefangene, aber nicht zu Ende gebrachte Mensch, sind Sie Jurist?«

»Historiker.«

»Wie ich. Und die Krawatte?«

»Ein Vorstellungsgespräch.«

»Dann ruft das Leben?«

Er zuckte mit den Achseln:

»Ich weiß noch nicht, ob ich genommen werde.«

Der Mann machte eine wegwerfende Handbewegung. Jeder werde genommen, niemand könne sich der unerfüllbaren Aufgabe entziehen.

»Wenn Sie auch Historiker sind, haben Sie denn – studiert?«

»Siebenunddreißig Semester, dann haben sie Studiengebühren eingeführt.«

Der Mann zog ein Päckchen Tabak heraus und begann, sich eine Zigarette zu drehen. Ach was, eigentlich studiere er immer noch. Sokrates, sage er immer. Platon, mit seiner Akademie, habe nur alles verdorben. Dann spuckte er auf das Papier und rollte es zu einer Zigarette zusammen. Während er die Zigarette zurechtdrückte, murmelte er:

»Das letzte Wort gehört dem limbischen System. Immer.«

»Dem limbischen System?«

»Mann! Wozu hab ich 'ne Großhirnrinde? Die Frage stell ich mir jeden Tag, medizinisch ist sie nicht zu beantworten. Machen wir uns nichts vor, dem Menschen kommt nur eine symbolische Bedeutung zu.«

»Und aber – wovon leben Sie?«

»Wovon? Mann! Warum?!«

* * *

Eine Stelle, ich! Der Bus war voll.

»Ich stink wohl?«

Der fremde Mann, in dem Gedränge fiel's nicht auf, war immer näher gerückt, drückte, als sei sonst nirgends Platz, die Hand auf die seine und, als er sie abschütteln wollte, schrie: Ich stink wohl? Niemand drehte sich um, war man hier solche Vorfälle gewöhnt? Eine Großstadt, ein Verrückter, schon wieder, aber Toledo – eine Stelle, ich! Er würde, draußen, die Häuser, nun hier leben, und der Bus, aber das war gleich, drehte so plötzlich nach rechts, daß er, um das Gleichgewicht zu wahren, das schon einrichten könne, hatte er, vielleicht zu selbstbewußt, formuliert. Schon morgen, ja, weil die freie Stelle sofort besetzt werden müsse, sonst werde sie ihnen gestrichen. Die Probezeit, sagte, als wolle er die Verhältnisse zurechtrücken, Toledo am Telefon, betrage sechs Monate, aber im Hinblick auf seine Zeugnisse und Fürsprecher, sogar der Landesbischof habe ihn ja empfohlen, sei das – grinste er dabei? – reine Formsache.

Der Bus, er mußte sich festhalten, fuhr an. Das alles war, am Morgen saß er noch im Zug, so unglaublich, daß, und nur wegen der Sekretärin, nach so vielen Monaten, nichts als Absagen, er jetzt, wo er, das mußte er sich eingestehn, schon nicht mehr dran geglaubt hatte, eine Stelle – ich!

Etwas Politisches, ja, und nicht gerade das, was ich eigentlich aber, das wurde während der vielen Monate klar, wenn man nur wenigstens erst mal irgendwie – drin! Drin! Diese Aussicht, am liebsten hätte er, doch das war unmöglich, etwas gesagt, möglichst laut, weil diese Aussicht, mehr war's ja nicht, da er nicht wußte, ob er wollte jetzt nicht drüber nachdenken, da ja jetzt erst mal, dachte er – drin! drin! – und schaute, die nächste mußte es sein, durchs Fenster nach draußen.

* * *

»Ey! Da bisde ja!«

Er sah die Zahnlücke. Auch waren die Haare viel länger. Und, wie es gewesen sei? Sie schien verändert, früher war sie schön, oder er hatte, die Stelle, schon morgen müsse er anfangen, sich das nur eingebildet? Das sei ja toll. Sie umarmte ihn, noch einmal, zu rasch, spontan, und sie standen, wie Kinder, fuchtelnd, sprechend, viel zu schnell, in dem engen Gang, bis er, zum Ausgleich quasi, sagte, sie habe ja eine tolle Wohnung.

Erst dann, die Augen hatten noch keine Zeit gehabt, sah er den schäbigen Teppich, die Flecken an der Decke und lief ihr nach. Die Probezeit, ihre Haare, die Stimme, sie hatte sich verändert, betrage sechs Monate, aber er werde alles tun, um, da der Arbeitsmarkt im Augenblick, sagte und gestikulierte er, allein, blickte, weil sie wieder aus dem Zimmer war, sich um: Kugeln, Ruten, die herumlagen, der Geruch von Räucherkerzen, Sportzeitschriften, das Poster eines Fußballers – ob er, rief sie, er drehte sich, aus der Küche, den – wie? – dachte er, aromatisierten Tee, lebt sie denn die Sportzeitschriften konnten nicht von ihr sein. In der Ecke, er sah's erst jetzt, lehnte – warum? – ein Gewehr, doch dort, im, dasselbe noch, es war'n schon sieben Jahre, Regal sah er das Buch: Ecce homo, rief, da sie jetzt ins Zimmer trat, er und zog's raus. Weißt du noch, wie, begannen, aufgeregt, froh sprachen sie aufeinander ein, jetzt die Sätze, und fühlten sich, als führten Begriffe, Bilder, immer nur dieselben, zusammen, wie damals sich, aufgeregt, froh redend, einander nah.

'n Referat über Dekadenz, zuerst, lachte sie, habe sie gar nicht gewußt, was das überhaupt sein soll. Vom Dorf an die Uni, das sei, lachte, sich zerteilend, sie über sich selbst, einfach Wahnsinn gewesen. Der Holzmann, rief und drehte er, in der Hand das Buch, sei unglaublich toll gewesen, nur der Fischer, sein Assistent, habe, ob sie's noch wüßte, immer wieder, nein, der mit Brille, fielen Namen, die ihn, sie erinnerten und, während sie schlürften, den Tee, jene Zeit, verband, alles andere nur Folge, sie die Erregung. Er sprach, mit Fingern, Händen, Schultern schob er, wie Boote ins Wasser, die Sätze, kurze, lange, glitten, sie lachte, ihr zu. Die Haare flogen ihr übers Gesicht, bis, biegsamer als er, sie die Hände, die Schultern, sich selbst, ihm, sprechend, lachend, antwortete. Und dennoch spürte er, nur halb bewußt, wie ihr Gesicht, sobald der Name fiel, sich veränderte: Hombach.

* * *

»Und dann?«

Nichts. Er habe einfach gewartet. Toledo, so sein Name, spanisch, aber er sei ein Deutscher, habe zum Fenster rausgeschaut und auf die Agenturen geschimpft. Dann, da habe er erstmals das Gefühl gehabt, er werde die Stelle bekommen, habe Toledo sich umgedreht und ihn gebeten, draußen bei der Sekretärin zu warten.

Sie schüttelte, so habe sie sich das immer vorgestellt, den Kopf. Diese Leute, der eine genommen, der andere nicht, seien unberechenbar. Sie habe das selbst einmal erlebt, es sei nur um eine kleine Büroarbeit gegangen, schließlich habe sie keinen Uni-Abschluß, da habe man sie gefragt, ob sie, überlegte er, falls er, die Sekretärin, das Foto, der ganze Betrug, ihr alles sagte, das nicht weitererzählen würde? Es spräche sich rum, und irgendwann, er blickte zum Kellner, käm die ganze, wozu dran denken, Sache war zu neu, als daß er zog den Blick, da der Kellner ihn erwiderte, weg und griff, das Restaurant war eigentlich zu teuer, nach dem Glas.

Was, sagte sie, andres bleibe ihr gar nicht übrig, erst nach acht Monaten, das habe sie sich schon ausgerechnet, entstehe wieder ein Anspruch. Sie glich, wenn sie sprach und dabei, nur sechshundert Euro, gestikulierte, einer jungen Studentin, immer noch, die, er beugte sich vor, zu berühren, es ihn drängte. Damit, ihre Haare flogen, komme sie, zum Glück sei die Miete niedrig, grade mal, sagte sie und war, auf ihre Weise, schön, als sein Blick, die Finger, unbeherrscht, wie die Lippen, stießen schon vor, sich senkte zum Glas.

»Vielleicht wirst du noch Politiker.«

Er, sich verschluckend, lachte mit und, das Glas fast leer, bestellte ein neues. Das bestimmt nicht. Er sei froh, erst mal irgendwo drin zu sein und werde dann, Berufserfahrung helfe ungemein, kam, den Gedanken unterbrechend, schon der Kellner. Es war ihre Idee, seinen Erfolg hier zu feiern. Und warum nicht? Er würde ja, schon morgen ging's los, endlich Geld verdienen. Ohne die Sekretärin hätte, wozu dran denken, jetzt, dachte und sah er, ein Impuls nur, auf Edith, küssen und berühren: sie – wer? – würde ihn umfangen und, weil, sagte sie, ihn schon immer für klug gehalten habe, wundere sie das gar nicht. Er habe, das sei doch klar, damals, obwohl's für ihn nur Nebenfach gewesen sei, im Dekadenz-Seminar das beste Referat gehalten und werde, seine Hand griff zum Glas, bestimmt noch, sagte sie, werde er wie sie, so verging der Abend, tranken und lachten, bis, später schon, er dachte ans Zahlen, sie, als er wieder von ihm sprach, leise, ohne aufzublicken, sagte: das Schwein.

* * *

Er hatte sich verhört. Oder sie war betrunken. Der Kunstdiamant auf ihrem Nasenflügel wirkte ziemlich albern. Jetzt bebten sie sogar, die Nasenflügel. Der ganze Körper schien zu zittern. Weinte sie? Was, er blickte zu den Nebentischen, hatte sie? Lutsch mich, habe Hombach zu ihr gesagt, lutsch mich! Ihr Referat habe sie mit ihm besprechen wollen, Nietzsche und das Frauenbild des Fin de siècle, er aber habe lutsch mich gesagt, lutsch mich, immerzu.

»Hombach?«

Erst, sie weinte wirklich, habe sie gedacht, es handele sich um einen dummen Scherz oder einen psychologischen Test, der, es sei ja um Dekadenz gegangen, sich auf das Referat beziehe. Dann aber habe sie die, er blickte zum Nebentisch, offene Hose gesehen. Sie sei wie unter Schock gewesen und habe sich nicht bewegen können.

»Hombach?«

Erst als er mit der Hand nach ihr faßte, in der anderen sein Geschlechtsteil, habe sie sich wieder bewegen können. Der Ekel, außer ein paar gestotterten Worten habe sie nichts rausgebracht, sei, hörte er, Drecksschlampe habe Hombach – Hombach? – ihr würde, nur Sekunden, die Hose wieder zu, niemand glauben, daß sie, sagte sie, mehrere Tage brauchte, bis sie überhaupt begriff, was, ihm wurde schwindlig: Hombach!

»Aber – er ist verheiratet.«

Genauso, bitter lächelnd, habe sie, und wischte Tränen, sei damals vom Dorf an die Uni – nur so sei's begreiflich, daß, anstatt, mit wem denn aber auch, zu reden, sei sie, er erinnerte sich, wochenlang nicht mehr an die Uni auch bloß zu denken, habe schon ausgereicht, um sie derart, Hombachs offene Hose, sei so geschockt gewesen, daß der Raum, der

Stuhl, wie oft hatte er selbst drauf gesessen, kamen ihm in den Sinn. Hombach! Konnte das, wirklich, sagte sie, habe sie völlig aus der Bahn geworfen: Schule, Uni, alles große, leere Sprüche, die Hombach, das stimmte, ging mit jungen Studentinnen um wegzukommen, ganz weg, deshalb, nur deshalb habe sie das Studium geschmissen.

Er blickte auf den Kellner. Hombach! Wie oft, natürlich, sah man ihn mit Studentinnen, die er zog den Blick, da der Kellner ihn erwiderte, weg und griff, das konnte doch nicht sein, nach dem Glas.

Verdrängt! Sie habe, ohne damals den psychischen Mechanismus zu durchschauen, verdrängt, bis, aber das sei erst viel später gewesen, in der Therapie, die sie, sah er, zitterte wieder, nachdem sie, und lachte dabei, aber schief und bitter, in der Badewanne – er schüttelte, und sah das Handgelenk, den Kopf: Hombach! Das sei der absolute Tiefpunkt gewesen, vor zwei Jahren, als sie auch das BWL-Studium, das sie, wie sie inzwischen wisse, nur deshalb angefangen habe, weil er, mit erstarrtem Blick, ihn sah, jetzt, der Blutpilz, grausig-schön und rot-blau wie ihre Narbe, trat – Hombach! – aus der Anzughose, schloß er die Augen. Um sich selbst zu bestrafen, nur deshalb habe sie dieses zweite Studium – sie und Wirtschaft! Das sei wirklich nur gewesen, als er, keine Sekunde um, sie wieder öffnete und den Kellner, wie er mit einem Gast scherzte, sah, schoß die – Hombach! – Wut erfaßte ihn: Ihn anzeigen!

Die ständigen Jobs, die sie habe seit dieser Zeit, viel zu viele, immer wieder Beziehungen gehabt, die aber, dachte er wird alles abstreiten. Nur wenn, was ja sein konnte, auch andere Studentinnen, die sie sei davon überzeugt, es hänge alles damit zusammen, daß er konnte, nein, dachte er und griff zum Glas, das nicht tun. War's nicht sogar verjährt? Der Wein, aufgestanden um fünf, setzte, der Tag so lang, ihm zu. Morgen schon mußte er, während sie sprach, die ganze Zeit, über –

»Bernd?«

»'n Schriftsteller. Ich hätt's dir gleich sagen solln.«

Er sei der intelligenteste Mensch, den sie je kennengelernt habe, viel, viel intelligenter als sie selbst. Sensibel wie alle Künstler, manchmal bis zur Brutalität. Seine Texte, die müsse er mal lesen, seien wunderbar poetisch, kein Wunder, daß die, er setzte das Glas ab, Augen ganz verändert, in der heutigen Zeit – er sei gezwungen, als Sportreporter zu arbeiten! Zum Glück, auch die Stimme, kenne er sich im Fußball gut aus und sei, sie sprach so schnell, der beste Sportreporter, den sie kenne. So, aber, empfand er, wahnsinnig schnell, das reiche ihm nicht, vor zwei Wochen habe er sie verlassen.

»Bernd?«

Ob er je wiederkomme, schwer zu sagen, ausgeschlossen sei's nicht, da er sie schon öfter verlassen habe. Andererseits habe es das letzte Mal eine furchtbare Auseinandersetzung, so furchtbar wie, kurz deutend, öffnete sie, noch nie, den Mund. Sie sei, und sprach schon wieder, allerdings selbst schuld gewesen, weil sie, Zähne brechen so leicht ab, ausgerutscht und, einfach wahnsinniges Pech, mit dem, jetzt schüttelte sie ihn, Kopf an, noch bevor, die Heizung, er begriff, fuhr sie kenne einen, zum Glück, Zahnarzt, der, ein Schulfreund, die Lücke, Brücke hörte es war, wie sie sprach, ihm einfach, nur die Materialkosten müsse sie, zu schnell, werde das so bald wie möglich machen lassen. Aber, formte er mußte jetzt die Lippen, bevor er genau wußte was er – Hombach? Bernd? – sagen wollte sie, er starrte aufs Glas, solle, preßte er mußte das jetzt, noch mal ganz von vorn anfangen. Dann, als sei sein Körper wieder frei, griff er nach ihm.

»Meinst du?«

Es war, erst jetzt, an den Lippen, bemerkte er's, leer. Mit der Zunge wischend, säuerliche Tropfen, setzte er's wieder ab und begann zu nicken. Müde, beide, starrten sie, auf die, leer, beide, Gläser. Dann, der Kellner, plötzlich, stand fragend vor ihm, griff er, zuckend fast, in der Jackentasche, dieser, war sie in der andren auch nicht? Wo steckte, Angst verkrümmt, wie ein Magnet silberne Fäden, im Kopf die Gedanken bogen, weil – nein, auch innen griff die Hand, tastend weiter, fand, immer wieder, nur die Fahrkarte, die, der Kellner wartend, hier nicht half. Neu! Ganz neu von der Bank hatte er blickte, kurz nur, winzig kurz, dem Kellner mußte das konnte doch nicht da, das hätte, kein Spiel mehr ab jetzt, denn die zitternde Hand – träumte er? – beim Tasten langsam erstarrte: der Mann! Die Jacke hatte – Uaaaaa! – ein Penner, früher angeblich Student, auf der Bank neben mir, murmelte er, ohne aufzublicken, scheint sie gestohlen, und begann wieder, worden zu sein, zu tasten, nutzlos, nur so, weil er nicht wußte, was der, dachte er, um irgendwas zu denken, war's und hörte fern, ganz fern, ihre Stimme:

»Zum Glück war ich grad auf der Bank. Aber des is' jetzt wirklich mein letztes Geld.«

* * *

»He, du Wichser!«

Der nackte Hombach: Eben noch krümmte er sich auf dem Boden. Deine Doktorarbeit, hatte er geschrien und auf seinen Bauch, der plötzlich aufbrach, gedeutet: Etwas Blutiges, Schleimiges, Brutales kroch – gestohlen, hörte er, bevor er wußte, was das konnte, drehte er sich um, nur Toledos Stimme, die Polizei sei schon unterwegs, erkennen: Fliehn! Fliehn, sofort mußte er doch irgend etwas hielt, er sah's erst jetzt: die Sekretärin! Ihre Arme – warum? – umschlangen seine Beine. Wir gaben, hörte er drehte den Kopf, ihm eine Chance, aber er – zu spät! – kam schon am ersten Tag, dachte er würde das noch schaffen: Zehn Sekunden blieben, um – er war ja schon im Gebäude! – sich loszumachen, holte er mit der Faust, wem gehörte sie schlug ihm wurde jetzt lag er, mit der Zunge tastend, am Boden: alle Zähne fehlten!

Doch die Stimme, jetzt wieder – du Wichser dachtest wohl, jetzt kannst du sie fickn – war ja jetzt erst öffnete er die Augen.

»Bernd!«

Sie stand in der Tür. Ihr Freund, zweifellos betrunken, beugte sich über ihn.

»Ihr habt euch geküßt! Gib's zu!«

Er wollte, allerdings hatten sie flüchtig – widersprechen, doch schon wandte Bernd sich um:

»Du hast ihn geküßt!«

Dann drehte er sich wieder zurück:

»Sie küßt alle. Bild dir bloß nichts ein, morgen bist du hier raus.«

Das Licht verlöschte, er war wieder allein. Welcher Wahnsinn, hier zu übernachten. Ein gewalttätiger Freund, am Telefon hatte sie ihn noch verschwiegen. Er hatte, das sagte sie doch vorhin, sie verlassen und war jetzt, ausgerechnet jetzt – aus dem Nebenzimmer drangen Schreie. Er tastete, das Gewehr war noch da, aber im Nebenzimmer hatte er sicher noch andere Waffen. Schreie, wieder, ein Wunder, wenn sie die Nacht überlebten, würde er – kein Frühstück, gleich weg und – schlug er sie?

Das Ohr dicht an der Wand, von der Straße Autos, konnte er nicht genau, jetzt, oder – sie war schon tot! Dann kommt er würde gleich auch ihn, durchgedreht, mit zwei, drei Schüssen bedenken Sie, wird der Anwalt rufen, er liebte, im Vollrausch, sie ihn? Oder war auch das, wie ihr ganzes verpfuschtes Leben, bloß Folge von damals, als Hombach sie, jetzt wieder, stöhnte? Letztes Verröcheln oder – man konnte, von der Straße Autos, sie – jetzt? Das wäre freilich, dachte er legte sich zurück und starrte auf das Lichtmuster an der Decke, ein Tag: von einer Sekretärin zum Einstellungsbetrug verleitet, Kreditkarte gestohlen, die Hombach-Geschichte, und jetzt, ihr Stöhnen, unverkennbar der Rhythmus, liebte sie – feminine Unvernunft, das Irrationale der Gefühle, also doch! – einen Alkoholiker.

* * *

»Mack.«

Er schüttelte dem Mann die Hand. Immerzu, sie war feucht und weich, habe er gestern die Daumen gedrückt. Gestern? Erst, sie schüttelten noch die Hände, jetzt erkannte, das, doch, klar, war der kleine Glatzkopf neben Glöckner: Er, lächelte er, habe die Ehre, Ehre sagte er, ihn in die Arbeit einzuführen und werde ihm am besten gleich ein paar Kolleginnen und Kollegen vorstellen. War er ein Vorgesetzter? Eher nicht. So wie er sich gab, lachend, freundlich, noch immer die Hand schüttelnd, stand er freue sich, er freue sich wirklich, daß sie, was noch nie vorgekommen sei, einen Historiker bekommen hätten, noch dazu einen, der solche Zeugnisse, davon könnten ja alle nur träumen.

»Aber Herr Glöckner – ?«

Darüber, ließ er jetzt die Hand und faßte nach dem Arm, brauche er sich keine Sorgen zu machen. Glöckner stehe unter hohem Arbeitsdruck und sei einer der liebsten Menschen hier, man dürfe ihn nur nie, aber da sei er nicht der einzige, daran erinnern, daß er nicht studiert habe. Er, Mack, mache sich wenig daraus, wenn ein anderer gebildeter als er selbst sei. Akademiker seien auch Menschen, fast sei er selbst Akademiker geworden. Er habe zwei Semester studiert gehabt, Germanistik, bevor das Unglück passiert sei.

»Unglück?«

Er komme, sagte, traurig ins Leere schielend, Mack, aus einer armen Familie. Sein Vater sei Bauarbeiter gewesen, fünf Kinder, die Mutter ständig krank. Um studieren zu können, habe er nebenher bei einem demoskopischen Institut gearbeitet. Wie er dort hinkam, nun, das könne er ein anderes Mal erzählen, jedenfalls sei es eine leichte, interessante Tätigkeit gewesen, und wenn das Unglück nicht passiert wäre, heute wär er vielleicht Germanist.

»Was denn für ein Unglück?«

Schon am Morgen, so Mack, habe er ein ungutes Gefühl gehabt und lieber im Bett bleiben wollen. Doch dann, als er die Fragebögen bekommen habe, von Pitti, von Pitti habe er immer die Fragebögen bekommen, ein freundlicher, lieber Mensch, und das, obwohl ihm auch viel Unglück geschehen sei – nun, er habe sich jedenfalls gefreut. Denn die Fragen seien vom Buchhandel in Auftrag gegeben worden. Endlich mal nicht Parfum, Fernsehen, politische Ansichten und so. Bücher! Doch dann, dann sei's eben passiert.

»Was denn? Was?«

Sie standen, er wurde ungeduldig, in einem Gang. Immerzu liefen Leute mit Aktentaschen unter den Armen vorbei und schauten, weil sie nutzlos, plaudernd hier auffielen, sie an. Er und Mack, so wie er ihn, lächelnd, langsam sprechend, am Arm hielt, standen im Weg, und man konnte leicht glauben, daß es, sagte Mack, sei ein größerer Mann gewesen, einsneunzig, vielleicht auch nur einsachtzig, im nachhinein erscheine einem immer alles größer, wahrscheinlich wegen des Schocks, vielleicht auch aus Gefallsucht, die könne er bei sich nie ausschließen.

Sie standen, bemerkte er das nicht, den Leuten, jetzt wieder, mit den Aktentaschen im Weg, und man konnte glauben, daß, sagte er, der Mann in beiden Händen mehrere Einkaufstüten getragen habe, eine, da könne er sich noch erinnern, sei von C&A gewesen, die anderen, er sah, als erleichtere das die Erinnerung, auf den Boden, schüttelte schließlich, wieder kamen Leute, den Kopf und sagte, er habe, daran erinnere er sich noch genau, erst eine Frau fragen wollen, Frauen seien netter. Außerdem sei's für ihn, Mack, schon immer schlimmer gewesen, von einem Mann abgewiesen zu werden als von einer Frau, warum, da wolle er lieber erst gar nicht spekulieren, jedenfalls habe er dann aber doch den Mann gefragt. Die Frage – welche? Was denn? – werde er nie vergessen. Sie standen, dieselben Leute kehrten, immer noch im Gang, schon zurück, da sagte und holte weit aus, Mack, reiner Wut habe – wer? Was denn? – vielleicht, wer weiß, bei einer andern Frage, auch nicht, jedenfalls, im Gang, sie standen sicher schon zehn Minuten, habe er sie diesem Mann, sonst wär sein, Macks, Leben womöglich anders verlaufen, mit der C&A-Tüte gestellt: Wie viele, so habe, und er blickte dabei, sie, wie damals, ablesend, nach unten, gelautet, Bücher haben Sie im letzten Jahr gelesen?

An das, was danach geschehen sei, der Kinnhaken habe ihm das Bewußtsein geraubt, könne er sich nicht erinnern.

* * *

»Schaun Sie mal.«

Er, überrascht, verwirrt, vom Anblick, von der Situation, sah, denn der Spiegel vergrößerte alles ins Bedrohliche, das rot schimmernde Naß der fremden Höhle.

»Gold!«

Es war wie, Hombach, Toledo, die Sekretärin, in dem Traum, als er, in dieser Nacht erst, mit der Zunge tastend, am Boden lag: alle Zähne fehlten! Ein schweres, sagte und wischte Mack mit dem Anzugärmel den Atem vom Spiegel, Schädeltrauma hätten die Ärzte im Krankenhaus festgestellt. Dann klappte er ihn zu. Als mache er das oft, als trage er ihn nur zu diesem Zweck mit sich herum, so selbstverständlich steckte er ihn, den Taschenspiegel, wie einen Kamm, mit dem man Scheitel zieht, in die Innentasche des Anzugs. Wegen des starken Schlags habe man mit allem, sogar einem Gehirnschaden, rechnen müssen. Drei Wochen Krankenhaus, danach, jetzt zog er die Anzugjacke gerade, sei nichts mehr gewesen wie vorher. Schluß, habe er gesagt, mit der Illusion, Schluß mit der Germanistik.

»Es ist ein Kampf. Alles andere ist gelogen.«

Ob er ihm jetzt das schwarze Ei zeigen dürfe, die Arbeitszeit habe längst begonnen, zu tun gebe es genug, hatte er ihn, als sei nun, zu viel erzählt, plötzlich alles eilig, am Arm gefaßt, mehrere Kollegen hätten bereits nach ihm gefragt, weniger, weil er Historiker sei, eher, weil er sich in der Computertechnik so hervorragend auskenne. So?, sagte, um irgend etwas hatte die Sekretärin noch alles da hinein, schob Mack ihn blendete das von Neon bestrahlte Weiß des Ganges, den sie, Macks kurze Beine erschwerten den Gleichschritt, durchliefen.

Er, sagte und hob Mack die Hand, bewundere jeden, der, sie stießen fast zusammen, von der Herkunft begünstigt, eine umfassende Ausbildung vorweisen könne. Er selbst, verlangsamte er den Schritt, habe nur einmal Riesenglück gehabt. Dabei, beschleunigte er das Tempo, habe er, der Abstand zu Mack drohte sich zu vergrößern, gar nicht damit gerechnet. Wieder, weil er nachzog und Mack sich leicht drehte, stießen wie zwei Betrunkene, so kam's ihm vor, gingen sie nebeneinander her. Das sei, und er begriff, daß es auch am Gang lag, damals gewesen, als das demoskopische Institut seine guten Verbindungen, wieder stießen, die konvexe Krümmung folgte dem ovalen Grundriß des Gebäudes, sie aneinander, zur Partei genutzt habe und ihn, Mack, gerade aus dem Krankenhaus entlassen, gleich, vielleicht als Entschädigung, vielleicht auch wegen seines Charakters, ihr, der Partei, so sehr empfohlen habe, daß sie, blieb er stehn und zupfte ihn am Ärmel, inzwischen – sein Mundgold glänzte, lachte oder grinste er? – die Königin seines Herzens sei.

 Dann, ganz plötzlich, als handle es sich um eine Konsequenz aus dieser Einsicht, wandte, ihn am Arm ziehend, Mack sich nach vorn, und sie setzten, schneller werdend, mit hastigen, kurzen Schritten den Weg – wohin? – fort. Dem gleißenden Weiß, der Krümmung zum Trotz, sich, dicht an dicht die Füße hebend, nicht berühren – darauf konzentrierte er konnte, tatsächlich, wenn Mack nach rechts zog, zog, noch bevor, sie aneinander anstießen, auch er nach rechts und drückte, drückte Mack nach links, als eile da ein Doppel-Körper, nach links. Außen, rief, ihm schien das zu gefallen, Mack, pechschwarz, innen hellweiß, eine radikale Architektenidee, Blumen und Bilder seien verboten. Er drehte, auch Namensschilder fehlten, den Kopf und begriff, denn so groß war das Gebäude ja gar nicht, daß sie – oder irrte er? – schon einmal, immer im selben Gang, dieselbe Stelle, dachte und prallte er, unkonzentriert, auf Mack, der unvermutet stehenblieb und an eine Tür klopfte.

* * *

»Sie kommen grade recht. Unser Computer ist abgestürzt.«

In dem Raum standen zwei Männer in weißen Kitteln. Die, hatte Mack beim Eintreten geflüstert, Statistik. Glaubten sie wirklich, er kenne sich so gut mit Computern aus, daß er, sie erwarteten es einfach, blickte auf den leeren Bildschirm:

War der überhaupt eingeschaltet? Ein wenig, schließlich hatte er seine Magisterarbeit auf einem Computer geschrieben, kannte er, vielleicht ein Wackelkontakt, sich aus. Die Kabel, unzählige, führten, unmöglich zu sagen, hier, wohin das Stromkabel stak jedenfalls im Stecker. Er drückte den Knopf, rüttelte am Bildschirm und schlug, bloß um zu sehen, was passiert, mit dem Zeigefinger in die Tastatur. Der, seine Augen wie die der andren fixierten den Bildschirm, sagte er und zuckte die Achseln, scheint kaputt zu sein.

»Siehst du?« rief einer der Statistiker.

»Hab ich vielleicht gesagt, er sei in Ordnung?«

»Du hast gesagt, wir bräuchten keinen neuen.«

»Weil kein Geld dafür da ist, du weißt es doch.«

Der statistische Bereich werde finanziell vernachlässigt. Diese Übersicht, griff der Statistiker nach einem der Papierstapel, die überall im Zimmer lagen, führe den Nachweis. Er faltete das Papier auseinander und begann zu erklären, auf welche Weise er, es handelte sich um mathematische Formeln, die Berechnung vorgenommen habe. Wie über ein gemeinsames Projekt, an dem, nur Mack tat nicht mit, sie schon lange gemeinsam arbeiteten, beugten sie sich. Mochte Mack die Statistiker nicht? Das sei, widersprach der andere Statistiker trug eine metallene Brille, die, wo sie die Nase berührte, grünlich angelaufen war, eine falsche Bezugsgröße. Unsinn, entgegnete der andere, seine Brille war aus Kunststoff. So oft habe er ihm schon gesagt, daß, sie sahen gemeinsam den mit der Metallbrille an, das die richtige Bezugsgröße sei. Wie Moos wirkte, kein Zweifel, das Grün war durch Schweiß entstanden. Sie stritten, worüber konnte er nicht verstehen. Ein Fachgespräch, in dem, das war vorerst das Wichtigste, seine Computerkenntnisse keine Rolle spielten.

Erleichtert, fast heiter, sobald sich, um ihn in dem Streit für sich zu gewinnen, einer der Statistiker an ihn wandte, nickte er. Beiden, dem mit der Metallbrille wie auch dem anderen, schien es darauf anzukommen, daß, aber sicher war das nicht, er auf die – welche? – Seite gezogen, von Mack, hörte er, es sprachen zu viele, sie müßten – was? – jetzt weiter. Er wollte, da sie aber weiter stritten, war's kaum möglich, sich zumindest von ihnen verabschieden, während Mack, das war das Schlimmste, ihn leicht am Ärmel ziehend, gleichgültig gegenüber dem Streit wie den Regeln der Höflichkeit, aus dem Zimmer strebte. Er versuchte, indem er erst den mit der Metallbrille, dann den anderen, ansah, die Aufmerksamkeit der Statistiker, da sie, ohne ihn noch zu beachten, aufeinander einsprachen, zu gewinnen, vergeblich: Erst als er, den Kopf, in letzter Hoffnung, hielt er noch ins Zimmer, schon fast heraus war, traf, durch die Metallbrille, durch die Kunststoffbrille, ihn flüchtig nur, aber die Verachtung schlug wie eine Peitsche ins Gesicht, der Blick der Statistiker.

* * *

Sie hätten, Mack ließ ihn endlich los, nicht die Zeit, sich länger dieses Gerede anzuhören. Ständig, nur daran liege es, würden die Statistiker neue Computer bekommen. Unsere Lieblingskinder, so müßten, wenn sie ehrlich wären, die Politiker sagen, denn täglich, er machte, ihn fast berührend, eine Handbewegung, fragen sie nach ihrer Beliebtheit. Beliebtheit? Ja, sagte, und weil er das Tempo beschleunigte, drohte der Abstand sich zu vergrößern, Mack, täglich, manchmal stündlich, würden jetzt, einige lebten davon, Ausgesuchte befragt. Ausgesuchte? Wieder, weil er nachzog und Mack sich leicht drehte, stießen wie zwei Betrunkene, so kam's ihm vor, eilten sie – wohin jetzt? – durch den Gang. Nach bestimmten Kriterien, die Programme, immer effektiver, könne man heute ausrechnen, ob die Hellseher, kicherte, der Satz war noch gar nicht beendet, Mack, so würden sie hier die Statistiker nennen, und weil sie die Ironie nicht verstünden, seien sie sogar stolz darauf.

Er, aber nur weil Mack ihn ansah, lachte mit. Offenbar,

dachte er und versuchte, nicht einfach, wieder eine Art Gleichschritt zu finden, gab es Spannungen zwischen den verschiedenen Abteilungen. War es nicht besser, Mack – übermäßig zu vertrauen, hieß doch jedenfalls durfte er, aber Mack, fast prallten sie zusammen, klopfte wieder an eine Tür. Ein – wonach? – scharfer Geruch schlug ihnen mit dem, im Gang gab's ja nur künstliches, starken Licht entgegen, so daß er mußte, zwinkernd, während Mack schon – was denn? – sagte, sich erst einmal – Pfefferminz; es roch nach Pfefferminz.

»Na komm«, antwortete die lange dünne Frau und boxte Mack an den Arm. »Im Augenblick bin ich hier eher die Quiz-Tante.«

Gerade, sie deutete auf einen Stapel Briefe, sortiere sie Einsendungen zum Oster-Gewinnspiel.

Föderalismus, dachte er wollte, aber sie sprachen schon weiter, etwas sagen. Sie saß, deshalb wippte sie beim Sprechen, auf einem – aus Gesundheitsgründen? – großen roten Gummiball. An der Wand, sein Blick, als suche er was andres, glitt drüber, hingen Sportfotos, Urkunden und bunte, von Kinderhand gemalte Bilder. Daß, begriff er, die Frau die ganze Zeit auf dem Gummiball sitzen blieb, war ein Vorteil. Wäre sie aufgestanden, hätte sie ihn und Mack so weit überragt, daß es komisch ausgesehen hätte. An der Bürolampe hing ein Stoffaffe, neben dem Telefon lag ein Hase. Sie, hatte Mack gerade gesagt, habe in Barcelona die Bronzemedaille gewonnen, sie sahen ihn an, ob er sich, Hochsprung, denn nicht erinnere? Mußte er, eine Sprechpause war eingetreten, jetzt was sagen?

»Und Sie? Treiben Sie auch Sport?«

Er schüttelte, doch Mack lachte schon, den Kopf.

»Er ist Langstreckenschwimmer und verfügt über das Golden-Golf-Master-Diplom des Staates Pennsylvania.«

* * *

Sich finden, sich konzentrieren, und alles in einen sinnvollen Zusammenhang bringen. Allein, im eigenen Zimmer: Endlich, Mack hatte ihm, zu viele, zu rasch, noch weitere Mitarbeiter vorgestellt, konnte er nachdenken. Er hatte, Gründe spielten jetzt keine Rolle, diese Arbeit bekommen und mußte, so viel war klar, damit zurechtkommen. Konnte er das? Oder war nicht, er brachte doch gar nicht die Voraussetzungen mit, von vornherein alles vergeblich? Hineingeraten, so, auch wenn er sich beworben hatte, mußte man das, sein Blick senkte sich nach unten, nennen. Kratzer, Klebstofflecken, verschmierte Farbe – als habe sie bisher zum Basteln, nicht zum Schreiben gedient, so sah die Schreibtischunterlage aus.

Lange war's meins, jetzt ist's Ihrs: Wie über etwas, was sie auf immer miteinander verbinden werde, hatte Mack von dem Zimmer gesprochen. Dabei war's winzig klein. Das kleinste hier, hatte Mack in einem Ton, als handle es sich um eine Auszeichnung, gesagt. Die Büromöbel, wohl mal weiß, hatten, es roch nach Zigaretten, einen gelblichen Ton. Zerknülltes Papier, rostige Schere, brüchig gewordene Bürogummis, Mack, Brotkrümel, hätte hier, Bonbons, ein – uuh! – angebissener Keks, bevor er das Zimmer übergab, ruhig aufräumen können. Er schob die Schublade zurück.

Wie konnte er hier in Jerusalem sind bei einem Anschlag aus dem Nebenraum hörte dort jemand Radio? So laut, daß er schloß die Augen: Sich finden, sich konzentrieren, und alles in einen sinnvollen Zusammenhang bringen. Zwei Jahre lang, alle vergeblich, hatte er Bewerbungen geschrieben. Sollte er sich da jetzt, er blickte zum Fenster, über dieses kleine, schmutzige, viel zu laute Zimmer aufregen? Das Wetter. Seufzend sank er zurück.

»Eigentlich ein Gartenstuhl, aber sehr bequem.«

Hier, eine Gartencenterkette habe sie gespendet, kam's, auch das Vorstellungsgespräch hatte es gezeigt, auf Beziehungen an. Ohne die Sekretärin wäre er, das war aber genauso klar, konnte sich auf nichts verlassen: »Na dann toi, toi, toi«, hatte, und das sagte doch alles, der Schönling gesagt. Im Gang waren sie ihm begegnet: Schill.

»Na, für die Probezeit.«

Der Mund des Schönlings öffnete sich langsam zu einem breiten Lachen, das die Zähne freigab. Wie weiß und ebenmäßig die aussahen! Ja, er habe schon gehört, Historiker, und dennoch Computerspezialist, toll!

»In Princeton, und er ist auch mit dem Bundespräsidenten verwandt.«

Wie er lächelte – immerzu, und wenn man seine Augen, hellblau, ruhig, vermittelten das Gefühl, daß die vollen blonden Haare verstärkten das noch: Schill, verglichen mit ihm, schien er hätte auch gern solche Haare gehabt, war, nach hinten gekämmt, getragen vom Bewußtsein seiner Anziehungskraft, schritt, sie sahen ihm nach, ein Sieger.

»Gegen seine Schönheit kommen wir zwei nicht an, aber beim Sprechen kann man schon mithalten.«

Wie damals der mit der C&A-Tüte: Er, um Mack zu antworten, hätte jetzt, so stark war das Gefühl, ihm mit der Faust einen Kinnhaken versetzen können. Dann, sie gingen weiter, entwich, so schnell wie sie gekommen war, diese Kraft.

»Kommt das denn oft vor, daß jemand die Probezeit nicht besteht?«

»Ach woher. Niemand hat die genaue Übersicht, höchstens die Statistiker.«

* * *

Peking. Bei ... heute morgen ... die Zahl kann ... – demontiert? Demonstriert? Dementiert? Er nahm – die ganze Zeit geht das so! – sein Ohr von der Wand. Und grade immer so laut, daß – am liebsten, um den Nachbarn zur Rede zu stellen, würd ich kann doch nicht: Am ersten Arbeitstag sich bei einem Kollegen beschweren! Über eine, nichts war geschehen, Stunde saß er jetzt hier und schaute auf das Telefonverzeichnis, das Mack, so könne er sich am schnellsten mit den Namen vertraut machen, ihm gegeben hatte. Mack, Schill, sonst, es ging vorhin viel zu schnell, hatte er sich bisher keinen Namen – Tote! Fünfzig? Fünfzehn? Das sprengstoffbeladene Auto – wo? Wer? Er sog, den Atem anzuhalten half auch nicht, die Luft, voller unverständlicher Laute, war stickig. Sollte er das Fenster öffnen? Entweder Sie, müßte er an die Wand klopfen und schreien, machen ihn aus oder so laut, daß man alles versteht. Fernsehen – in der Arbeitszeit! Waren sie alle in derselben Abteilung? In welcher? Mack, anstatt ihm die Arbeit genau zu erklären, hatte ihn nur verschiedenen Kollegen vorgestellt, Kollegen, die, merkwürdiges Kriterium, er, so Mack, lieber gleich mal kennenlernen solle.

Der Redner, sie hatten gerade das Zimmer der Hochspringerin verlassen, sagte Mack. Eigentlich müsse er Schweiger heißen, außer dem Nötigsten sage er nichts. Aber weil er viele wichtige Reden geschrieben habe, nenne man ihn, solche Beinamen gebe es manchmal, den Redner. Fünf Jahre hintereinander die Weihnachtsansprache des Bundeskanzlers, mehr sei auf diesem Gebiet nicht zu erreichen. Das Zimmer war abgeschlossen. Schließlich, Mack klopfte mehrmals, öffnete sich die Tür. Nur um einen Spalt. Roch es nach Urin? Mack, vielleicht zu schnell sprechend, stellte, ein neuer Mitarbeiter, ihn vor. Ob, fragte, wortlos, des Redners Blick, dieser läppische Anlaß, war unglaublich, eine solche Störung –: Er sprang, sobald der schwieg, von Mack zu ihm, dem Vorgestellten, und saugte, so kam's ihm vor, alles, was er wissen wollte, wie durch einen in die Augen gestochenen Strohhalm mit dem eigenen Blick aus ihm heraus. Sekunden, mehr nicht, eher weniger, dauerte dieser, sie liefen schon weiter, Blick hatte, wie betäubt, ging er, schon wieder an ihn stoßend, neben Mack, der, sie hätten ihn wohl gerade beim Schreiben einer neuen Rede gestört, murmelte. Reden, Reden, Reden, er schreibe mehr, als gehalten werden könnten. Seine große Zeit, ob er das wahrhaben wolle oder nicht, sei vorbei, trotz der Weihnachtsansprache, die ihm sicher, alles fließe ja, auch bald weggenommen und nach draußen vergeben werde. Private Schreibagenturen kämen mit dem Publikum inzwischen besser zurecht. Die Hamburger Rede und die GV-Rede des vorletzten Bundespräsidenten, das seien die letzten großen Erfolge des Redners gewesen.

»Geh Fau?«

 »Geschichtliche Verantwortung.«

* * *

»Hab ich's nicht gesagt?«

Er fuhr zusammen. Mack, ohne anzuklopfen, war ins Zimmer gestürmt und schwenkte ein Blatt Papier.

»Für den Generalsekretär, schon am ersten Arbeitstag!«

Er schien, das steckte an, außer sich. Beide, Macks Hände zitterten, beugten sich über das Blatt. So, die Schrift war gar zu krakelig, konnte man das nicht lesen. Er, es war ja eilig, zog es Mack aus den Händen. Doch auch seine, deshalb legte er's auf den Schreibtisch, zitterten. Er nahm, jetzt fehlte das Licht, das Blatt wieder hoch und drehte sich zum Fenster. Rede, stand da, Rede. Und hinten, das letzte Wort –

»Rede für den Aidskongreß – sofort!«

Er blickte auf. Wenn Mack wußte, was auf dem Zettel stand, warum hatte er's nicht gleich gesagt? Darunter, das erkannte auch er, hatte Glöckner »für den Neuen« geschrieben und in Klammern etwas hinzugefügt.

»Das hab ich auch nicht rausbekommen.«

Glöckner habe wenig Zeit, deshalb schmiere er oft etwas hin, was dann keiner lesen könne.

»Eine Rede? Ich? Aber – warum nicht der Redner?«

»Der haßt alle Schwulen.«

Bis übermorgen habe er Zeit – eine riesige Herausforderung, die keiner erwartet hätte, obgleich sie, ehrlich gesagt, auch nicht überraschen könne. Seit Wochen liege dem Generalsekretär diese Einladung vor. Erst habe er nicht hingehen wollen, aber jetzt spreche die politische Situation, sagte Mack, eher dafür, daß ich, weil das sonst sofort negativ, Glöckner wartet ja nur darauf, ausgelegt wird diese Rede, sie muß gelingen, über meine Zukunft entscheiden? Heute so, morgen, sagte Mack, so sei das eben in der Politik müsse man jeden Augenblick – er unterbrach Mack:

»Ich muß zum Generalsekretär. Wie soll ich sonst wissen, worauf es ihm bei der Rede ankommt?«

Zum, lachte Mack, Generalsekretär? Selbst Toledo spreche nur einmal wöchentlich mit ihm, Glöckner einmal im Monat. Unsereiner, sagte Mack, komme allenfalls bei der Weihnachtsfeier dazu, und jetzt sei Ostern. Die Art, in der er, Mack, nur weil er hier schon länger arbeitete, sprach, war schwer zu ertragen. Jetzt – warum? – sagte er sogar:

»Aber nun bitte! Sich ausdenken dürfen, was der Generalsekretär sagen wird – mehr Nähe zu den Großen darf man wirklich nicht verlangen.«

Er, um ans Fenster zu gelangen, schob Mack beiseite. Weit konnte man nicht sehen. Ein nahes Gebäude versperrte die Aussicht. In dem Gebäude liefen zwei Schwarze aufgeregt umher. Sie schienen sich zu streiten, zumindest gestikulierten sie stark. Er senkte den Kopf gegen die Scheibe. Glaubte Mack wirklich, er werde, bloß weil er den Zettel mit dem Auftrag überbracht hatte, ihm, Mack, zu Füßen fallen?

»Bei diesem Lärm! Wie soll man da vernünftig arbeiten?«

Der, so Mack, Lärm komme vom Videoraum, leider sei der gleich nebenan. Dort stünden mehrere Fernseher und Radios.

»Aber – warum denn?«

Der Videoraum sei der Arbeitsraum der Medienbeobachter. Keine leichte Arbeit, es gebe immer mehr Fernsehprogramme. Daneben müßten sie auch noch zwei, drei Radioprogramme hören. Bei der Aufmerksamkeit, die das erfordere – kein Wunder, daß sie alle Kettenraucher seien.

»Dann kommt der Geruch von drüben?«

Man dürfe ihnen das nicht verübeln. Die ständige Angst, inmitten all der Programme aus mangelnder Konzentration ein wichtiges Wort zu verpassen. Anfangs, als man ihm, Mack, dieses Zimmer gegeben habe, habe er wegen der Fernseh- und Radiogeräusche auch erst gedacht, da wirst du ja verrückt. Doch gerade, er werde das bald merken, die Vielzahl der Stimmen und Programme führe nach wenigen Tagen dazu, daß alles zu einem einheitlichen Brumm-Ton zusammenlaufe, an den man sich rasch gewöhne. Man könne sogar süchtig danach werden, was er daran gemerkt habe, daß er jetzt, er blickte auf Macks Stirn, wo er in ein anderes Zimmer gezogen sei, vermisse er nämlich den Brumm-Ton und sei deshalb oft unkonzentriert.

»Glauben Sie mir, es ist ein Vorteil. Halten Sie ruhig ab und zu ein Ohr an die Wand. Da schnappt man leicht das ein oder andere auf, das man für die eigene Arbeit gut gebrauchen kann.«

* * *

»Für 'n Aidskongreß?«

Bernd lachte und schlug, als bitte er um allgemeine Aufmerksamkeit, auf die Theke. Auch Edith lachte. Ihre riesigen Ohrringe wackelten und klirrten dabei.

»Und sonst?« Bernd wandte sich an den Freund, der neben ihm stand, deutete und fügte hinzu: »Das ist nämlich mein Spion.«

Am Morgen, als er Ediths Wohnung verließ, hatte sie ihn festgehalten und gesagt, Bernd entschuldige sich für sein Verhalten in der Nacht, er sei betrunken gewesen, du bleibst, natürlich, na klar, solange du willst.

»Er erzählt mir alles, und ich mach 'n Buch draus.«

Bernd lachte, aber es klang künstlich. Er, Bernd zündete

sich eine Zigarette an, solle alles erzählen. Ob die, er zog, Steuererhöhung komme, ließ den Rauch aus dem Mund züngeln, eine Kabinettsumbildung bevorstehe und, blies dann den Rest aus, der Generalsekretär wirklich ein solches Arschloch sei.

»Er hat ja«, sagte Edith, »heut erst angefangen.«

Na und? Gerade am ersten Tag falle einem doch am meisten auf. Er schien gereizt. Zu Hause noch, einmal, es ging um Ediths Haarfarbe, hielt Bernd ihn freundschaftlich an der Schulter und war so liebenswürdig gewesen, daß er für einen Moment begriff, warum Edith ihn mochte. Doch sobald sie in die Schriftstellerbar gekommen waren, schien er ein anderer Mensch. Seine Stimme, der Alkohol konnte es noch gar nicht sein, schrill, die Augen flackernd, an der Halspartie rote Flecken: 'n Bekannter von Edith, so hatte er ihn seinem Freund vorgestellt.

»Wie viele Schriftsteller es gibt!«

Bernd, wahrscheinlich hatte er's gar nicht gehört, sagte etwas zu seinem Freund, der, es fiel der Begriff »Redaktion«, vielleicht Journalist war. Von Schriftstellern allein, Edith mußte schreien, damit er verstand, könne keine Bar leben. Er lächelte und nickte. Eine Unterhaltung war bei dem Lärm schwer zu führen. Mit den Händen eine hohle Gasse bilden, durch die man in die Ohren spricht, anders ging das nicht. Sie liebe, er spürte ihren Hauch, diese Atmosphäre, und blickte auf den Mann hinter der Theke, auch wenn sie nach einem solchen Abend meist heiser sei. Immer wieder lerne man, heute aber sei das Gedränge gar zu groß, interessante Leute kennen, mit denen man, wieder dieser Hauch, anspruchsvolle Gespräche führen könne, ohne deshalb gleich dem Tiefsinn derart zu verfallen, daß, in Deutschland sei das leider üblich, man, wie damals an der Uni, rede, er spürte einen Stoß von hinten, und rede, als könne man dadurch, zwei Männer, was wollten die, drängten sich dadurch das Leben, so wie es, ob man wolle oder nicht, sei, zu bewältigen. Jetzt waren sie ganz nah und schauten ihm – warum? – für einen Moment auf den Kopf. Wegen der Haarfarbe?

»Agenten«, flüsterte Edith. Es sei ein hartes Geschäft. Wie beim Fußball, sagte Bernd, weshalb, obwohl es von einem Schriftsteller handele, sein nächstes Buch, ihre Beine berührten sich, ›Der Stürmer‹ heiße. Mit diesem vieldeutigen Titel könne man sogar das Klirren ihres Ohrgehänges, dachte er, zieht mich an Edith gefiel ihm plötzlich, vielleicht auch wegen des getrunkenen Biers, wünschte er sich, Edith sei seine Geliebte.

* * *

»Ich besorg's Ihnen.«

Sie war blond. Ihre glatten, exakt geschnittenen Haare fielen leicht nach vorn, bei jeder Kopfbewegung schwangen sie mit. Das Blond kontrastierte mit der schwarzen Brille. Der Schnelldienst werde, falls das Buch vorrätig sei, den – Pee Haa und Ah Iii? – Phaidros in einer halben Stunde vorbeibringen, solange könne er, wenn er wolle, hier warten. Er setzte sich an den Zeitungstisch und blickte durch die Glasfront. Von hier oben hatte man einen guten Blick auf das schwarze Ei.

»Oben in der Bibliothek«, hatte Mack gesagt, »dort bekommt man alle – alle –«

»Bücher«, beendete er das Stottern. War es für Mack eine Qual, dieses Wort auszusprechen?

Wie schön sie war: Die Bibliothekarin, während sie die Bestellung in den Computer eintippte, schwangen ihre blonden, frisch gewaschenen, exakt geschnittenen Haare hatten, sonst hätte er sie nicht so ansehen müssen, etwas Magisches, was durch das seitlich von ihnen verdeckte, elegante, schwarze Gestell der Brille nur noch nicht jetzt, dachte und sah er, wie sie, wohl weil er zu aufdringlich geschaut hatte sie, ganz plötzlich, ihren Blick vom Bildschirm weg hinüber zu ihm gelang es gerade noch, bevor er den seinen traf, wandte die Augen schauten wieder durch die Glasscheibe nach draußen: War sie verheiratet?

Unmöglich, sie zu – fragen, hatte Mack ihm nachgerufen, Sie nach den Aidsbroschüren, da können Sie das meiste abschreiben. Deshalb, aus Scham, hatte er bloß nach dem »Phaidros« gefragt, in dem, einer Schullektüre, er erinnerte sich nur ungenau, etwas stand, was er als einleitendes Zitat vielleicht, für die Rede verwenden konnte.

»Ein platonischer Dialog«, wandte er den Kopf zu ihr zurück. Sie nickte, mit winziger Verzögerung, woraus er schloß, daß sie, ein gutes Zeichen, überrascht, aber nicht verwirrt war. Nach Platonischen Dialogen werde hier, in der Bundesgeschäftsstelle, selten verlangt, sie waren, er hätte sich's denken können, nicht präsent und mußten beim Schnelldienst bestellt werden. Auf die Bibliothekarin, das spürte er einfach, machte seine Bestellung Eindruck. Nach den Broschüren, er schaute nach unten, zu fragen, war unmöglich, am Hemd fehlte ein Knopf.

»Du Wichser hältst mich wohl für blind?«

Mit diesem Satz hatte Bernd ihn in der Toilette zur Rede gestellt. Sie standen am Waschbecken. Zum Glück kamen gerade, hallo Bernd, zwei Schriftsteller herein, und Bernd ließ ihn los. Ein winziges Geräusch, ganz unwichtig, und doch, als gäbe es jetzt, wo er blickte auf den Boden: ein rollender Knopf. Unmöglich, ihm nachzulaufen, vom Pissoir her fragten die Schriftsteller Bernd nach dem Erfolg seines letzten Buchs. Er verließ die Toilette. Aber draußen, im Gedränge der übervollen Bar, holte Bernd ihn wieder ein:

»Einmal noch, wenn du sie befummelst – und du kriegst eins in die Fresse. Aber richtig.«

Er mußte, das war jetzt klar, so schnell wie möglich, bei Edith ausziehen, da, ein Pieplaut aus dem Computer, und die Bibliothekarin sagte, das Buch sei vorrätig, dieser Bernd, jedenfalls wenn er getrunken hatte, zu alles, fügte die Bibliothekarin hinzu, in allem werde es, so die Nachricht des Boten, nur noch dreiundzwanzig Minuten dauern. Das sei ja, antwortete er, um irgend etwas zu sagen, ein ungeheurer Service. Es gebe, so die Bibliothekarin, er war froh, daß sie ihn jetzt ansah, diesen Schnellservice erst seit kurzem. Da er teuer sei, dürfe er nur in eiligen und wichtigen, er erschrak, Fällen in Anspruch genommen werden. Sie wisse, als Bibliothekarin werde sie über alle Neueinstellungen sofort informiert, daß er erst gestern seine Arbeit aufgenommen habe, und hoffe, er werde mit den Leistungen der Bibliothek, der Service stehe hier an erster Stelle, immer zufrieden sein. Dann, zu einem lockeren Ton übergehend, fragte sie, ob es ihm denn bisher an seiner neuen Arbeitsstelle gefalle. Er nickte erst, bewegte aber dann, als beginne er, die Frage ernst zu nehmen, unentschlossen die Hand:

»Na, Hauptsache, ich besteh die Probezeit.«

In letzter Zeit, sagte die Bibliothekarin und nahm ein Bündel Zeitschriften, seien hauptsächlich Bewerber eingestellt worden, die die Bibliothek nicht benutzen. Erst neulich sei jemand ohne Schulabschluß in der Fachabteilung für Gesellschaftspolitik aufgenommen worden, nur weil er, so habe es jedenfalls geheißen, ein erfolgreicher Vertriebsleiter gewesen sei.

»Sehn Sie mal.«

Sie hielt eine der Zeitschriften hoch: Eine blonde, halbnackte Frau in erotischer Pose.

»So was muß ich jetzt abonnieren. Es wird immer schlimmer.«

Er wollte antworten, es fiel ihm aber nichts ein. Erst als er – da, das Telefon klingelte, war es, sie hob ab, aber schon zu spät. Ja, sagte sie, und ihr Blick, warum denn fiel dabei auf ihn erfaßte plötzlich der Gedanke, daß die sprachen sie – wirklich?, fragte sie und erblaßte – über ihn – was? – er gefror, schüttelte den Kopf und sagte, bevor sie auflegte, so leise, daß er's fast nicht verstand:

»Gut, ich paß auf.«

Hatte jemand angerufen, um ihn zu verleumden? Wie lautete die Lüge? Daß er Bücher stehle? Frauen belästige? Konnte er sie fragen, ob sie nahm zwar, als sei nichts geschehen, die Zeitschriften und stieß das Bündel gerade. Doch die Kraft, mit der sie's tat, verriet die Erregung. Er suchte nach einer Formulierung, die er machte sich lächerlich, wenn er – sie fragte, aber wohl nur aus Verlegenheit, wie lange denn noch, und blickte dabei auf den Computer, als, wie zur Antwort, plötzlich jemand die Tür aufdrückte: der Bote vom Schnelldienst!

Er trug eine rote Uniform, auf der verschiedene, »Marlboro«, erkannte er, »Bitte ein Bit«, Werbelogos aufgenäht waren. Als der Bote, um sich über die Stirn zu wischen, die rote Kappe abzog, fielen lange, dünne Haare heraus.

»So schnell«, keuchte er, »bin ich nicht immer.«

Sein Gesicht wirkte sehnig und zäh, war er mit dem Fahrrad gekommen? Meist, sagte er, verlangten die Leute nur Pizzas und Süßigkeiten. Da bemühe er sich nicht groß und vermeide gefährliche Überholmanöver. Mußte man ihm nicht ein Trinkgeld geben? Schon gut, sagte der Bote. Er habe das als Ehrengang betrachtet. Seit sechs Jahren liefere er aus, so etwas wie der ›Phaidros‹ sei noch nie dabeigewesen. Sie blickten zu dritt darauf: Ein kleines Reclam-Heftchen, dessen grelles Gelb mit dem Rot der Boten-Uniform scharf kontrastierte.

»Ich brauch's für eine Rede.«

Der Bote, als könnten Erklärungen nur schaden, wehrte ab. Ihm müsse man nichts sagen, er habe lange Soziologie studiert. Daß er dann beim Schnelldienst, er schaute, ihre Blicke folgten, verloren in seine Kappe, gelandet sei, aber so, er sah wieder auf, lange er noch die Kraft dazu habe er blickte auf die Uhr, erschrak und setzte die Kappe auf. Rasch verstaute er seine langen dünnen Haare darunter. An der Tür, sie sahen ihm nach, drehte er sich nochmals um:

»Schaut auch nichts mehr raus? Es gab schon Kundschaft, die sich darüber beschwerte.«

* * *

»Auf ihre blonden Haare sind schon viele reingefallen, die sind gefärbt.«

War Mack eifersüchtig auf die Bibliothekarin? Ihre Arbeitsstelle sei gefährdet. Es gebe, so Mack, Überlegungen, die Bibliothek aus Kostengründen abzuschaffen, keine andere Partei verfüge heute mehr über eine eigene Bibliothek.

Falls das, sein Blick ging zum Fenster, stimmte und die Arbeitsplätze hier so stark gefährdet waren, gleiche es, er sprach leise, einem Wunder, daß man ihn, einen Historiker, eingestellt hatte. Mack nickte: Bei Toledo müsse er wirklich einen großen Stein im Brett haben. So verzweifelt sei Glöckner über Toledos Unnachgiebigkeit gewesen, daß er später gesagt haben soll: Noch eine solche Personalentscheidung, und ich kündige. Dann, er stand auf und ging ans Fenster, hing ja alles an einem seidenen Faden! Aus dem gegenüberliegenden Gebäude schauten zwei Schwarze und lachten. Mit einem Ruck drehte er sich zu Mack.

»Ein Vorgesetzter, der mich haßt. Wie soll ich da – die Probezeit!«

Toledo, schüttelte Mack lachend den Kopf, stehe über Glöckner, und Toledo – Princeton habe den Ausschlag gegeben. Schaut auf dieses Land! Das sage Toledo sei immer ein Bewunderer Amerikas gewesen. Die Wahlkonvente, Kunstwerke seien das, keine langweiligen Vereinsversammlungen. Wie da Tausende in einer riesigen Halle, Senatoren und Rockstars, Hausfrauen und Millionäre, Greise und Kinder, die Schilder schwenken, und plötzlich regnen, als mache, so habe sich Toledo einmal ausgedrückt, sogar der liebe Gott mit, die Luftballons und das Konfetti vom Himmel. Begeisterung ergreife jeden, der diese Perfektion erlebe.

Er wandte sich zurück zum Fenster: Princeton! Wie konnte er mußte irgend, machtlos zu sein, war das Schlimmste, etwas, schüttelte Mack den Kopf, brauche jeder. Schill zum Beispiel, der schöne Schill, größter Faulpelz unter der Sonne, soll, sage man jedenfalls, nur weil er, aus einer Studentenverbindung heiße es, den Generalsekretär kannte, sei er hier. Niemand wisse, was Schill überhaupt arbeite, sobald einmal die Sonne scheine, fahre er mit dem Cabrio durch die Stadt. Es stamme aus einem früheren Partei-Gewinnspiel und sei in den Parteifarben lackiert. Eine einzige Cabriofahrt von Schill, solle der Generalsekretär einmal gesagt haben, bringt mehr Wählerinnen als drei Parteiprogramme.

Schweigend blickten sie hinaus. Wofür, Schill beneiden oder verachten, sprach mehr und mehr, Mack stand jetzt ganz dicht neben ihm, sei er, zum Glück betreffe das nicht die Gesamtpartei, enttäuscht. Einer der beiden Schwarzen begann zu winken. Manchmal, flüsterte Mack nach einer Weile, wünsche er sich, er sei, auch wenn das heute niemand mehr werden wolle, Germanist geworden. Dann, sicher erwartete er ein tröstendes Wort, aber es kam nichts, drehte er sich um:

»Was das für ein Lärm im Nebenzimmer ist! Ich geh mal nachsehn.«

Mack strahlte etwas, sagen konnte man ihm das freilich nicht, Deprimierendes aus. Schill ein Faulenzer! Und er selbst? Die Schwarzen hatten mit dem Winken aufgehört. Vielleicht, wahrscheinlich sogar, hatten sie gar nicht gewinkt, sondern – er schloß die Augen: Was für eine Arbeitsstelle.

* * *

... zu gleicher Zeit geflügelt zu werden. So große Freundschaft, Kind, und so göttliche Geschenke wird dir die Freundschaft eines Verliebten spenden. Jene Vertraulichkeit aber des Nichtliebenden, die mit sterblicher Besonnenheit verdünnt ist ...

»Kein Wunder, die trinken Sekt! Glöckner hat's erlaubt.«

Ein Oppositionspolitiker, Macks Stimme brach sich fast,

habe heute nacht einen falschen Satz gesagt. Niemand habe es gemerkt, doch der Aufmerksamkeit der Medienbeobachter sei's nicht entgangen. Das könne sie alle auf Wochen beschäftigen, eine Anschlußkampagne sei bereits geplant.

»Wie hat der Satz denn gelautet?«

»Ich hab's schon vergessen. Aber wenn Sie wollen, frag ich noch mal.«

Er schüttelte – zu gleicher Zeit geflügelt werden! – den Kopf und deutete auf das Reclam-Heftchen:

»Unpassende Sätze hab ich hier genug.«

Mack trat auf ihn zu.

»Sie werden es schaffen, da bin ich ganz sicher.«

Die erste Rede sei die schwerste, oft aber auch die beste. Wenn sich nur erst mal, das habe er oft erlebt, der Alltag durchsetze und die Erkenntnis, daß man in einer Rede nie zu viel, aber natürlich auch nicht zu wenig sagen dürfe, gehe, die schlechte Laune des Redners sei das beste Beispiel, viel von dem verloren, was man eigentlich, und das sei das Problem, zu sagen habe, sollte, er machte eine Handbewegung, auch immer klar herausgearbeitet sein. Sie blickten hinunter zu dem zitronengelben Heftchen auf der braunen, verkratzten, mit Klebstoff verunreinigten Schreibtischunterlage.

So plötzlich, sein Kopf ging wieder hoch und drehte sich zum Fenster, sei seine Einstellung erfolgt, daß er sich noch gar nicht um eine Wohnung habe kümmern können. Er übernachte bei einer Bekannten, deren Freund ihn ständig bedrohe. Außerdem – warum es nicht zugeben? – sei ihm die Kreditkarte gestohlen worden.

Mack schaute ihn entsetzt an. Wegen des Diebstahls? Oder hatte er, schließlich kannte er nur die glänzenden Bewerbungsunterlagen, mit so ungeordneten Verhältnissen nicht gerechnet? Auf die privaten Bedürfnisse, sagte Mack endlich, der Mitarbeiter wenig Rücksicht zu nehmen, sei hier leider Tradition. Er sehe ja selbst: Eine Rede für den Generalsekretär, am ersten Arbeitstag, so stark hätten die Sparmaßnahmen den Personalstand inzwischen reduziert.

»Wenn ich nur wenigstens einen Vorschuß bekäme, meinen Sie, das ist möglich?«

Mack überlegte. Dann zog er seinen Geldbeutel und sagte:

»Sie bekommen ihn von mir.«

Er zögerte, den Geldschein anzunehmen. Aber Macks Verhalten zeigte nur zu deutlich, daß ein privater Kredit im Augenblick die einzige Möglichkeit war.

»Wollen Sie einen Schuldschein?«

»Von einem Kollegen? Keine Angst, Glöckner wird nichts erfahren. Und wenn die Übernachtungsnot bei Ihnen inzwischen so groß ist – Sie können auch bei mir schlafen.«

* * *

Am Abend traf er sich mit Simsek. Edith hatte ihm die Telefonnummer gegeben. Simsek, Studienkollege im ersten Semester, der, das war leicht zu merken, keine Freude am Studieren fand. Dennoch kannten ihn alle, weil er täglich an der Mensa stand und Bücher anbot, die, jeder wußte das, gestohlen waren.

»Hallo.«

Sein Haar war schütter geworden, aber das blasse runde, fast flache Gesicht ließ keinen Zweifel zu.

»Und? Wie geht's?«

Simsek winkte ab.

»Riech mal«, sagte er und hielt ihm den Ärmel seines Pullovers an die Nase.

»Mottenpulver?«

Simsek nahm sein Bierglas, trank's halb aus und blickte dann, als wolle er sich jetzt selbst zusehen, in den Spiegel hinter der Theke:

»Leichen.«

»Leichen?«

Manche seien schon drei Wochen alt. Simsek trank den Rest. Er starrte auf Simseks hüpfenden Adamsapfel.

»Aber – wieso denn?«

Er, hatte Edith gesagt, kenne viele Leute, könne alles besorgen, auch eine Wohnung, weshalb er, sagte Simsek und rülpste unhörbar, schon alle möglichen Jobs, sogar Begräbnisredner, lachte er, aber nur ein einziges Mal, seine Stimme sei leider zu was, dachte er, hab ich ihn reute, Simsek angerufen zu haben: Der, falls Simsek nicht log, Leichengeruch, jetzt glaubte er ihn wirklich schlimm, behauptete Simsek, sei's ja nicht allein auf dem Arbeitsmarkt, auch der Wohnungsmarkt sei nahezu tot. Wer heute eine billige Wohnung habe, gebe sie nicht her.

Blau oder braun? Simseks Augen, wenn man sie sind, dachte er, während Simsek, deshalb hätte er den Maklerjob aufgegeben, redete, grau. Leblos wirkte, während, besonders Eigentumswohnungen seien, es sprach, dieses Gesicht auch insofern, als, vielleicht aus Gleichmut, vielleicht aus Langeweile, es sich beim Sprechen, inzwischen unverkäuflich, kaum bewegte. Anders, weil ein Adamsapfel hüpfte, wirkte der hautreiche, hängende Hals bog, wie bei einem Geier, sich aus dem alten, vorwiegend grünen Wollpullover drang, ihm wurde schlecht, also der Geruch.

Der Bodenwert sei das einzige, was in ein paar Jahren, sagte Simsek, würde links an der Brust, kaum zu sehen, war ein dunkler Schatten, der, wenn das stimmte, was Simsek sagte, falls der Bodenwert noch tiefer falle, könnte es – Blut? – sein, daß, er gefror, Simsek, weitersprechend, ist, das wäre eine Erklärung, Leichenwäscher. Eine Wohnung, sagte Simsek dann ganz plötzlich, zu finden, sei freilich das geringste Problem. Er habe ein Haus, das größtenteils leer stehe.

»Du hast – ein Haus?«

»Pro forma, aus Rechtsgründen, für 'n Kumpel quasi.«

Der Kumpel habe ständig Streit mit den Behörden, das Haus sei, na gut, vielleicht nicht mehr im besten Zustand und müsse, wann, sei noch unklar, mal gründlich saniert werden. Früher sei das Haus besetzt gewesen. Er habe selbst einige Zeit dort gewohnt, ein Freund aus dieser Zeit, er werde ihn kennenlernen, wohne noch dort, auch ein paar Ausländer, die Wohnungen seien riesig. Er, eine kleine Bitte, melde sich besser erst mal nicht behördlich an, weil das nur Unannehmlichkeiten bringen könne, für ihn, Simsek, und die Ausländer.

»Was denn für Ausländer?«

Bauarbeiter, die seien den ganzen Tag über weg. Miete zahlen müsse er, das sei doch klar, als sein früherer Studienkollege nicht, wenn er ihm bei Gelegenheit mal einen Gefallen täte, reiche das. Was denn, fragte er, für einen, wehrte Simsek ab, Freund, der ihm sein Auto leihe, besorge er billige Markenuhren, die er zuvor von einem anderen Freund, der so helfe man sich halt schon jahrelang sei er zum Beispiel nicht mehr beim Frisör gewesen, weil eine Freundin, falls er wolle, gebe er die Adresse, ihm die Haare umsonst schneide.

* * *

Umsonst, eine Wohnung! Der Bus hüpfte. Er, die Straße hatte Löcher, hielt sich gut fest. Vierstöckige Häuser, breite, von Bäumen gesäumte Straßen – diese Stadt, angelegt in zuversichtlichen Zeiten, strahlte Großzügigkeit aus. Wer, und er tat's ja, sich gut festhielt, dem konnte, sie fuhren zu schnell, das Gerumpel des alten, doppelstöckigen Busses wenig anhaben. Busse, die, bis sie zerfallen, eine Stadt nach festen Fahrplänen durchkreuzen, Türen, die, endlos die Zahl der Haltestellen, sich mit unerträglichem Gleichmut öffnen und schließen, Gesichter, die, wenn Augen sie treffen, sich nicht verändern. Ohne Leidenschaft: Im Vielen, so die Stadt, ist das Einzelne, weil selbst schon einzeln, dem Einzelnen nichts.

Trotzdem, er spürte, sie fuhren an, eine merkwürdige Kraft, die – eine Wohnung, umsonst! – ihn, seit er hier angekommen war, lenkte, unmöglich zu sagen, wohin ihn diese Sekretärin, anders herum gedacht, war auch bloß Teil eines, dachte er, Zusammenhangs, der, sie bogen ein, die Fliehkraft drückte ihn gegen das Fenster, schwer zu durchschauen war. Die Autos, er schaute bloß aus Langeweile, wirkten, so rasch wie sie entgegenkamen, konnte er, das Flüchtige verbirgt, die Fahrer nicht erkennen. Es, so viel, Toledo, Edith, Mack, war geschehen, verbirgt, weil es, die Aufmerksamkeit, einzige Kunst des Ichs, wie fahles Licht zerstreuend, vom Suchen abhält: Eine Wohnung, umsonst – Simsek, da hatte Edith recht, war, obgleich nicht wirklich sympathisch, jemand, der, das mußte man ihm lassen, sich jedenfalls in dem, was, das Bild verschwamm, er wußte, war, daß er, der Bus, ein plötzliches Hindernis, bremste:

»Du Wichser!«

Kurz nur, sie fuhren wieder, war der Halt, der, wie sonst

Katastrophen tun, die Gedanken zerriß, bis des Fahrers Fluch die Fahrgäste für einen – lächelte jemand? – winzigen Moment, doch sie fuhren längst wieder, verbunden hatte. Wer bist du? Was willst du? Fragte, wie silbrige Fische glitten die Fassaden vorüber, irgend jemand, hörte er, sagte »Tschüß«, danach?

Er spürte, die Tür schloß, eine ungeheure Müdigkeit.

* * *

»... der Eros eine Raserei und uns zur größten Glückseligkeit gegeben ... ein lichtes Leben im gemeinsamen Wandel glücklich zu sein ... und um der Liebe willen zu gleicher Zeit geflügelt zu werden ...«

Aus einigen Zimmern, schwer zu sagen, wie vielen, der Gang bog sich mit dem länglich-runden Grundriß des Gebäudes, schauten Köpfe. Glöckner stand dicht vor ihm. Zwei Adern, auf anderes, komisch, vermochte er sich nicht zu konzentrieren, eine an der Schläfe, eine am Hals, wanden sich wie pralle, grünliche Würmer.

Weitere Beispiele zitieren, oder ihm die Blätter auf den Kopf schlagen? Als könne er sich zwischen diesen beiden Möglichkeiten nicht entscheiden, so stand Glöckner zitternd, wütend, lahmgelegt, da. Schließlich, irgendwie mußte das weitergehen, hielt er, Geste eines Verstummten, die Blätter hin. Das Quietschen der Gummisohlen, die Köpfe verschwanden, klang, wie Mäuse, werden sie zertreten, sich äußern: zu Ende, alles.

Er war – wie im Spuk – plötzlich aufgetaucht und, das ging so rasend schnell, hielt ihm, er blickte drauf, den Entwurf, den er spürte, Glöckner längst hinter der Biegung, sich langsam wendend, eine Hand auf seiner Schulter: Macks Augen, als tasteten sie dort nach einer Verletzung, sahen ihm besorgt ins Gesicht. Bis morgen bleibe noch Zeit, die Stelle zu ändern. Vielleicht genüge sogar die bloße Streichung.

»Aber – das war 'ne Totalkritik. Ich kann's wegwerfen, die Rede schreibt ein andrer.«

Er kämpfte mit den Tränen, Mack schüttelte den Kopf: Hätte Glöckner ihm den Auftrag entzogen, hätte er das ausdrücklich sagen müssen. Mißverständnisse, die zu Doppelarbeit führen, seien das letzte, was sie sich bei der Personalknappheit leisten könnten.

»Er wird zu Toledo gehen!«

Mack, aber widersprechen tat er nicht, wackelte mit dem Kopf, machte mit den Händen eine – welchen Inhalts? – Geste, und hub gerade da stand und wollte durch, Schill, der Schönling, eine Tasse in der Hand:

»Was ist das denn für ein Lärm?«

Der Kaffeegeruch ließ, noch bevor ihnen eine Antwort einfiel, sie zur Tasse sehen. Wie warmer Atem in die Kälte, verschwanden, nach oben taumelnd, dünne Schwaden. Ach, sagte Mack, nichts. Glöckner habe eine Anweisung gegeben, in seiner, zum Glück habe sie wenig zu bedeuten, üblichen Art.

* * *

 »Kommen Sie mit, ich zeig Ihnen was.«

Als Kind, lächelte Mack, habe er Pilot und Kapitän werden wollen.

»Beides zugleich.«

Er sah – warum war er überhaupt mitgekommen? – auf die

Blätter in seiner Hand. Man mußte, um in dieses Zimmer zu gelangen, den Kopf einziehen: Von der Decke baumelten, an Bindfäden aufgehängt, Flugzeuge und Schiffe, die, nur von ganz nah sah man das, aus Streichhölzern zusammengeklebt waren.

»Das ist ja die Arbeit von vielen Jahren!«

Mack strahlte. Hielt er den Ausruf für ein Kompliment? Der Bug, sagte er und nahm etwas vom Schreibtisch, der Santa Croce. Wenn sie, was freilich noch Monate dauern könne, fertig sei, komme sie, deutete er hoch, der Platz sei freigehalten, neben die Santa Maria. Bastelte Mack, das war unglaublich, während der Arbeitszeit? Er, um nicht länger den Kopf einziehen zu müssen, setzte sich auf einen Stuhl. Merkt das hier niemand? Bekam Mack nie Besuch? Die Länge der Bindfäden hatte er jedenfalls nur auf seine eigene, geringe Körpergröße berechnet.

»Haben Sie noch andere Hobbys?«

Mack, ohne zu antworten, legte vorsichtig, zärtlich fast, den Bug zurück auf den Schreibtisch. Hatte ihn die Frage gekränkt? Dann, die Leimtube roch, war er aber sehr empfindlich.

»Wegen der Modelle hab ich Sie nicht in mein Zimmer geführt.«

Aus einer der Schubladen zog er eine Papierrolle und breitete, wie sonst nur Feldherren und Architekten, sie auf dem Schreibtisch aus. Auf die beiden Enden der Rolle legte er handtellergroße flache Steine, die mit einer blauen Zickzacklinie bemalt waren. Sie schienen zu der Rolle in engem Bezug zu stehen, denn auch auf der Rolle war eine Zickzacklinie zu sehen. Mack blickte, wohl um die Überraschung ganz zu genießen, ihn an. Mein, sagte er, Existenzdiagramm.

Glück oder Verzweiflung, die Skala reiche von eins bis sieben, jeden Montag, denn er sei auch an einem Montag geboren, erfolge die Eintragung. Die Rolle bestand aus karierten Blättern, die aneinandergeklebt waren. Seit seinem vierzehnten Lebensjahr führe er dieses Existenzdiagramm. Damals, in Schnörkelschrift stand am Rand ›Roland Harald Mack‹, habe er die Rolle, irgendwann sei ihm das aber zu pathetisch vorgekommen, weshalb er's, das, lachte er, klänge wissenschaftlicher, in Existenzdiagramm änderte, noch seine Lebensrolle genannt.

»Da! Der Monat meines Niederschlags, die Umfrage wegen –«

Macks Zeigefinger, als seien Augen Hunde und dort Fleisch, klopfte auf die Stelle. Er war kurz, breit und wies kleine weiße Flecken unter dem übrigens krumm geschnittenen Nagel auf. Warum zeigte Mack ihm das alles?

»In diesem Monat scheinen Sie sich ja wohl zu fühlen.«

Mack grinste.

»Der höchste Punkt seit sieben Monaten. Mein Urteil ist manchmal voreilig, aber ich bin froh, daß Sie bei uns eingestellt wurden.«

Macks Blick zu erwidern, hatte er keine Lust. Er deutete auf die Steine, mit denen die Papierrolle beschwert war.

»Die haben Sie wohl mit Zickzacklinien bemalt, damit sie besser zum Existenzdiagramm passen.«

»Das sind Kieselsteine aus dem Ganges, dem heiligen Fluß. Ein Inder hat sie mir verkauft.«

»Ein Inder?«

Mack lächelte: Ein Vetter des indischen Staatspräsidenten. Der gehöre bei Staatsbesuchen zur Delegation und verdiene sich manches Zubrot. Auf und ab, immerzu, so sei das

Leben in der Politik, müsse man damit rechnen, daß, und deshalb solle er sich das mit Glöckner nicht zu sehr zu Herzen nehmen, es Rückschläge gebe. Ihm das mal anhand seiner eigenen Lebensgeschichte nachzuweisen, nur deshalb, sagte Mack, habe er ihn in sein Zimmer geführt und das Existenzdiagramm gezeigt. Ihm, das dürfe er glauben, imponiere es, einen Vortrag mit einem so langen Platon-Zitat zu beginnen. Doch dem Generalsekretär, und nur so sei Glöckner zu verstehen, komme es, er lachte jetzt und fuhr mit der Hand durch die Luft, eher darauf an, daß – war Mack ein Angeber? Er schaute hinauf zu den Schiffen und Flugzeugen. Ein einziges brennendes Streichholz würde ausreichen, um das schwarze Ei, dachte er und schaute zum Fenster, als müsse er, während Mack davon sprach, daß, sie könnten dann gemeinsam die Eintragungen vornehmen und ihre Linien vergleichen, ersticken.

»Das Papier bekommen Sie von mir.«

Er sah, seine Augen preßten sich für einen Moment zusammen, Mack an.

»Eine Diagramm-Existenz führen? Lieber spring ich aus dem Fenster.«

Der Satz, Mack drehte sich, entlud, er fühlte sich, für einen Moment hatte, wohl die ganze Spannung, er das Gefühl – Mack, über das Existenzdiagramm gebeugt, fuhr mit dem Finger, als sei dort eine schöne Erinnerung zu ertasten, eine aufsteigende Linie entlang. Waren sie jetzt verfeindet? Er spürte eine ungeheure Leere. Dann, als sei noch etwas zu retten, lehnte er sich vor:

»Und die Skala – warum gerade bis sieben?«

* * *

Das würde mich nicht wundern: Ein Stein, geworfen, dächte, hätte er Bewußtsein, ich kann fliegen.

Er wartete an der Kreuzungsampel. Im Licht der Straßenbeleuchtung erkannte er einen Betrunkenen: Der, von der Gegenseite, machte, Autos, ohne die Geschwindigkeit zu drosseln, hupten, drei Schritte nach vorn, hielt, als überlege er, wie das, ohne Verlust des Gleichgewichts, weitergehen konnte sich, seitlich abdriftend, nicht halten, und machte, einzige Möglichkeit, drei Schritte nach vorn, hielt, als überlege er, wie das, dachte er, geht nicht gut, und blickte, sie grinste, zur Frau, die neben ihm stand.

Kein gutes, in der Hand spürte er den Griff seiner Tasche, Stadtviertel. Bei Edith konnte er nicht länger bleiben; die unaufhörlichen Auseinandersetzungen zwischen ihr und Bernd – einmal, sie halte es nicht mehr aus, zog sie ihn beiseite, am liebsten, sie sagte es so leise, als habe sie Angst davor, sich selbst zu hören, würde sie mit jemand anderem zusammenleben und Kinder haben. Kurz darauf, er blieb stehen und schaute nach oben, küßten sie und Bernd sich wieder. Das mußte es sein. Der Größe des Treppenhauses nach zu urteilen, handelte es sich einmal um ein schönes Haus. Aber jetzt – das untere Stockwerk, verschmierte Türen, zerschlagene Scheiben, Müll, schien unbewohnt. Sie, dachte er, liebt ihn, und tastete die Wand entlang, nicht. Die Treppenbeleuchtung, aber das allein mochte noch nichts heißen, sprang nicht an. Oben angekommen, tastete er mit dem Schlüssel. Von innen: das Geräusch, so flüchten Rehe, einer Gewalt, die auf Angst beruht. Er trat ein. In der Mitte des langen, breiten Gangs stand ein Gaskocher. Das fauchende Geräusch, die bläuliche Flamme – der Raum wirkte gefährlich, es roch nach verbranntem Fleisch.

»Simsek hat mir den Schlüssel gegeben. Ich darf hier wohnen.«

Langsam, an die Dunkelheit mußte er sich erst gewöhnen, tauchten drei Gestalten auf. Die, dachte er, Bauarbeiter, von denen Simsek, rief er, ist, aber das schienen sie nicht zu verstehen, ein ehemaliger Studienkollege von mir. Wie ans Lagerfeuer, so setzten sie sich, mit auf Stöcken gespießten Fleischstücken, zurück um den Gaskocher. Er stellte die Tasche ab. So arg, an den Wänden, bedrohlich groß, die Schatten der Männer, hatte er sich die Verhältnisse nicht vorgestellt.

* * *

»Carassa.«

»Carassa?«

Der Mann zog den Kopfhörer ab und, verwirrende Kabelwirtschaft, Saugnäpfe mit Elektroden, einen vom Arm, einen vom Hals. Nur ganz kurz, sagte er und hielt ihm alles hin. Wenn das System keinen Impuls mehr bekomme, schalte es sich aus. Er nahm, was Carassa – hatte er Carassa gesagt? – ihm jetzt, hinhielt. System? Impuls? Dachte er, die Kabel betrachtend, und begann, was, sich zu drehen, da war der – Carassa? – bereits aus dem Zimmer.

Sein Blick, auf die Haut, fiel zurück, anders war das jedenfalls nicht zu verstehen, sollten diese Saugnäpfe gedrückt werden, um, er tat es, sie hielten, irgend etwas zu messen, was die Kabel gingen zu einem Gerät, an dem, wie, dachte er, im Krankenhaus: Schalter, Lämpchen und ein Bildschirm, auf dem man sah, wie eine braune, weiche, sich langsam drehende Masse – Schokolade? In die jetzt, übergroß, Nüsse, das sind Nüsse, regneten, rund und hart, sich zeitlupenlangsam drehend, und, als ließe Sehen bereits fühlen, einschlugen in die braune, weiche Masse. Wie das, Zeichen mannvoller Kraft, spritzte! Was war das? Werbung? Wofür? Da! Noch bevor die Nüsse langsam, wie sterbend, versanken, schoß von rechts, von links – Karamel? War das Karamel? – in langer Welle und ergoß, halb Saft, halb zäh, sich dieses Zeug frei über die helle, süße Masse stülpte sich ihrerseits drängte wiederum, dunkelbraun, ein – Ton? War das ein Ton, den die Lust, gehört, drang aus dem Kopfhörer ihm unter der Haut spürte er kurz, für einen Augenschlag nur, waren alle, Sehen, Hören, Schmecken, eins, jetzt – Sinne? Ein einziger! – schien Erträumtes faßbar, tastbar, wirklich geworden, schwebte – wer? Er! – langsam sich für immer, wie Gestirne tun, um die eigene Achse drehend leuchtete, bevor er, wie Wünsche nach ihrer Erfüllung erst, im dunklen Nichts entschwand – wer? For ever: Er! Mars! Dein Schokoriegel!

Was sollte das? Die Kabel, so langsam begriff er, dienten der Messung seiner körperlichen Reaktionen auf die am Bildschirm gezeigten Werbefilme.

Verdiente Carassa damit seinen Lebensunterhalt? In diesem, blickte er sich um, Zimmer? Überall, es war sehr groß, Kisten und Schachteln, aus denen Krempel quellte, von oben baumelten Turnringe. Der Mann hat einen – wie soll man sonst sagen? – Schrottplatz aus dem Raum gemacht, der, wie oben an der Decke Stuckreste bewiesen, einst eine herrschaftliche Atmosphäre ausstrahlte. Dort, fiel sein Blick zurück, hing ein vergilbtes Poster: Mütze mit rotem Stern, sonst nichts, direkt über dem Bildschirm, auf dem jetzt – nackt! – stand ein muskulöser Mann, dessen nasse Haut, er stand auf einem hohen Fels, die Sonnenstrahlen wie ein Spiegel zurückwarf, so daß, unten, in der Tiefe, blaues Meer, fast blendend alles glitzerte, bis der Mann, stark, nackt, sich langsam beugte, um, Meer, Fels, Brandung steigerten in kurzen Schnitten und immer lauter sich, es kitzelte, stürzen – jetzt! – zog, was, verdammt, kitzelte denn, er den Kopfhörer runter – da: Ein Haar, fünfundzwanzig Zentimeter, vielleicht dreißig, hing, angeekelt zog er's weg, am Schaumstoff! Sollte er ihn überhaupt wieder aufziehen? Die Lämpchen an dem Gerät flackerten. Neben dem Bildschirm lagen Medikamente und etwas Fleischfarbenes. Ein Erotikartikel? Er beugte sich über die seitlich aufgerißne Verpackung: ›Achtung! Den Speichelmesser nach jeder Benutzung mit handelsüblichem Reinigungsmittel für Dritte Zähne, am besten mit Kukident, desinfizieren.‹

Er schloß die Augen. Drüben, am Lagerfeuer, die Bauarbeiter, und hier – was hatte Simsek sich bloß gedacht, als er ihm diese Wohnung anbot? Benzingeruch, irgendwo ratterte es – diese Nacht, mehr nicht! Dann, was blieb sonst übrig, öffnete er sie wieder und zog, da kam jetzt – Mozart? – klassische Musik, den Hörer über dem Bildschirm die Mütze mit dem roten Stern und auf ihm selbst: ein älteres Ehepaar, das, verschnörkelte Tassen in der Hand, stöhnte, bevor, von rechts oben, ganz plötzlich, braun, geröstet, rieselten wie aus dem Nichts: Kaffeebohnen, die – er zuckte, jemand tippte ihm an die Schulter, zusammen: Carassa. Auf einem Stück Pappe hielt er ein Stück gegrilltes Fleisch.

»Das haben Sie wohl von den Bauarbeitern?«

»Bauarbeiter? Das ist gut. Hier, der Rest ist für dich, ich bin Vegetarier.«

Es abzulehnen wäre unhöflich gewesen. Das Fleisch dampfte noch, vorsichtig biß er hinein.

»Mit denen kommst du klar. Solange du ihnen nichts klaust. Verstehst du?«

Klaust? Carassa – hieß er wirklich so? – rieb die Finger an einem alten Handtuch ab und band mit einem kurzen Draht die langen Haare hinten zusammen. Die starken, aus dem Gesicht getriebenen Wangenknochen, die große gebogene Nase – wie ein alter Indianer, dachte er, als, plötzlich, aus dem Stand, Carassa, mit dieser katzenhaften Geschicklichkeit war nicht zu rechnen, zu den Turnringen hochsprang. Dort – eine Kraftübung? – blieb er regungslos hängen.

Er, da nichts weiter geschah, kaute weiter. Das Fleisch war stark gewürzt, am liebsten hätte er Carassa um ein Getränk gebeten. Der, wie tot, hing mit geschlossenen Augen. Erst leicht, dann stärker, begann er zu schwingen. An der Decke, oder kam's von den Seilen, knarrte es im Rhythmus der Schwünge, die bald die ganze Länge des Raums einnahmen.

Daß, er kaute weiter, Carassa, ohne anzustoßen, zwischen all den Kisten und Schachteln hindurchschwang! Die Füße spitz nach unten gebogen, wie bei einem Könner, während die Schwünge sich verkürzten, für einen Moment hing er wieder still, um, welche Kraft, sich nach oben zu stemmen. Langsam, ganz langsam sank, die Arme zitterten, der Oberkörper nach unten. Carassa, Blut schoß ins Gesicht, blickte aus unterlaufenen Augen, der Hals, zum Platzen angespannt, ihn von unten an. Endlich, der starre, wütende Blick war kaum mehr auszuhalten, löste sich die Spannung, und er kippte, ließ die Ringe, flog, sich um sich selbst drehend durch die Luft, um, nicht ganz sicher, aber mit ausgestreckten Armen, auf einer Holzkiste zu landen.

»Wahnsinn.«

Er versuchte, die Pappe in der Hand störte, zu klatschen. In einer, rief, von der Kiste springend, Carassa, niedrigen Neubauwohnung könne er nie leben.

»Sie nutzen den Platz aber auch gut aus. Sind Sie in einem Verein?«

Es schepperte: Waren da Pokale und Medaillen drin, oder war Carassa nur aus Versehen gegen den Karton getreten? IRM – alle zwei Stunden, Carassa, den Nacken wischend, sah auf den Bildschirm, die Muskeln anspannen, sonst versteifen sie.

»IRM?«

Idiopathisch rigidiforme Myopathie, murmelte, Medikamente, jede Menge, Carassa – schwer krank? Er, was sagen, blickte, furchtbare Situation, mit Carassa auf dem Bildschirm rührte, Fleischsauce aus der Tüte, ein Koch, belanglos, doch Carassa, Kopfhörer, Elektroden, griff nach, jetzt verstand er, dem Speichelmesser.

»Da!«

Carassa lachte. Einer der Zeiger schlug leicht aus. War das witzig? Warum? Er blickte sich im Zimmer um. Nach einer Matratze fragen und sich, dachte er, in einem andern Raum schlafen legen.

»Simsek hat mir erlaubt, hier zu wohnen.«

Carassa, keine Antwort, beobachtete die Lämpchen. Wie ein Könner an den Ringen, doch auf dem Boden wirkte er steif und krumm, seine Finger – Teil der Krankheit? – waren eingerollt, als habe er keine Hände, sondern Krallen. Dann, endlich, blickte er auf. Nicht nur wegen der, das klang komisch, ihn mit dem Speichelmesser im Mund sprechen zu hören, Kohle! Puls, Spucke, Atem – alles, er habe acht Jahre in Indien gelebt, im Griff. Die besten Lügendetektoren der

Welt, die CIA habe welche, die 10 Millionen Dollar kosten, könne Carassa, er begriff, manipulierte die Meßergebnisse. Warum? Mit einem schmatzenden Geräusch sprang der Speichelmesser aus dem Mund. Mann! Die falschen Daten, das koste Millionen seien das, die die Industrie dadurch in den Sand setze, Millionen! Wenn nicht Milliarden. Niemand kaufe schließlich ein Produkt, für das, die Meßergebnisse bilden die Grundlage, eine völlig falsche Werbung gemacht werde.

Er blickte auf die Ringe. War Carassa verrückt? Eine starke Müdigkeit überkam ihn. Sollte er nach einer Matratze fragen? An dem Kabel, das Carassa aus dem Mund hing, lief Spucke entlang, plötzlich flackerte das Zimmerlicht. Carassa, der neue Generator verbrauche zu viel Sprit, riß die Elektroden ab und öffnete einen Blechkanister. Das glukkernde Geräusch, der Benzingeruch, halb betäubt blickte er auf das nasse Ding neben dem Bildschirm. Wie ein Stück Gebiß ohne Zähne sah er aus, der Speichelmesser.

* * *

»An allen Ecken und Enden wird gespart. Aber für so was ist immer Geld da.«

Die zweite, sagte sie und hielt eine Autozeitschrift hoch, sei das inzwischen, verlange man von ihr, bald eine dritte zu abonnieren, es würde sie nicht wundern. Die blonden, frisch gewaschenen, exakt geschnittenen Haare hatten etwas, sonst hätte er nicht so hinsehen müssen, Makelloses, das zusammen mit dem grazilen schwarzen Brillengestell – eine Madonna der, drängte, die Spannung zu lösen, es in ihm nach einem Begriff, Moderne?

Da oben hatte er, sein Blick fiel aufs schwarze Ei, sich dort unten wegen des Fernsehlärms aus dem Videoraum gesagt, kann ich mich besser konzentrieren. Doch jetzt, wo, Widerspiel von Schwerkraft und weiblichem Leben, ihre Haare schwangen mit jeder Bewegung, die sie sortierte Zeitschriften und, er schaute zu lange, hob jetzt, in seine Richtung den, noch bevor die Blicke sich trafen, Kopf wendend, sah er durch die Glasscheibe nach draußen.

DANGER! NEVER HANDLE WITHOUT BREATHING MASK!

Was war da drin? Schon in der Nacht hatte er am Geruch bemerkt, daß hier Chemikalien lagerten. Nimm, Carassa gab ihm eine Taschenlampe, dir irgendeines der Zimmer. Also hatte er nicht lange gesucht. Die Taschenlampe, richtigen Strom gab's nur bei Carassa, war schwach und hatte einen Wackelkontakt.

Als es am Morgen hell wurde und er aufwachte, schaute er in einen der Kartons. Mit einem der kleinen Beutel, die das feinkörnige Pulver enthielten, lief er durch den Gang, sprang über die in Schlafsäcken eingerollten Bauarbeiter, riß, ohne anzuklopfen, die Tür zu Carassas Zimmer auf und – erstarrte. Carassa, an den Turnseilen, baumelte bewegungslos von der Decke. Tot? Ermordet? Von den Bauarbeitern!

Sie, er schaute wieder hin, klebte zerrissene Seiten und strich, auf Korrektheit schien's ihr anzukommen, Eselsohren glatt. Ihre Haut schimmerte hell und rein. Oder lag's am Licht? Er blickte auf die Finger seiner rechten Hand: Sie waren krumm und kurz.

»Was denn? Hol mich runter!«

Er zog an ihm, aber Carassa, aus Absicht, dachte er erst, ließ die Ringe nicht los. Ein Krampf? Die Spritze, schrie, wo, er lief schon, Carassa, schnell, mußte, wo denn, er – da! – lag, auf dem Tisch, sie war, er sprang, stieß – verdammt! – an, bevor, ein Karton fiel, scheppernd, er, da, schrie Carassa, durchstach schon die Nadel, hatte so was noch nie getan, rutschte, als sei Butter unter der Haut, tief ein.

Sie, das Geräusch ließ ihn hinblicken, schlug, damit's ein ordentliches Bündel gab, mit den Zeitschriften auf den Schreibtisch. Die Haare, frisch gewaschen, zuckten bei jedem Schlag. Das Geräusch! Das Geräusch, als, er hatte sich, die Spritze abzulegen, schon abgewandt, Carassa, so fallen halbgefüllte nasse Säcke, am Boden aufschlug. Doch er bewegte sich sogleich und kam hoch:

»Spinnst du? Du sollst ihnen doch nichts klauen!«

Mit Fingern, gekrümmt wie Krallen, deutete Carassa auf den Beutel mit dem weißen Pulver.

»Aber ich – Gefahr! Nicht ohne Schutzmaske anfassen! Da sind Hunderte solcher Beutel, ich hab in dem Raum geschlafen, vielleicht muß ich zum Arzt, was ist da drin?«

»Manchmal«, er schaute auf, »sind ganze Seiten rausgerissen.«

Sie hielt ein loses Blatt hoch: Eine Frau, vielleicht eine Schauspielerin, blickte auf, unmöglich zu erkennen was, einen Gegenstand in ihrer Hand. Man könne sich nur wundern über das, was nicht allein gelesen, sondern auch noch gesammelt werde. Sie stand auf und brachte das Bündel zu einem der Regale.

 Solche Zeitschriften, das war unschwer zu erkennen, mochte sie nicht. In, sagte, mit ihr zu reden, er spontan, seinem ganzen Leben, habe er noch keine Autozeitschrift gelesen. Sie sah ihn an. Lächelte sie? Die Autozeitschriften seien noch das wenigste. Viel schlimmer, aber da klingelte das Telefon, sei, sie ging hin und sagte ja, sonst nichts. Ihr Blick, verändert, fiel auf ihn: Als teile der Anrufer etwas mit, was ihn – aber was? – betreffe. Er sah nach unten. Daß der Einstellungsbetrug aufgedeckt worden sei!

»Wirklich?«

Sie, er schaute auf, blickte ihn immer noch an.

»Nicht zu fassen.«

Krumm, kurz – seine Finger, die Augen starrten drauf, waren die eines kleinen, miesen Betrügers, der gedacht hatte, er, sie schüttelte den Kopf, mit – »echt?« – gefälschten Unterlagen könne die mißratene Rede, er sah zum Fenster, weckte Verdacht, und Glöckner, von Anfang an mißtrauisch, sagte – »auch das noch« – sie jetzt, er sah's, schüttelte die Haare, wieder, krumm, kurz, starrte er, den Kopf nach unten, auf seine Hände: Ich, häßliches, lügnerisches, ehrloses, von niemandem gebrauchtes Nichts, hab, das ist jetzt endgültig klar, Schule, Studium, Abschluß, alles falsch angefaßt. Was mich interessiert hat, immer nur das hab ich ohne Rücksicht auf das, was da draußen, schaute er hinaus, den Kopf gegen die schwarzen Kacheln, bis die Schale bricht, schlagen, jetzt, damit die Wut, die Scham – als Kraft! – in die Welt dringt und, das Geräusch, er drehte den Körper, diese ganze – Mack? – Wirklichkeit neu hervorbringt.

»Also hier.«

Keuchend stand er neben der Bibliothekarin.

»Überall werden Sie gesucht. Sofort zu Toledo!«

* * *

Als ob jemand Nägel schneide. Er war ja immer noch – wie betäubt, ohne ein Wort zu wechseln, hatten sie, rennend fast, den Weg hinter sich gebracht. Daß sie, die Sekretärin, es war, daß er, nur um zu sehen, worauf das hinaus soll, mitgemacht habe er nur insofern, als er selber, überrumpelt, wußte nichts außer, daß sie, als er das Vorzimmer durchquerte, war – geflohen, verhaftet? – jedenfalls nicht da stand, das schnippende Geräusch, er bereits an der Tür, die, offen, zu Toledos Büro führte.

»Gleich.«

Toledos massiger Oberkörper, endlich, tauchte hinter dem Schreibtisch auf.

»Zu Haus vergeß ich's immer.«

Er legte die Nagelzange in eine Schreibtischschublade und hielt – ein schwarzer mit, seitlich, rot-grauen Rauten – den Socken auf. Er habe, um gar nicht erst lange drumrumzureden, stieß mit dem Fuß hinein, einen, der Gummi schnalzte, Auftrag für ihn, keinen leichten, und zwar, das hörte er nicht, die Opposition, weil die, plötzlich, Leere im Kopf, der, eben noch, bis er, dann freilich rasch, begriff, daß Toledo, in den Schuh tretend, über einen Kongreß sprach. ›Die Zukunft der Freiheit‹ – so solle, fädelte der den Bändel, das Ganze heißen, durch die Schlaufe, drei Nobelpreisträger, werde behauptet, sollen kommen, darunter, zog fest, der Dalai-Lama, der die Eröffnungsrede halte, und, er kam, Kopf gerötet, nach oben, der Papst, niemand wisse wieso, habe ein Grußwort geschickt. Eine, für jeden erkennbar, Parteiveranstaltung, die aber so geschickt aufgezogen werde, daß der Eindruck entstehe, die Opposition, und dazu diene ja das ganze Brimborium, sei für alles, was mit dem Thema zusammenhänge, zuständig. Die Opposition mit dem Dalai-Lama! Es werde jede Menge Fotos geben, man könne das natürlich nicht verhindern, müsse aber – auf keinen Fall darf die Opposition das Thema besetzen! Die finanziellen Möglichkeiten seien beschränkt, es komme auf pfiffige Ideen an.

Er, um was zu sagen, richtete sich, unmerklich, mit einem winzigen Ruck auf dem Schreibtisch, seine Augen kamen nicht weg, lag ein Stück Fußnagel. Er, sagte Toledo, erwarte keine sofortigen Ideen, geschweige denn ein Konzept. Doch dürfe man nicht tatenlos zusehen, wie die Opposition Begriffe wie Freiheit oder Zukunft für sich vereinnahme.

»Ich –«, er mußte jetzt was sagen, aber was? »Also, zum Beispiel, wenn wir's, nur als Gedanke, einfach umdrehn: ›Die Freiheit der Zukunft‹. Ein Doppelspiel des Genitivs: einerseits ändert sich unsere Vorstellung von der Freiheit, andererseits ist die Zukunft so frei, daß man sie gestalten kann.«

Toledo sah ihn an. Dann, wie damals beim Vorstellungsgespräch, der Stuhl kippte aber nicht um, sprang er auf und trat ans Fenster. Eine, als müsse er sich festhalten, Hand am Fenstergriff, schaute er nach draußen. Genitiv, sagte er, ohne sich umzudrehen, der werde doch heute kaum mehr benutzt. Nein, keine Spielchen. Klipp und klar: Welche Freiheit? Welche Zukunft? Für was stehen wir?

»Ich könnte einen historischen Abriß –«

Kein Abriß, die Sache selbst: Zwei, drei Begriffe, er drehte sich wieder zum Fenster, am besten einer. Glöckner schlage eine Plakataktion vor, aber das sei teuer und wirke bloß kurzfristig. Hier gehe es um Grundwerte, um Ideen, für die, so müsse die zentrale Botschaft lauten, wir, und zwar nur wir, einstehen.

Im Tagesgeschäft verbraucht – dieses Image sei für jede Regierungspartei langfristig die größte Bedrohung, weshalb, er ging zurück zum Schreibtisch, in bestimmten Zeitabständen gegenläufige Signale – er zog die Schublade und suchte. Das, was im Augenblick geschehe, diese ganzen Machenschaften einzelner, sagte er und fand's, ein Foto, die ihr eigenes Süppchen auf Kosten des Ganzen – er warf es auf den Schreibtisch:

»Erkennen Sie die?«

Eine entblößte Frau, die rittlings auf einem Ast saß? An ihren Ohren hingen Kirschen. Er, zögernd, schüttelte den Kopf.

»Die Gesundheitsministerin.«

Er blickte zurück aufs Foto. Die laszive Geste, der verzückte Blick – kein Wunder, es wirkte so komisch und doch erotisch, daß er sie nicht gleich erkannt hatte.

»Ich könnte Ihnen noch ganz andere Fotos zeigen.«

Fotos, Gerüchte, zur Zeit, Toledo zog das Foto weg, sei allerlei im Umlauf. Wenn die Presse das aufgreife – er brauche ein Konzept, das man der Parteiführung vorlegen könne: Moralisch-geistige Erneuerung, einen Ruck, sagte er und blickte zum Fenster, der durchs Land gehe, eine, winzige Pause, Besinnung. Der Blick – leer, fesselte ihn eine Erinnerung? Hinten, über ihm, das Foto, die angebissene Brezel, lachend, stolz, neben dem Parteivorsitzenden, der, als der Fotograf drückte – nicht, er sah ihn an, altbacken. Modern! Gefühle, direkt, und die Menschen mitreißen! Da, die Hand fuhr hoch, reiche es nicht aus, jemanden wie Schill mit dem Cabrio loszuschicken.

Dann, als sei ihm noch etwas Wichtiges eingefallen, begann er zu schreiben. Der Fußnagel, abgeschnitten, lag nicht mehr – da, jetzt sah er's, hing, Toledo schrieb, er am Ärmel und, ganz leise, schabte im Rhythmus der Buchstaben. Er müsse, Toledo schaute auf, seine Einfälle, um sie nicht zu vergessen, sofort aufschreiben. Das Nagelstück, am Ärmel hängend, zitterte. Sollte er Toledo darauf aufmerksam machen? So nah, er nickte lieber bloß, standen sie einander auch wieder nicht.

* * *

»Hat er Ihnen das Foto gezeigt?«

Mack – was, außer Basteln, tat der eigentlich? – hatte die ganze Zeit im Gang auf ihn gewartet.

»Wir kennen's alle. Halten Sie's für echt?«

Er zuckte mit den Schultern. Mack, einige würden sie nur noch die Kirschenmadonna nennen, lief neben ihm her. Fälschungen, sage Ändi, so gut seien inzwischen die Computerprogramme, daß, sie stießen aneinander, nichts mehr nachzuweisen sei. Der ovale Grundriß, er beschleunigte den Schritt, der gebogene Gang – wenn er mit Mack, Ändi sei sein Freund, nicht ständig zusammenstoßen wollte, mußten sie, sagte Mack, könnten gemeinsam, wenn er wolle, Ändi besuchen. Mit einem, Mack lief auf, Ruck blieb er stehen:

»Ich hab einen neuen Auftrag.«

»Wirklich?«

Dann ging er weiter. Er, Mack folgte schweigend, hatte inzwischen begriffen: Das dumme Gerede, die unsinnigen Bastelarbeiten – ihn aus der Bibliothek zu Toledo bringen, solche läppischen, sonst erhielt Mack keine Aufträge mehr. Mack war hier der Depp. Deshalb, nur deshalb, die Schultern, schon wieder, berührten sich, verfolgte Mack ihn ständig.

»Und wie lautet er?«

Die Schritte vergrößern, ihn, dachte er, einfach abschütteln.

»Einen geheimen? Solche Aufträge hab ich auch schon bekommen.«

Das sah komisch aus. Ob, sie gingen viel zu schnell, er denn, Mack zwei Schritte zurück, nicht wenigstens am Nachmittag oder morgen, wenn Toledos richtige Sekretärin wieder da sei – er blieb stehen.

Richtige? Was das denn heißen soll, Toledos richtige Sekretärin? Na, hob Mack die Hand, die richtige eben, die aus dem Mutterschutz zurückkomme, die andere, eine Aushilfe, habe, ob er das denn nicht gewußt habe, sie doch bloß vertreten. Alle, außer Schill, seien froh, da sie, ein echter Nachteil, wenn so was über 'ne Zeitarbeitsfirma läuft, hier überhaupt nicht reingepaßt habe. Er schaute auf Macks Mund.

»Inwiefern?«

Na, die habe sich ganz schön was rausgenommen, gegen alle, und, das hab ich selber erlebt, über Dinge entschieden, für die sie gar nicht zuständig war. Dinge? Welche Dinge? Mack hob die Schultern und ließ, alles mögliche, sie wieder fallen. Die sei überqualifiziert gewesen, das dürfe man eben nicht tun, eine diplomierte Psychologin, die keine adäquate Stelle findet, als einfache Sekretärin anstellen. Toledo, mehr Brain nenne der das, habe es gefallen, aber Glöckner, natürlich, Macks Mund, ihn wundere das jedenfalls nicht, glitzerte, was, sobald er sich öffnete, war da drin?

Gold! Gold! Gold!

* * *

Ich! Ein Vulkan: Gefühle, Ahnungen, Wünsche, die, aus feurigen Löchern gespuckt, wie glühendes Gestein, die Zeit, räumlich genommen, ist ein Gefälle, abwärts sich windet, bis endlich – Ich! Ich! – alles, alles, sobald die ungeheure Kraft, wie sinnlos gewordne Hitze, entweicht, zu Wörtern und Sätzen erstarrt: bin frei.

Er, nur das Becken trennte ihn vom Spiegel, blickte sich an. Weg! Sie war weg. Tatsächlich weg! Alles bloß Zufall und also kein böser Traum, in dem, weil Träumen bloß Denken ist, die Logik jede Hoffnung nimmt. Das Zusammentreffen zweier Arbeitsloser: die eine, ausgebeutet durch eine Zeitarbeitsfirma, von Glöckner angeschnauzt, findet frustriert zu einem Übermut, der, für sich allein genommen zwar unbegreiflich erscheint, im Zusammenhang aber jedenfalls, so das Wichtigste, war sie weg, und nichts konnte mehr, er riß, nur so, den Arm hoch, jetzt, es war nicht nur der Arm, spürte er eine riesige Kraft. Die Zukunft der Freiheit: ein Auftrag, der endlich, er verließ die Toilette, würde er, und schritt über den Gang, ohne Angst davor, entdeckt zu werden, seine geistigen Interessen in die Arbeit einbringen können.

»Der Computer ist repariert. Aber die Steckdose dort – manchmal geht sie, manchmal nicht.«

Er blieb stehen. Einer der Statistiker, die Türe offen, winkte ihn ins Zimmer.

»Für Steckdosen bin ich nicht zuständig.«

»Sind Sie nicht Elektriker?«

»Historiker.«

»Auch das noch.«

Der Statistiker deutete auf ein Blatt Papier, das er in der Hand hielt.

»Ein Denkfehler. Auf den ersten Blick erkenn ich ihn.«

Er, mehr aus Höflichkeit als aus Interesse, kam näher. Auf dem Blatt waren verschiedene Berechnungen und Diagramme zu sehen.

»Ich hoffe, es ist nicht so schlimm.«

»Nicht so schlimm? Für uns Statistiker ist der kleinste Denkfehler schlimmer als für einen Elektriker der stärkste Stromschlag.«

Er überlegte, was er sagen sollte. Hielt der Statistiker ihn immer noch für einen Elektriker?

»Das war Albert.«

Mit einer automatisch wirkenden Bewegung zog er einen roten Filzstift aus der Brusttasche seines weißen Kittels. Er, der Stift, raschelnd, zischelnd, scharrend, fuhr übers Papier, bereute, ins Zimmer gekommen zu sein. Er wollte sich gerade wegdrehen, als der Statistiker, typisch Albert, sagte, er sei's leid, für die Schludereien anderer einstehen zu müssen.

»Albert – ist Ihr Kollege?«

Der Statistiker sah hoch, ganz kurz, alte Frauen, schon fiel der Blick zurück aufs Blatt, solche, die vor 1950 geboren seien, hörten gern den Begriff »Aufbaugeneration«. So was bringe im Maximum bis zu 3,32 PPE, je nach Sendezeit. Sie hätten's ausgerechnet – gemeinsam! Jetzt aber heiße es, *er,* Albert, habe das allein herausgefunden.

»Wir waren's gemeinsam!«

Er hatte keine Lust zu nicken. PPE, was war das überhaupt? Deshalb sagte er:

»Ich hab auch gerade einen schwierigen Auftrag bekommen – eine Kampagne, es geht um den Begriff der Freiheit, und was er in Zukunft bedeutet.«

»So? Na, das werden wir noch überprüfen.«

»Sie?«

»Alle Kampagnenvorschläge werden von uns überprüft.«

Der Statistiker deutete auf einen Aktenstapel und seufzte. Dann, als sei ihm etwas Komisches eingefallen, lächelte er. Kampagnen, das dächten leider viele hier, könnten doch nicht ins Blaue hinein geführt werden. Ein einziges Plakat koste vier Euro fünfzig. Kugelschreiber, Luftballons, Süßigkeiten, das läppere sich.

In diesem Fall, entgegnete er, gehe es nicht um Luftballons. Die Opposition veranstalte einen Kongreß.

»Kongresse sind dasselbe. Ohne unsere Prüfung gibt's keinen Cent für Ihre Kampagne.«

Er wollte widersprechen, es fiel ihm aber nichts ein. Am besten war's wohl zu gehen. Hier! Er hatte sich schon abgewendet, als der Statistiker ihm – bereute er seinen ruppigen Ton? – eine Schale mit Bonbons hinhielt. Er, nur um seinen guten Willen zu zeigen, nahm eins. Auf dem Papier, in das die Bonbons eingewickelt waren, stand der Name der Partei. Die seien, sagte der Statistiker, ohne Beteiligung der Statistik in Auftrag gegeben worden. Das Ergebnis? Man habe Zitronenbonbons bestellt, zehntausend!

Er überlegte, ob er das Bonbon zurücklegen sollte. Es war aber schon ausgewickelt. Deshalb steckte er's, ein wenig unentschlossen, in den Mund. Draußen, auf dem Gang, spuckte er's in die Hand. Er mochte keine Zitronenbonbons.

Plötzlich, die gekrümmte Form des Gebäudes, die Gänge waren wirklich schwer zu überschauen, tauchte Glöckner vor ihm auf. Er sprach mit einer Frau. Fast waren sie schon vorüber, als Glöckner sich umdrehte und, ein Doppelname, den er nicht verstand, ihm die Frau vorstellte. Sie hielt ihm die Hand entgegen. Er gab ihr seine Linke, die Rechte hielt er nach unten. Die beiden brauchten nicht zu erfahren, daß er ein angelutschtes Bonbon in der Hand trug. Wer wußte, beim Schütteln, ihre Hand eiskalt, klirrten die Armreifen, was sie daraus ableiten würden.

* * *

Drinnen ließ er sich in den Gartenstuhl fallen. Er schaute auf die verkratzte, von Klebstoff verunreinigte Schreibtischunterlage. Sehr klar war der Auftrag, den er von Toledo erhalten hatte, nicht. Er ging zum Fenster. Drüben stand ein Schwarzer, aus dem Videoraum drang Lärm, feierten sie schon wieder?

Plötzlich, beides zugleich, klopfte es, er drehte sich, an der Tür und das, seine Linke griff danach, Telefon – Ja? Was wollte, es war Mack, der – wer? Simsek? – in der Tür stand und – Was? Wo? – Aber ich, sagte und hörte, wegen einer andren Wohnung, er – wen? Deine Freundin? Vor, seine Augen gingen hoch, Mack konnte er jetzt nicht – wann? Moment, und klemmte sich, mit der Schulter, den Hörer ans Ohr, um zu schreiben.

»Marionetten?«

Aber dachte er wollte das auch sagen, doch, weil Simsek jetzt nicht, gut, ich werd, danke dir, danke, hingehen. Dann, obwohl's, um alles zu verstehen, viel zu schnell ging, legte er, die Leitung tot, den Hörer auf.

»Schon wieder ein neuer Auftrag?«

Mack sah ihn an. Er, statt zu antworten, blickte – eine andre Wohnung! – auf die Adresse, nach der er jetzt mit – au! Die Hand! Er schrie auf: Das Zitronenbonbon, er hatte es völlig vergessen und als er sie, die Hand, verdammt, jetzt öffnen wollte – wie, auch Mack beugte sich drüber, das brannte! Einesteils hing's fest an der Haut, andernteils, indem er, völlig vergessen, die Hand geöffnet hatte, riß er es, merkwürdig, blutete nicht, aber das Fleisch, enthäutet, leuchtete rot.

»Ein Bonbon?«

Er wollte, das Brennen ließ nach, die Hand zurückziehen, doch Mack hielt sie fest:

»Ich spuck drauf. Dann löst es sich.«

Er schüttelte den Kopf.

»Ich spucke selbst.«

Wenig hatte keinen Sinn. Deshalb, den Kopf über der Hand, sammelte er, sekundenlang, bevor er die Lippen öffnete, die frische Spucke, zu flüssig, um nicht zu fallen, platschte, zu zäh, um zu spritzen, sie auf das gelbe Ding und glitt, schleimiger, Bläschen bildender, weißer Film, von dort auf die Haut, wo sie, damit hatte er gar nicht gerechnet, wärmte wie pochendes Blut.

»Sie desinfiziert auch.«

So dicht hielt Mack den Kopf über die Hand, daß das Bonbon nicht mehr zu sehen war. Das Bonbon, sagte er und zog die Hand ein wenig zurück, ein Zitronenbonbon, habe er – sind die denn aus Klebstoff? – vom Statistiker. Eine fehlgeschlagene Kampagne, angeblich, weil man, wie der Statistiker behauptet habe, keine Zitronenbonbons benutzen dürfe, um sie, entgegnete Mack, angelutscht in der Hand herumzutragen, dafür seien sie aber auch nicht gemacht. Dann kippten ihre Köpfe wieder nach unten zur Hand.

Mack, sicher sei sicher, schlug vor, noch einmal zu spukken. Er, aus Widerwillen gegen Mack, nicht gegen die Spucke, hatte keine Lust dazu. Wer die denn sei, fragte, das

Thema zu wechseln, er nach der doppelnamigen Frau mit den goldenen Armreifen. Das, sagte Mack, ohne ihn, den Blick, vom bespuckten Bonbon zu nehmen, sei bestimmt die Stützle gewesen, eigentlich heiße sie Stützle-Blissier.

Sie, er nahm ein Taschentuch, und tatsächlich, das Bonbon löste sich von der Haut, wolle, habe sie gesagt, ihn bald einmal aufsuchen. Die Stützle? Mack hielt die Hand ans Fenster. Sie blutete immer noch nicht, aber dort wo die Haut weggerissen war, leuchtete, das stand jetzt fest, rohes Fleisch. Das könne gut sein, sie, das habe er doch schon erzählt, gehöre zur Personalabteilung, schnüffle gern rum, und Glöckner, das glaube er jedenfalls, sei in sie verliebt.

»Verliebt?«

»So können Sie nicht arbeiten. Da muß 'n Pflaster drauf. Kommen Sie, wir gehn zu Ändi.«

* * *

»Tot! Ja, er! Zerquetscht, sein Kopf, ja, heute morgen. Ihr Sohn! Malin! Er hat die Vorfahrt nicht beachtet.«

Die schrille, aufgeregte Stimme drang durch die angelehnte Tür weit in den Gang hinaus.

Am liebsten wäre er umgekehrt: In dem Bekanntenkreis von Ändi, er sei ein netter Kerl, hatte Mack unterwegs gesagt, schien etwas Furchtbares geschehen zu sein. Doch Mack schob ihn ins Zimmer. Ändi, über der Stirn schwarze, fettige Haare, sah hoch, horchte aber weiter auf die Stimme aus dem Hörer. Dann, als handele es sich um einen brennenden Gegenstand, warf er den Hörer zurück:

»Scheiße! Malin, ist das ein Mädchenname?«

»Verdammt«, sagte auch Mack. Ändi, erklärte er, habe ein

Spezialtelefon für anonyme Telefonate. Damit rufe er Oppositionspolitiker an, kurz bevor sie eine wichtige Rede halten oder ein Live-Interview geben, und behaupte, der Sohn oder die Tochter des Politikers sei gerade ums Leben gekommen. Natürlich kenne inzwischen jeder Politiker den Trick. Aber weil man nie genau wisse, ob es wirklich wieder der Trick sei, funktioniere er trotzdem: Stottern, falsche Antworten, unkonzentrierte ... äh ...

»Nur die Abgebrühtesten bleiben kalt.«

»Aber – ist das nicht verboten?«

»Verboten?«

Ändi blickte ihn so abschätzig an, daß er seine Frage bereute. Alles, erklärte Mack, beruhe auf Gegenseitigkeit. Bestimmt habe der angerufene Politiker dieses Mal dreckig gelacht.

»Und wie. Verdammter Sack.«

Der Ohrring und eine Tätowierung, von der am Hals unter dem Hemd etwas heraussah, ließen Ändi, obgleich er dünn war, gefährlich erscheinen. Seine Kiefern arbeiteten, als kaue er etwas Hartes. Ständig, der Bürostuhl paßte schlecht zu ihm, wippte er mit dem Oberkörper oder zuckte mit den Beinen. Für die normale Parteiarbeit war er vermutlich zu nervös.

»Ändi, der Bundespräsident, mach doch mal!«

Ändi, während Mack, Routine eines geübten Bastlers, das Pflaster zuschnitt und die Klebestreifen abzog, sagte, die Verantwortung, die, es klang authentisch, wir alle müßten und, auch der Rhythmus stimmte, dürften niemals vergessen. Mack, kichernd, klebte, und jetzt Ändi, ohne zu zittern das Pflaster, den Kanzler!

Es klang täuschend echt. Er, damit war wirklich nicht zu

rechnen, lachte mit. Ändis Repertoire, Mack strahlte, sei riesig. Jede Partei verfüge inzwischen über einen Stimmenimitator, aber keine über einen so guten, wie Ändi einer sei. Dieser, man sah, es geschah nur aus Verlegenheit, schob das Telefon – war es wirklich ein Spezialgerät? – hin und her.

Letzte Woche, sagte Ändi schließlich, sei's gelungen, eine Präsidiumssitzung der Opposition platzen zu lassen. Die Teilnehmer anrufen und behaupten, der Termin sei verlegt worden. Nein, daß es, Ändi schüttelte den Kopf, noch so einfach gehe. Die Stimme der zuständigen Sekretärin, er zeigte auf einen Kassettenrecorder, kennenzulernen sei ein Klacks. Sie anrufen und, jede Sekretärin fahre da drauf ab, mit der Stimme eines Prominenten ...

* * *

»Einen sauberen Freund haben Sie da.«

Er rieb sich am Ohr, irgendwas hatte ihn gestochen. Tot, der Sohn, die Tochter, das müsse doch, sagen Sie, was Sie wollen, strafbar sein. Falls jemand dabei einen Schock erleide, Körperverletzung sei das, wenn nicht sogar – da, Mack blieb stehen, mache er sich von Politikern, das sei auch, sonst hätte man davon gehört, noch nie passiert, ganz falsche Vorstellungen.

Sie gingen weiter. Er, der Schmerz ließ nicht nach, rieb sich das Ohr. Bei Ändi schon hatte es angefangen: Wegen all der Arbeit, hatte Mack gesagt, müßten sie ihn, Ändi, jetzt allein lassen, als, er sah gerade auf das Pflaster in seiner Handfläche, ganz plötzlich – was? – ihn, er riß, aber das war zu spät, die Hand ans Ohr, dort, fast hätte er aufgeschrien, etwas gestochen hatte. Wie ein Wespenstich brannte – das, sagte dagegen und kam ganz nah, Mack, ist zwar ein bißchen gerötet, aber sonst sieht man nichts.

Jetzt, im Gang, fragte er, ob's noch weh tue. Im Zimmer, bei Ändi, habe er's nicht sagen können.

»Was?«

Ändi reagiere sehr empfindlich auf Kritik. Er komme aus schwierigen Familienverhältnissen und habe ein bewegtes politisches Leben hinter sich. Angefangen habe er als gefährlicher Demonstrant, um ein Haar sei er Terrorist geworden. Sich umstellen, von einem Tag auf den anderen, niemand könne das, weshalb er, Mack schaute auf das Ohr, noch manche alte Gewohnheit beibehalten habe.

»Gewohnheit? Welche denn?«

Das Hin und Her in seinem Leben habe Ändi nervös und reizbar gemacht, und obwohl er im Grunde seines Herzens, davon sei er, Mack, fest überzeugt, ein lieber Kerl sei, gebe es Situationen, in denen er, wie Kinder, wenn sie nach Aufmerksamkeit suchen, gern provoziere und sich zu irgendwas, Mack schaute auf das Ohr, hinreißen lasse.

»Aber – zu was denn?«

Er blieb stehen. Mack sah nach unten. Ändi könne auch Schrotkügelchen durch die Zähne schießen. Für alle Fälle halte er immer einen kleinen Vorrat im Mund. So manche Brille habe er schon zerschossen. Wahrscheinlich habe er ihn nicht verletzen, sondern nur beeindrucken wollen.

»Schrotkügelchen?«

Wie oft habe er, Mack, ihm, sie seien ja aus Blei und ungesund, das auszureden versucht. Sonst müßt ich wieder rauchen, immerzu, antworte, jedesmal, Ändi, wogegen, weil's vermutlich wahr sei, wenig gesagt werden könne. Freilich dürfe er, der Blick stieg zum Ohr, deshalb noch lange nicht, bloß weil er, aber das sei nur seine Vermutung, die anonymen Telefonate, die, das müsse er bedenken, für Ändis Arbeit unverzichtbar seien, in Frage zu stellen, heiße, ihm selbst, Ändi, den Wert abzusprechen, der für die Partei daraus entstehe, daß er, dachte er jetzt und, fremde Spucke, ekelte sich, erst mal das Ohr waschen müsse.

Macks Blick, sie standen noch, rutschte ab. An all die Informationen zu kommen, um all die Gerüchte zu verbreiten – ohne jemanden wie Ändi, dessen ungewöhnliches Talent er ja selbst erlebt habe, wär's schlimm bestellt um die Partei, und dennoch werde man, er wisse, das sei, auch wenn er nicht davon spreche, Ändis größter Wunsch, ihn niemals neben denen, für die er sich aufreibe, fotografieren. So groß sei die Angst wegen Ändi, dem eigenen Ändi, daß er, Anordnung des Bundesgeschäftsführers, nur zu genau festgelegten Zeiten das schwarze Ei betreten und dann sein Zimmer, sogar eine Toilette hätten sie ihm eingebaut, nicht verlassen dürfe. Er halte Ändi für einen feinen Kerl, doch könne niemand ausschließen, daß, das habe er nicht verdient, leider sei's sein Schicksal, selbst er, Mack, ihn eines Tages wie Petrus – »Ändi? Nie gehört.« – Jesus verleugnen müsse.

* * *

»Klingt total interessant.«

Sie neigte den Kopf und fuhr, als habe sie zu überprüfen, ob es noch da ist, mit der Hand nach dem Haar.

»Na ja, ehrlich gesagt, ich hab erst vor ein paar Tagen dort angefangen.«

Da waren sie wieder: Ihre traurigen Augen verrieten, daß sie damit rechneten, von ihrer Herrin gleich wieder zurück, unter den Tisch, gezogen zu werden. Doch die beugte sich über den längsgestreiften, oben abgeknickten Strohhalm und steckte ihn zwischen saugbereite erdbeerrote Lippen. Schon schoß der grüne Saft, sich ergießend, durch die Röhre wurde, sich verfärbend, jetzt, zwischen dunkelrot lackierten Nägeln, ganz fest hielten sie, schmale Frauenfinger, den biegsamen Schaft.

»Und Sie?«

Sie zuckte mit den Schultern und riß, als seien die Hunde verantwortlich, ihre Hälse, dann erst, als hätten sie vorher nicht begriffen, verschwanden auch die Köpfchen unter dem Tisch.

»Mal dies, mal das.«

Er griff nach dem Glas. Hätte er nicht fragen sollen? Die schrille Farbe irritierte, aber der Cocktail, den sie ihm bestellt hatte, schmeckte.

»Und ihr habt also zusammen – studiert?«

Er setzte das Glas ab. Ja, aber – sie, mit einem metallenen Feuerzeug, zündete sich wieder eine Zigarette an, blies den Rauch seitlich aus, und hielt, während er redete, den Stengel dicht neben die Wange. War sie schön? Strapazierte Haare, große, vielleicht ängstliche, jedenfalls nervöse Augen zwischen leicht verklebten, geschwärzten Wimpern, die inmitten vom Puder erstarrter Haut, sprangen, unter der leicht gekrümmten Nase, die starken roten Lippen, und der zarte Hals: Schwer zu sagen.

Die Hundeköpfe, er schaute nicht hin, tauchten am Tischrand wieder auf. Erst der eine, dann, wie aus Nachahmungszwang, der andere. Sie, er sprach noch, drückte nach drei Zügen die Zigarette knickte, und der Rauch, aus der verglimmenden Asche, stieg als ein letzter, tiefer Seufzer schlängelte er, die feuchten Hundenasen folgten der Richtung, schön sich nach oben zu sah das aus wie die ausgehauchte Seele einer allzu früh verstorbenen Zigarette.

Sein Blick, ihrer war schon dort, sank zurück in den Aschenbecher.

»Das sind aber schöne Hunde.«

Sie konnte nicht gleich antworten, erst mußte sie, das grüne Getränk überschwemmte die Mundmuschel, schlukkend, den Strohhalm aus den Lippen, wenn sie sprach, drang, das bebende Rot faszinierte ihn, ein weicher, hauchender Ton. Die schmalen, langen Hundeschädel erhoben, da sie angesehen wurden, sich witternd, winselnd, wie zitternde Antennen richteten sich die Schnauzen nach den Augen ihrer Herrin aus, während hinten, als fröre es dort, als herrsche Angst vor Durchfall, sich alles nach unten zusammenpreßte.

Solche, sagte er, Hunde kenne er nur von alten Gemälden. Es mußten wohl Jagdhunde sein, Windspiele, so stark gekrümmt, daß man glauben mochte, es laste, edles Elend, auf den Tieren der lebenslange Fluch, sich zu Sprüngen bereit zu halten. Falls, er blickte sich um, es in diesem Lokal irgendein Wildstück gab, war es jedenfalls schon tot.

»Bloß ausgeliehn? Von wem?«

Einer Agentur. Diese Sorte, zündete sie sich eine neue Zigarette an, dafür hätte sie gar nicht die Zeit, erfordere eine ungeheure Pflege. Dabei, erstmals, lächelte sie und sah, als bestünde Einigkeit zwischen ihnen, ihn für einen Moment an, und wirklich, hatte er das Gefühl, sie wollte – aber dann, vielleicht weil sie zu stark am Stengel sog, schaute er wieder auf die Hunde. Dachte sie an Simsek? Plötzlich, als sei ihr etwas eingefallen, was die Änderung der Handhaltung nahelege, drückte sie, nur zwei Züge waren getan, die Zigarette, bis sie knickte, mit raschen Stößen aus.

Zu fünft, wie verbogene Männchen, lagen die angerauchten Stengel drin. Daß das Schicksal sie eng miteinander verbunden hatte, war ihnen schon oben, am Kopf, anzusehen: Stimme des Bluts? Ach woher: Aufgetragen, abgetragen, befleckte erdbeerrotes Fett, Lippenrouge nur, die weißen Filterstücke. Auch sie, für einen Moment, starrte auf das, was sie im Aschenbecher angerichtet hatte.

»Die Schlüssel!«

Ihre langen, schönen Finger, die Hundeköpfe, als sei's für sie, nahmen dieselbe Richtung, griffen in die – Leder, Kunststoff? – giftgrüne Handtasche und zogen einen murmelgroßen Totenkopf heraus. Der eine sei für unten, der andere für die Wohnung selbst.

»Und ich kann wirklich dort wohnen?«

Die Marionetten, nickte sie, seien in einer alten, hellen Ledertasche, hier die Adresse, zu der er, irgend etwas, griff nach dem Glas, stimmte hier nicht. Aber was? Sie selbst, beugte sie sich über den Zettel und schrieb, sei unter dieser Nummer zu erreichen. Nur für den Fall, daß, ihr zarter Nakken, es irgendein, sie tauchte hoch, Problem gebe. Er nickte, blickte auf den Rest ihres grünen Getränks und, wie hatte sie ihn kennengelernt, begriff: Zu dem häßlichen Simsek, aber was bedeutete das, paßte sie eigentlich nicht.

* * *

»Darf ich Ihnen etwas sagen?«

Mack war höchstens einen Meter sechzig groß.

»Es ist aber etwas sehr Persönliches: Sie sehen ganz übermüdet aus.«

Mack hatte recht. So konnte es nicht weitergehen.

»Sie wissen, daß Sie auch bei mir schlafen können.«

Er drehte sich zum Fenster. In dem gegenüberliegenden Gebäude waren wieder Schwarze zu sehen. Stritten sie? Er werde, es juckte, er kratzte, am Oberschenkel, in eine andere Wohnung umziehen. Die Schlüssel habe er bereits.

Mack trat neben ihn ans Fenster.

»Ihr neuer Auftrag – meiner Meinung nach läßt man Ihnen zu wenig Zeit, sich hier erst mal einzuleben.«

Er drehte sich zu Mack.

»Würde ich nicht immer gestört, wär mir längst was eingefallen.«

Mack schwieg. Die Schwarzen, er wandte sich zurück zum Fenster, schienen sich, er sah's an den aufgeregten Gesten, anzuschreien.

»Falls es der Videoraum ist, ich kann wieder rübergehen und fordern, daß die Fernsehapparate leiser gestellt werden.«

Er schüttelte den Kopf. Man konnte sich, es juckte, er kratzte, nicht ständig mit den Medienbeobachtern über die Lautstärke streiten. Im Grunde brauchte er ein anderes Zimmer.

»Ihnen fällt's schwer, Sie sind neu, aber ich – man darf sich nicht alles gefallen lassen.«

Er, anstatt zu antworten, der Juckreiz, ganz plötzlich, öffnete, es juckte derart, daß er, ganz egal, was Mack dachte, die Hose –

»Ach du lieber Himmel! Das sieht ja aus wie –«

Das Bein rot, die Haut – Mack, bestürzt, beugte sich über den Oberschenkel, während er, so was hatte er noch nie konnte, der eigene Körper, er ansehen, wie, Mack tastete über die, rot, Bläschen, Haut. Das war, sein Blick, als suche er nach einem Begriff, ging, winzig kurz, hoch und fiel, eine Entzündung, die – er erstarrte. Was taten die?

»Mein Gott! Dort! Dort!«

Die Schwarzen! Drei hielten einen, ein vierter, mit der ganzen Kraft des Leibes, stieß, unfaßbar, die Stange auf, Macks Kopf kam hoch, den Schwarzen durchzuckte, einmal, zweimal, der Schlag, und der Körper, wie eine, losgelassen, Marionette, sackte jetzt, leblos, konnte man ihn nicht mehr sehen, doch die, Mack stöhnte, Bewegungen der anderen bewiesen, daß sie auf ihn eintraten. Derjenige, der die Stange in der Hand hatte, ging zum Fenster und schaute herüber. Langsam, mit der empfindungslosen Stetigkeit eines Elektromotors, senkte sich die Jalousie. Schroff, daß er glaubte, das Geräusch zu hören, kippten die Blätter, und es war nichts mehr zu erkennen.

»Wie kann man sich bloß so prügeln. Das muß ganz schön weh tun.«

»Prügeln? Die haben ihn ermordet! Wir müssen die Polizei anrufen.«

Er drehte sich zu Mack. Der wackelte mit dem Kopf und machte eine Handbewegung:

»Die Botschaft von Ghana. Das ganze Haus ist ein Stück Afrika, da darf keine Polizei rein.«

Sein Blick fiel zurück auf das Gebäude.

»Das heißt –?«

Mack nickte.

»Das ist nie vorgekommen. Mir dürfen Sie's glauben, als

das noch mein Zimmer war, hab ich immer rübergeschaut. Dissidenten leben gefährlich, überall. Manche werden irgendwann Staatspräsident, aber das ist nun wirklich die Ausnahme.«

»Aber wir können doch nicht –?«

Mack, die Augen nach drüben, schüttelte den Kopf. Sollte das heißen, daß sie – ein Mensch war gestorben, eben, jetzt! Vor ihnen! – einfach so den Tag fortsetzen, als sei – ermordet! Brutal ermordet! – nichts geschehen? Er zog, das Jucken hatte aufgehört, die Hose hoch. Selbst wenn die Botschaft exterritorial sei, so müsse doch – die Leiche! Sie würden sie irgendwann aus der Botschaft rausbringen, und, er schloß den Gürtel, die Polizei könnte dann, Mack schüttelte den Kopf: Zerkleinern, Salzsäure, Tiefkühltruhe, Diplomatengepäck – unzählige Möglichkeiten, auf die die Botschaften solcher Staaten eingerichtet seien. Es gebe, habe Ändi ihm erzählt, sogar internationale Handbücher, die, da stünde alles drin, man übers Internet bestellen könne.

»Handbücher?«

Natürlich könne man, so man wolle, sie beide seien allerdings die einzigen Zeugen, einen Teil des Botschaftspersonals aus dem Land ausweisen. Im Gegenzug würde deutsches Botschaftspersonal aus Ghana ausgewiesen, und nach einem halben Jahr, aber man habe Flagge gezeigt, sei alles wie vorher.

Er blickte nach drüben: Hatte Mack recht? Hinter der Jalousie, vielleicht fingen sie schon an, wurde ein Mensch zerstückelt.

»Aber –«

Von dem Weiß der geschlossenen Jalousie ging etwas Brutales aus. Sie müßten, er, ohne es zu merken, kratzte sich, internationale Menschenrechtsorganisationen auf den Fall aufmerksam machen. Rechtlich ohnmächtig, könne man zumindest eine öffentliche Kampagne führen, die – Mack wog den Kopf: Er könne Glöckner fragen.

»Glöckner?«

Da sie, als sie den Vorgang bemerkten, im Dienst gewesen seien, müsse er auch als dienstlicher behandelt werden. Er sah hinüber zur Jalousie. Ein Mensch war gestorben. Vor seinen Augen! Die, Mack hatte das Zimmer verlassen, Zukunft, dachte er, der Freiheit – wird dieser Mord mein Leben verändern?

* * *

»Entschuldigung. Ich wollte nur fragen –«

»Dort ist gerade ein Mensch ermordet worden.«

»Wo?«

Der Mann kam zum Fenster.

»Dort, wo die Jalousie heruntergelassen ist.«

Furchtbar, sagte der Mann. Ein, er wirkte resigniert, schrecklicher Tag, das Erdbeben in Peru, in Indonesien, mit Menschen überladen, kenterte eine Fähre, und im Irak eine Bombe, hundertdreißig Menschen – zerfetzt.

Er blickte den Mann an. Was wollte er damit sagen?

»Ich heiß Winfried und arbeite drüben.«

Er deutete nach links. War er Medienbeobachter? Nach einer Kopfschmerztablette habe er bloß fragen wollen. Seitdem er nicht mehr rauche, bekomme er Kopfschmerzen. Die Kollegen, deshalb falle ihm das Aufhören so schwer, rauchten wie die Schlote. Nur, sagten sie, weil du aufhörst, sollen auch wir aufhören?

»Wie viele Kollegen haben Sie denn?«

»Zwei.«

Eigentlich seien sie zu viert gewesen, einer liege im Krankenhaus, er komme nicht wieder. Die Stelle, heiße es, solle nicht mehr besetzt werden. Dabei nehme die Zahl der Programme, die sie beobachten müßten, ständig zu. Das Weiterrauchen könne er den Kollegen nicht verübeln. Vor ihrer Umschulung seien sie alle im Außendienst gewesen. Fernsehen, hätten sie gedacht, tun wir sowieso. Aber inzwischen – er höre und sehe schlechter, am schlimmsten sei die Müdigkeit. Kaffee, Zigaretten, den ganzen Tag, so gehe das seit Jahren und trotzdem immer die Angst, etwas Wichtiges zu verpassen. Er sah ihn an: Die Haare waren fettig, die Augen gerötet, und der Rücken – fast hatte er einen Bukkel.

»Aber Sie haben doch auch Erfolge.«

Er winkte ab: Eine Meldung schreiben, mehr sei's nicht. Was die, er deutete nach hinten, draus machten, darauf habe er keinen Einfluß. Winfried – war das sein Vor- oder sein Nachname?

»Das geht uns leider allen so.«

Sie schauten nach unten. Er hatte Lust, noch Fragen zu stellen, es fielen ihm aber keine ein. Mach's doch, Winfried sah wieder hoch, habe seine Frau damals gesagt, dann mußt du nicht mehr so oft raus und hast geregelte Arbeitszeiten. Inzwischen sei er geschieden. Seine Nase, wie groß die Poren waren, endete rundlich, und das Brillengestell – dort, wo es die Haut berührte, war der Kunststoff angelaufen.

»Wie viele Programme auf einmal müssen Sie denn ansehen?«

Bis zu, er sah kurz nach links oben, die englischsprachigen

mache Jürgen, fünfundzwanzig, das hänge von der politischen Situation ab.

»Ganz schön viel.«

Er zuckte mit den Schultern. Es komme, seine Stimme klang ausdruckslos, ja überall dasselbe. Die hängenden Bakken, als halte er, ohne zu kauen, etwas im Mund, wirkten dick. Erschlaffte Gesichtsmuskeln, vielleicht, dachte er, ist Winfried Alkoholiker. Irgend etwas, er schaute kurz zum Fenster, an ihm machte ihn wütend.

»Wenn überall dasselbe kommt – warum sehn Sie's dann an?«

Winfried, grinsend, zeigte erstmals, sie waren gelb, die Zähne. Aufpassen, ob tatsächlich immer überall dasselbe komme, das sei doch grade sein Job. Neue Entwicklungen müßten auf dem jeweiligen Formular notiert, er deutete nach hinten, und weitergegeben werden. Sie schauten wieder nach unten. Dann sagte Winfried:

»Ich muß wieder rüber.«

Er hob die Hand. Immer noch, dabei halte er schon fünf Wochen durch, seien die Finger verfärbt. Die Hand wirkte grob. Allein von der Benutzung der Fernbedienung konnte das nicht kommen: stark verhornte, rissige Fingerspitzen, kurzgeschnittene Nägel, eine Handwerkerhand. Um, aus dem Ärmel drängten dunkle, krause Haare, das kräftige Handgelenk war eine schwarze, halb Kunststoff, halb Metall, Taucheruhr gebunden. Winfried konnte vermutlich, so es galt, zupacken. Kraftlos waren nur Stimme und Blick.

»Vielleicht kommen Ihre Kopfschmerzen bloß vom Wetter.«

Sie schauten sich wieder an. Solche, nein, nein, widersprach Winfried und deutete mit der gelblichen Fingerspitze auf die Schläfe, Schmerzen habe er früher nie gehabt. Dann, als wolle er, bevor er gehe, noch irgend etwas, vielleicht eine Ermutigung erzwingen, die überzeugender war als der Verweis aufs Wetter, blickte er nach unten. Er überlegte, eine weitere Ermutigung für Winfried fiel ihm nicht ein. Das Bein juckte wieder. Er könnte, doch wozu, Winfried seinen Ausschlag zeigen.

Wieder allein im Zimmer, drehte er sich. Drüben, die Jalousie, als sei's schon zu lange her, war nur eine Jalousie. Als hätte, aber das war natürlich Unsinn, das Gespräch mit Winfried, aus dem, was geschehen war, die Farbe herausgesaugt. Er zog den Kopf von der Scheibe: Wie eine Insel im Meer versinkt, schwand der Dunst seines Atems.

* * *

Ausdruck Ihrer Persönlichkeit: der neue BMW X 5 mit xDrive!

Ihre Augen, ihre Stimme – hatte sie gar keine Angst? Er öffnete seine Hand: Der Schlüssel mit dem kleinen Totenkopfanhänger wirkte fremd. Undurchsichtige Geschäfte: Er hätte, oben zuckte Licht, sich erst gar nicht von Simsek einspannen lassen dürfen. Zurück, sein Fuß stieß an die Tasche, zu Carassa, eine andere Möglichkeit gab's zu dieser Uhrzeit nicht.

Ausdruck Ihrer Persönlichkeit: der neue BMW X 5 mit xDrive!

Er drehte, was er hörte, waren Schritte, sich nach links. Ein Mann kam die Treppe herunter. Dann, es hing direkt vor ihm, sah er, ohne es zu sehen, wieder auf das Plakat.

Stammte sie aus Rußland? Ihre schwarzen Haare, voll,

lang, gelockt, die starken Brauen – nicht mal Englisch sprach sie. Wie, er schaute auf den Schlüssel in seiner Hand, kam sie in die Wohnung? Warum wußte Simsek nichts davon?

Der Mann blieb stehen, sah auf seine Armbanduhr und studierte, mit den Füßen wippend, den Aushang. Die Zeit, es war Nacht, still und leer, in dem lang sich ziehenden Gewölbe wollte sie, als ruhe eine große träge Masse darin aus, nicht vergehen. Er schaute nach oben: Das Zucken stammte von einer defekten Leuchtstoffröhre. Er schloß die Augen. Der Lichtblitz, unberechenbar implodierend, sprang, er hörte den ploppenden Ton, ohne festen Rhythmus. Wohnung, Arbeit – wann endlich, so durfte das nicht weitergehen, würde er, jetzt, ungeduldig, öffnete die Augen: An der Wand fehlten Kacheln.

Wie lange schon, er sah nach unten, war er in der Stadt? Die Schuhe, auch die Hose verlangten nach Pflege. Er mußte, auf Simsek war eben kein Verlaß, sich eine Zeitung kaufen. Anzeigen lesen, sonst find ich nie eine Wohnung.

Dann dachte er wieder an das, was er gerade erlebt hatte: Die Wohnung in einem, das paßte zu Simsek, Plattenbau, und der Schrecken, wie ein Einbrecher, als er, der Schlüssel paßte ja, plötzlich vor ihr stand. Doch ihre Gestik, ihre Augen – als hätte sie nicht die geringste Angst! Hatte sie, es klackte, er drehte sich, mit so etwas – ein fremder Mann, plötzlich in der Wohnung! – gerechnet? Ein kleiner roter Fahrscheinentwerter, dicht neben ihm, in dem, darum das Klacken, der Stempel sich umstellte.

Alle fünf Minuten? Also verging sie doch. Die Zeit, hier unter der Erde, zog, der Mann stand noch vor dem Aushang, sich endlos hin, dachte er und sah, wie jetzt auch der Mann, auf das Plakat.

Ausdruck Ihrer Persönlichkeit: der neue BMW X 5 mit xDrive!

Nein, sie schien nicht die geringste Angst zu haben. Nur als er, der Auftrag von Simsek fiel ihm ein, sie nach den Marionetten fragte, errötete sie. Konnte sie die Frage wirklich nicht verstehen? Oder log sie, indem sie, die Schultern hebend, senkend, nur so tat? Aber vielleicht, Simsek, dachte er, erklärt seine Geschäfte nicht, hatte sie ein Recht zu lügen?

Sein Kopf drehte sich: Von der anderen Seite – es ist die Stille, die alles laut werden läßt – kam ein älteres Paar. Der Mann, sie sah nicht hin, sagte, er habe das nur getan, weil sie, die Frau, zischte das, was sie sprachen, er drehte den Kopf, war nicht wirklich zu hören. Er mußte Simsek anrufen und ihm, sein Fuß stieß an die Tasche, alles sagen. Dann, das Geräusch war erst kaum zu hören, würde sich klären, ob, es wurde lauter, diese Wohnung, und schwoll an, bis er, begreifend, den Kopf hob und, indem er aufstehen wollte, erst jetzt die Müdigkeit spürte, die ihn, als schon die Luft ihm entgegenschlug und, ohrenbetäubend, der Lärm das hallende Gewölbe erfaßt hatte, stand, die Tasche in der Hand, er auf und trat, der Zug kam zum Stillstand, auf eine der Türen zu. Sie sprangen zischend auf.

* * *

›Die Mütter des Grundgesetzes‹:

Vier ältere Frauen, die Haare nach oben gesteckt, ärmlich gekleidet im Stil der Nachkriegszeit, sie sahen eher aus wie Krankenschwestern, saßen um einen mittelgroßen runden Tisch, in dessen blankpoliertem Lack sich zwei ihrer strengen, aber gutmütigen Gesichter spiegelten. Auf dem Tisch stand ein schwarzes Telefon. Der schwere Hörer lag in der geschwungenen Gabel, die Kabelschnur, als sei hier oft und lebhaft telefoniert worden, war stark verdreht. Warteten sie auf einen neuen Anruf? Oder hatten sie sich nur für den Fotografen um den Tisch gesetzt?

»Hier geht's los bis dort drüben, dann kommt Außenpolitik.«

»Danke«, sagte er und stellte sich gerade. Das Buch in seiner Hand hieß ›Weimar und die Folgen‹. Er blätterte. Es waren auch Männer zu sehen. Gestenreicher, expressiver als die Frauen, wußten sie die Geltung bedeutender Inhalte und die Stimmung ernster Stunden besser zu vermitteln. Er stellte das Buch zurück. Zwischen modernen Jahresberichten von Kommissionen und Menschenrechtsgruppen zog er einen Bildband heraus, der großformatige Schwarz-Weiß-Fotos enthielt. Einige, es waren Folteropfer, lebten noch, bluteten, waren verstümmelt oder hatten nur einen traurigen Blick. Die Bilder, das irritierte ihn, waren von großer Schönheit.

»Wir haben noch welche unter Dritte Welt.«

Er schüttelte den Kopf, eigentlich suche er nach Texten, die – er, den Satz abbrechend, fing einen neuen an: Es gehe um eine Kampagne, zu der er im Auftrag von Toledo, sagte er, Ideen entwickeln solle und bei der es, er machte eine Handbewegung, um die Zukunft – lächelte sie? – beziehungsweise eine neue Menschlichkeit gehe. Ihr elegantes, er kam sich schäbig vor, schwarzes Kostüm nahm die Farbe der Brille auf.

Sein Blick fiel zurück ins Buch. Doch aus den Augenwinkeln bemerkte er, wie selbst die kleinste Bewegung ihres Körpers die blonden, mit der eckigen, schwarzen Brille und dem Kostüm kontrastierenden Haare schwingen ließen. Eine Schönheit, so klar, wie mit dem Lineal gezogen. Ihre Hände, um die Bücher, das schien ihr wichtig zu sein, in gerader Linie auszurichten, griffen immer wieder ins Regal. Sie muß, dachte er und hätte am liebsten gefragt, einen starken Willen haben. Hatte sie, die Idee, jäh, verwirrte ihn, Kinder? Wie wenn, aber das, er stellte den Band zurück, war gar zu absurd, er selbst ihr Kind wäre?

»Sie können auch unter Gesellschafts- und Familienpolitik nachsehen. Oder unter Religion.«

Er, in die Richtung schauend, auf die sie deutete, sagte, Religion spiele in das Projekt hinein. Der Opposition sei es nämlich gelungen, den Dalai-Lama auf einem von ihr veranstalteten Kongreß auftreten zu lassen. Auch, wie das zustande gekommen sei, wisse niemand, ein Grußwort vom Papst gebe es. Er sah sie an. Interessierte sie sich für solche Informationen? Ihre Hände, wenn sie, immer noch standen Bücher nicht korrekt, ins Regal griffen, wirkten so energisch, daß er, alberne Phantasie, wie ein weichlicher, ungekämmter Junge kam er sich vor, am liebsten, aber das war nun wirklich Quatsch, eines dieser, ihr Brillenblick schien gnadenlos, in Ordnung gebrachten Bücher gewesen wäre.

»Die Opposition darf das Thema nicht für sich vereinnahmen. Deshalb die Kampagne.«

Jetzt, zwei Bücher in der Hand, schüttelte sie den Kopf. Jemand hatte die Bücher falsch zurückgestellt. Ich? Sein Blick, der Hals verengt, sprang, das konnte gut sein, zurück, ob, der Bildband, er hatte nicht aufgepaßt, ihm, das wäre typisch, dieselbe, er hatte Glück, Signatur – doch, ja, das hatte er richtig gemacht, aber, ergriff, im selben Moment, ihn, wenn sie, der Gedanke, bemerkt hatte, daß er, aus den Augenwinkeln, konnte, nicht sicher, sagen, ob, sie ihn, Angst verrät den Schuldigen, gerade beobachtet hatte. Lässig, die erstarrte Schulter zurückbiegend, stellte er den Fuß vor und, sie hatte die Bücher eingeordnet, sagte, die Grundwerte, so seine Idee, fänden, das sei für die ganze Kampagne entscheidend, sich im Grundgesetz.

»Grundgesetz?«

Sie hatte, er sagte, sich wieder dem Regal zugewandt, ja, das sei, so denke er, in einer Gesellschaft, die, bar sonstiger, er suchte nach einem Wort, das glatte, exakt geschnittene Haar, es fiel, blond, voll, ihm nicht ein, weshalb, sie wandte wieder den Kopf, er neu begann und, redend, fuchtelnd, sich, es flüchtig bemerkend, wünschte, sie, dicht über ihm, schüttle hin und her, wie manche Frauen mit Babys spielen, den Kopf, so daß, die Haare, glatt, voll, ihm, das wäre wunderbar, übers Gesicht strichen. Die freie, sagte, nur zum Beispiel, er, Entwicklung der Persönlichkeit oder, wollte, bevor der Satz, er konnte, mittendrin, zog, die Reihe prüfend, sie jetzt plötzlich – was? – mit Wut aus dem Regal und sagte:

»Schon wieder!«

Er blickte auf das, was sie zwischen ihren Fingern hielt, war ein Mann, der es sei, sagte sie, jetzt das zweite Mal innerhalb einer Woche, daß, er konnte nicht länger hinschauen, sie hatte es schon weggezogen, so ein Heft zwischen den Büchern stecke. Zu oft, eine Stellvertreterin habe sie nicht, sei die Bibliothek unbewacht, und jeder, sie sah ihn erbittert an, der wolle, könne es tun.

Das sei ja, er, ganz kurz, sah zu dem Heft hinunter, aber ein andres Wort fiel ihm nicht ein, furchtbar. Wer denn, es klingelte, so was, und wozu – sie, die Frage war nicht sinnvoll gewesen, blickte, ohne zu antworten, auf das, was sie in der Hand hielt, war ein Mann, der es sei, sagte sie, so ekelhaft, daß, er wollte, nicht wissend was, sagen, daß, doch das Telefon, jetzt wieder, klingelte, bevor er, da sie abhob, kam ohnehin nicht mehr dazu.

»Bibliothek.«

Zeitgeschichte, politische Wissenschaft, Finanzpolitik – er schaute auf das Regal. Glaubte sie, *er* habe das Heft da reingesteckt? Seine Finger, der Arm juckte, kratzten die Stelle, während sie ja und, nach kurzer Pause, nein sagte und den Hörer, sein Blick schwang zurück zu den Büchern, die, ihre Hände hatten ganze Arbeit geleistet, in gerader Reihe standen. Wie klein und erbärmlich er, das Regal reichte bis zur Decke, war, dachte er, sie, und sah wieder rüber, wütend auf ihn? Nein, sagte, dann ja, sie, und die Haare schwangen dabei kratzte er, der Arm juckte, sich. Was, er sah auf seine Schuhe, dachte sie über ihn? Ungeputzt, schäbig, grob – hatte sie nicht längst bemerkt, daß er ein Betrüger war?

»Ich weiß.«

Ein Einstellungsbetrüger, der, zwar verleitet, aber – die Haare, frisch und, aber das war jetzt egal, glatt: Mit wem sprach die Bibliothekarin? Bezog sich – sie hatte, er schaute weg, ihn angesehen – das Telefonat auf ihn? Weimar und die, seine Augen, irgendwohin, lasen: Folgen.

* * *

110 »Ah! Gut, daß ich Sie treffe.«

Ihr Lächeln, der Mund trocken, klein, verströmte, so man sie wahrnahm, Gefahr. Die Haut, sie mochte um die Fünfzig sein, schien älter als nötig: um die Augen, über den schmalen Lippen – als habe sich ein verpfuschtes Leben dort eingekrallt und lasse nie mehr los. Nur, es dauere nicht lange, ein paar Fragen, beim Vorstellungsgespräch, leider sei sie an dem Tag verhindert gewesen, habe man sie zu stellen vergessen. Er schob, die Krümmung des Gangs, plötzlich war sie aufgetaucht, ein Bein vor.

»Ist Ihre Hand wieder sauber?«

»Meine Hand?«

»Bei unserer ersten Begegnung war sie verschmutzt.«

Er, das Bein zurücknehmend, lachte, um, das gab Zeit, ehrlich zu sein, ich hab nur was Klebriges in der Hand gehalten. Ein, weil sie ihn ansah, ergänzte er, angelutschtes Bonbon, das, uralt, nicht schmeckte und – lächelte sie? Eher nicht. Endlich nahm sie die Unterlage mit dem Fragebogen, schaute kurz drauf und hielt die, violett, aus Kunststoff, Unterlage wieder vor die Brust.

»Die Adresse, die Sie als Wohnadresse angegeben haben, stimmt wohl nicht mehr?«

Er preßte die Lippen. Ihr Parfum, das Klirren der Armreifen, nein, und schob den Fuß vor, das sei die Adresse einer Freundin gewesen, bei der er gewohnt habe, weil alles, die sofortige Einstellung, präzisierte er, so plötzlich gekommen sei, daß er jetzt aber sei er wieder ausgezogen und habe, seine Hand ging hoch, vorläufig erst mal, was andres gefunden.

»Hm. Ich hab da angerufen, ich sprach mit einem«, fielen, winzig kurz, ihre Augen auf den Fragebogen, »Bernd Salewski. Er scheint ja nicht grade gut auf Sie zu sprechen zu sein?«

Das, leicht nach hinten kippend, sagte er, sei ihr Freund. Er habe, na ja, eifersüchtig reagiert, wegen der Freundin, weshalb er, das sei letztlich der Grund gewesen, bald wieder ausgezogen sei und – nickte sie? – er, sie schürzte eher die Lippen, diesen Eindruck habe er jedenfalls vermittelt, trinke auch und, als interessiere sie das nicht, werde dann – und jetzt? – unterbrach sie ihn.

»Jetzt?«

Seine Hand ging, er habe noch einen Freund, das Bein juckte, nach unten. Der habe Wohnungen, in einem älteren Haus allerdings, das sei nur für vorläufig, weil, freilich sei's nicht, sagte er, einfach, auf die Schnelle, zumal er ja arbeiten müsse, und kam wieder hoch, was zu finden.

»Fühlen Sie sich überlastet?«

Er schüttelte – war das zu heftig? – den Kopf, bevor sie, das Lächeln, wieder, sagte, das Personalreferat müsse, das könne er wohl verstehen, über die aktuelle Adresse, ihre Augen, immer sofort informiert werden. Sie fixierten ihn. Er mußte, das Blut im Kopf, um zu nicken, wollte er ihn, den Kopf, jetzt, der Hals zu fest, sagte sie habe, und ihre Augen, winzig kurz, fielen auf den Fragebogen, sich, das gehöre zu ihren Aufgaben, mit seinem Lebenslauf beschäftigt. Es gebe da, er, es juckte, beugte sich, ein paar Lücken, die Sie, sagte sie und sah auf sein Bein, kratzen sich ja ständig. Ein, antwortete er, Ausschlag. Ob, ach, er müsse natürlich nicht, sie mal sehen dürfe, fragte, da es nichts zu verbergen gab, zog, kurz den Kopf wendend, er hier, auf dem Gang, die Hose –

»Oh!«

Eine, ihr Gesicht, der Ekel, besonders schwere Form. Seit wann er, nein, schüttelte den Kopf, so etwas habe er noch nie gehabt, weshalb ihm das, er schaute auf den Ausschlag, unerklärlich sei. Solche, sie begann zu schreiben, atopischen Ekzeme hätten fast immer einen, sie sah ihn an, psychischen

Hintergrund. Dann schrieb sie weiter. Was denn? Mit einem Ruck zog er die Hose hoch.

»Na, ich muß jedenfalls zum Hautarzt.«

Schrappend, hohl, fieberhaft – das Geräusch, das, die Schreibunterlage, ihr Stift auf dem harten Kunststoff erzeugte, ließ jeden, er schob das Gürtelende in die Schnalle, Widerspruch sinnlos erscheinen. Diese Frau verfolgte, er sah kurz hoch, die angestrengte Stirn, die dünnen Haare, und drückte mit dem Zeigefinger den Dorn ins Loch, ein klares Ziel. Sie würde, es piepte, die Zeugnisse, der Auslandsaufenthalt, alles, was in den Bewerbungsunterlagen stand, sollte, wozu sich was vormachen, es piepte, er nicht selber alles gleich zugeben?

»Na? Besprechung im Gang?«

Schill, ganz plötzlich, war, eine Tasse in der Hand, neben ihnen und, der Kaffeegeruch, aber auch schon – sie, es piepte, jetzt, hatte das Mobiltelefon herausgezogen, ganz laut – mit einem Schritt, dem man ansah, daß nichts verschüttet werden sollte, weitergegangen. Ja, sagte, er drehte wieder den Kopf, sie und hielt, er begriff erst nicht, ihm das Telefon hin:

»Für Sie.«

Für mich? Wer konnte das, dachte er, bevor er die Stimme erkannte, war – auf ihrem Apparat? – Simsek! Wo denn, verdammt, die Stimme klang unangenehm, die Marionetten, hörte er, seien, und sah, daß sie, die Schreibunterlage, den Stift in der Hand, ihn beobachtete. Er könne, falls er ausgeschmiert werden solle, auch mal ganz anders, sagte er, ich, und sah, daß sie wieder schrieb, hab doch – Simsek, ein Schwall von Sätzen, ließ ihn, was schrieb sie, nicht zu Wort kommen. Zischendes Geraschel bloß, wenn er, aber nur kurz, das kleine Gehäuse nicht in die Ohrmuschel drückte. Ich, versuchte, aber Simsek unterbrach so, er zu erklären, daß, er, die Marionetten, konnte, es ging zu schnell, am Ende nur sagen: Ja. Dann – wo ausschalten? – reichte, eine Erklärung war unumgänglich, er, sie sah ihn an, lächelte mit, als sei's ihrer, trockenem, kleinem Mund:

»Der Freund, bei dem – die Wohnung gehört ihm.«

* * *

»Aus Kunststoff?«

Mack nickte. Krebs. Beide, jeder hier wisse das, seien abgeschnitten worden. Schill, aber der übertreibe gerne, behaupte sogar, man könne es, wenn sie die Schreibunterlage, mit der sie immer herumlaufe, an sich drücke, an dem Geräusch hören. Niemand, eigentlich heiße sie nur noch Stützle, vom Blissier sei sie längst geschieden, möge sie. Nur Glöckner, dafür spreche einiges, sei in sie verliebt.

»Was denn?«

»Was?«

»Was dafür spricht!«

Mack grinste. Nun, Glöckner, sobald sie anwesend sei, werde ruhiger und lächle immerzu. Ausgerechnet, dachte er. Sein Blick verrutschte: Die dichten, schwarzen Bartstoppeln, als nütze Rasieren nichts, machten Macks Gesicht so männlich, daß man sich über den Widerspruch, in dem es zu seiner hohen Stimme und geringen Körpergröße stand, nur wundern konnte.

»Aber – was will sie von mir?«

Weil, sagte Mack, sie das Vorstellungsgespräch verpaßt habe, wolle, das könne schon sein, sie nun die Unabkömmlichkeit ihres psychologischen Spürsinns beweisen. Dieses Mal, er lachte, daß es golden blitzte, werde sie sich die Zähne ausbeißen, gegen all die Zeugnisse, Referenzen und Toledo komme sie nicht an. Und das mit dem Mobiltelefon – es passiere öfter, daß von der Telefonzentrale ein Gespräch falsch durchgestellt werde.

»Zu ihr? Und ausgerechnet in dem Moment, in dem ich neben ihr stehe?«

Mack zuckte die Schulter. Drüben, die Jalousien waren alle oben. Manchmal, die Stimme klang feierlich, gebe es Zufälle, die als solches schwer zu fassen, im nachhinein wie eine wunderbare Fügung erscheinen. Er sei, Sie wissen, er wandte sich ihm zu, mein Niederschlag, damals im Krankenhaus gelegen, und sein Bettnachbar, frisch an den Nieren operiert, habe, im nachhinein klinge das wie ein Wunder, gesagt, kommen Sie zu uns in die Bundesgeschäftsstelle, es ist gerade eine Stelle frei.

Er sah Mack an. Hatte der nicht behauptet, das demoskopische Institut, sein Arbeitgeber, habe ihn an die Partei vermittelt? Mack, der Bastler, ein Nichtsnutz, verfügte hier über eine gesicherte Stelle, während er, den Kopf, bloß nicht verlieren, zum Fenster drehend, überlegte: Wurden Anrufe, die für ihn eingingen, auf den Apparat der Stützle umgeleitet? Steckte Glöckner dahinter?

»Glauben Sie an Gott?«

Die wenigsten, sie sahen beide durchs Fenster, könnten es noch, und er selbst sei sich manchmal auch nicht sicher, doch wenn er, bisweilen geschehe das täglich, sich über sein Existenzdiagramm beuge und es, der Begriff analysieren sei vielleicht nicht richtig, er verwende ihn trotzdem: analysiere, dann, er machte eine Pause und fragte, ob ihm das Gesetz der Resonanz bekannt sei? Dann, die Antwort wartete er nicht ab, begreif ich erst, was das heißt: in Gottes Hand sein. Es heiße nicht, wie wohl viele denken, hilflos dem Gang der Dinge ausgeliefert zu sein. Vielmehr, so tief drin steckten wir, daß wir ein, winzig klein, gewiß, aber der Begriff der Größe stamme ohnehin aus einem ganz anderen Gebiet und gehöre nicht hierher, Teil dieser greifenden, lassenden, ewig tastenden Hand seien. Ihre Augen, vier, verfolgten, während Mack sprach, die Bewegungen, die, es geschah ganz automatisch, er, sie wirkte klein, dick, aber keineswegs plump, mit der Hand dabei machte.

»Gesetz der Resonanz?«

Mack, mit leerem Blick, nickte. Dann, als wecke ihn der eigene, wie im Schlaf wegkippende Kopf, fuhr er auf:

»Die Besprechung! Wir müssen los.«

* * *

»Glück und Gottes Segen zu wünschen ist inzwischen aus der Mode. Deshalb sag ich lieber: Bloß nicht unterkriegen lassen.«

Mack hatte ihn bis zu Toledos Büro begleitet. Dann, die neue Sekretärin, er war der letzte, ging alles schnell: Vier Männer, die, zwei Sessel, ein Sofa, miteinander, nur dort, zwischen Glöckner und – Albert? – dem Statistiker war noch Platz, sprachen.

Nee, also, im Augenblick, er setzte sich, die Leute hätten wirklich andre Probleme: Arbeitsplatz, Steuer, Rente, das seien, Toledos Lider, als reiche Hören, geschlossen, die Themen, die den Mann auf der Straße interessierten. Er habe, beugte sich, die Pause nutzend, der Statistiker vor, gerade die Ergebnisse, brandneu, einer Umfrage untersucht, die – ja, ja, das, Toledos Augen öffneten sich, wisse er alles. Geld, Geld – wenn, die Hand ging hoch, über sonst nichts mehr geredet werde, brauche man sich nicht zu wundern. Ob denn der Staat, sein Blick, heute nur noch, richtete sich auf den Statistiker, der jetzt den Oberkörper, das Leder knarrte, zurückzog, so daß die Bewegung, das Polster weich, von unten zu spüren war.

Nein, fuhr Toledo fort, die Idee mit der, er spürte die Blicke auf sich springen, neuen Menschlichkeit gefalle ihm, er habe schon mit Groddeck gesprochen. Alles, meine der, nur eine Frage der Präsentation. Neue Menschlichkeit, ja klar, sagte, aber der Bezug zur Partei, Glöckner, das seien doch Luftnummern, Sonntagsgerede, das, in der jetzigen Situation, der Mann auf der Straße, wie Hohn würde da, ganz plötzlich, der Sessel rutschte, sprang Toledo auf, trat ans Fenster und, eine Hand am Griff, schaute nach draußen: Menschenwürde, Freiheit, Familie, da stecke, er sprach langsam und klar, ein ungeheures Potential drin. Sehnsüchte, Emotionen, es komme, Groddeck habe recht, nur darauf an, daß – er, vielleicht aus Erregung, vielleicht aus Übermut, sprang jetzt auf. Ein Mord! Dort drüben! Vorgestern, die Botschaft von Ghana, einfach so, am hellichten Tag, und deutete, neben Toledo stehend, mit dem Finger.

»Mord?«

Schill und der Statistiker, schauend, standen dicht neben ihm. Mit einer Eisenstange, nickte er und sagte, aber da, merkwürdig, war er nicht mehr sicher:

»Das dritte von rechts.«

Die Fenster, jetzt, da die Jalousien oben waren, sahen alle gleich aus. Mack habe, lachte, noch auf dem Sofa sitzend,

Glöckner, auch schon von dieser Geschichte erzählt, weshalb er natürlich, klar, wenn das stimme, sofort im Außenministerium angerufen habe. Dort, stellte sich später heraus, hat, am Freitag beginne die Westafrika-Woche, irgendsoeine, die würde extra eingeflogen, Gruppe einen, die im Außenministerium lachten sich tot, Speertanz geübt.

Speertanz? Glucksend, scherzend, auch Toledo, schlenderten sie zurück zu den Sesseln. Nur er – Speertanz? – stand noch zweifelnd, schauend am Fenster, bis ihn, Toledo sprach von Groddeck und Schweden, die Worte, er kehrte nun auch zurück zum Sofa, tropfendes Blut, eine Plakataktion, einfingen: ›Bevor sie ihn holten, war er Pianist.‹

Erst Schills tastendes Lachen durchbrach die Stille:

»Ganz schön drastisch.«

Ja, aber es sei ein riesiger Erfolg gewesen. Derart echt hätten die abgetrennten Hände ausgesehen, daß es, was das Ganze natürlich erst so richtig bekannt gemacht habe, zu Strafanzeigen gekommen sei. Alles, so Groddeck, was mit Gewalt zusammenhänge, erzeuge, da gebe es neurophysiologische Untersuchungen, eine Extrem-Präsenz des Gehirns, die, das sei eben die Kunst, in verschiedene Richtungen nutzbar sei. Obgleich, Toledo lehnte sich vor, das Kommunalwahlen gewesen seien, hätte das Thema auf einmal – Groddeck, so Toledo, behaupte, für diese Art von Kampagnen gelte die Jedesto-Regel: Je moralischer der Anspruch der Botschaft, desto drastischer dürfe, Toledo machte eine ausgleichende Armbewegung, die Darstellungsform ausfallen, weshalb, ein internationaler Trend, so Groddeck, um den Vorteil des Drastischen, den er wohl nicht zu erklären brauche, auszunutzen, der moralische Anspruch zunehmend steige. Alle, der letzte Satz war kompliziert, schwiegen.

Schill, er finde das stark, war der erste, der, ein wenig lachend, sich wieder bewegte. Groddeck, Groddeck, wie oft habe, rief Glöckner, der sich schon geirrt. Das Parteilogo neben zwei abgerissenen Händen, das sei doch, seine fuhren hoch, Wahnsinn. Sie verkauften hier keine Pullover, sondern, das sei doch wohl ein Unterschied, politische Konzepte. Man könne, das Sofa, nicht, er spürte, unter sich, wie die Unruhe erfaßte auch er wollte, da alle sprachen, etwas sagen, doch Toledo, jetzt, alle übertönend, fuhr den Statistiker an: Unsinn. Niemand, wozu Berechnungen, wolle abgerissene Pianistenhände sehen. Und gerade deshalb, das sei's doch grade, würden alle wie gebannt hinstarren.

»Auf unser Logo?«

Was, alle redeten wieder, in Schweden funktioniere, müsse noch lange, Toledo, nicht in, sprang auf: Deutschland, er habe dieses ewige Kleinklein satt, sei reif für Neues. Ideen, Gefühle! In Amerika, er schaute durchs Fenster, würde schon lange, seine Hand am Griff, das sah aus, als halte, müde, aufgezehrt, sich der erschlaffte Leib fest: Die Menschen treffen, tief im Herzen, dort, von wo, der bloße Verstand reiche nicht, alle Bewegung herrühre. Bewegung, so Schrampel, zu erzeugen und sie in die richtige Richtung zu leiten, das sei, und nicht, wie die Opposition es ihnen gerade wieder mal vorgeworfen habe, Machterhaltung um jeden Preis, der eigentliche Sinn der Politik der Bundesregierung.

Bewegung, gut, ja natürlich, okay – aber das, Glöckner sprach rasch und fest in die entstandene Stille hinein, was die Menschen, jetzt strich die Hand durch die Luft, im Augenblick am tiefsten berühre, seien, da müsse man sich nichts vormachen, keine, abgerissen oder nicht, Pianistenhände. Grundgesetz, Menschenrechte, niemand stelle das in Frage, aber jetzt, wo der Benzinpreis, er habe gestern getankt, innerhalb von zwei Wochen um acht Cent – das müsse man sich mal vorstellen, die ganzen Pendler!

Toledo, der Rücken, er hatte sich ja nicht umgedreht, hing der, mit der Hand am Fenstergriff, massige Körper wirkte leblos. Dachte er nach? Erinnerte er sich an früher? Nur die tiefe, vom Glas zurückgeworfene Stimme verriet, daß er's war:

»Ich hab nie gesagt, daß wir's machen. Aber wenn wir kreativ sein wollen, wirklich kreativ, dann dürfen wir nichts ausschließen. Nichts! Und sei's der größte Quatsch.«

* * *

»Guten Tag. Sind Sie Abgeordneter?«

Er schüttelte den Kopf:

»Ich warte auf die Gesundheitsministerin.«

»Ach so. Und von welchem Verband sind Sie?«

»Verband? Keinem. Ich bringe eine Botschaft.«

»Ach?«

Der Mann sah freundlich aus und war, ein bißchen schnaufend, dick. Ein menschlicher, das sei ja interessant, Bote – im Zeitalter des Telefons! Manches, entgegnete er, sei eben besonders wichtig, und wie leicht, fiel ihm, könnten, ein, Telefongespräche abgehört werden. Dann überlegte er: Hatte er übertrieben?

Toledo, als er ihm, gleich nach der Besprechung, diesen Auftrag erteilte, mußte sich ja irgend etwas, dachte er und fühlte nach dem Kuvert – hier, sagte der Mann, sei, er selbst warte auf den Verkehrsminister, der beste Platz. Er beugte sich über die gläserne Brüstung: Wirklich, von hier konnte man die tiefer gelegene Etage, auch dort wimmelte es von Menschen, fast ganz überblicken. Der Mann wischte, das Schlimmste sei die Hitze, sich über die Stirn. Von, deutete er, den Scheinwerfern, die hätten mindestens 6000 Watt. Tatsächlich sah man an mehreren Stellen, Fernsehreporter, die Interviews führten, grelles Licht.

»Sie auch?«

Der Mann hielt ihm eine Bierdose entgegen, die er aus einer Umhängetasche gezogen hatte. Er schüttelte den Kopf. Auf Bier hatte er wirklich keine Lust. Mitten in der Arbeit, der Auftrag noch nicht ausgeführt, konnte er schließlich, zumal hier, wo – nein doch, das mußte er zugeben, dieses Gewirr von Stimmen, Körpern und, er drehte sich, Licht: Als handle sich's um eine Konzertpause, als werde gleich die Klingel ertönen. Die weite Glasfront, diskret in die alte, steinerne Gebäudemasse eingefügt, die große edelholzverkleidete Wand, aus der sich, dann erst waren sie zu erkennen, Türen öffneten, und Menschen, herein, heraus, etwas, manchmal rannte einer, zupfend, am Ärmel, flüsternd, ins Ohr, voneinander wollten.

Der Mann setzte die Dose ab und seufzte, als sei auch hier, in diesem wichtigen Foyer, Durst das größte Unglück, befreit auf, sah ihn nickend, freundlich an und führte, vielleicht weil ihm sonst nichts einfiel, die Dose zurück zum Mund.

»Schon wieder?«

Sie drehten sich um. Da stand ein Mann im Frack. Das weiße Hemd, die langen, schwarzen Schöße machten aus ihm einen riesigen Pinguin. Er hatte so laut gefragt, daß sich die Umstehenden nach ihnen umdrehten. Schon gut, murmelte der Dicke und ließ die Dose in der Umhängetasche verschwinden. Das Zischen beim Öffnen, sagte, nachdem der Befrackte weitergegangen war, er leise, habe ihn verraten. Hohes Haus! Damit spielten sich diese Saaldiener jedesmal auf. Wo doch, es piepte, jeder wisse, daß sie einen nur in die, er blickte in die angezeigte Richtung, völlig überteuerte, es piepte, Cafeteria hineinzwingen wollten, wo, es piepte nochmals, die Abgeordneten, für die ist's umsonst, sich besöffen. Dann, endlich, zog er's aus der Tasche und hielt es, die Würde, ha, des Hauses, an sein Ohr: Ja? Dabei, offenbar ärgerte er sich über den Anruf, verdrehte er die Augen.

»Nein, verdammt, ich hab ihn noch nicht gesehen.«

Wie etwas Zartes, gerade auf die Welt Gekommenes, das – lebt es? – die groben Finger behutsam ans Ohr halten: Das winzige Telefon in der Hand des massigen Menschen wirkte komisch. Nein, verdammt, den habe er auch noch nicht gesehen, das gehe eben nicht so schnell. Seit zwei Stunden stehe er hier an der Treppe, unmöglich, daß, schließlich passe er auf, der hier vorbeigekommen sei.

»Nein, verdammt.«

Er warf, die Augen rollten, die Schulter nach hinten.

»Wenn ihr mich ständig anruft, find ich ihn erst recht nicht.«

Jetzt, wie um besser zu hören, zog er sie wieder vor: Schulter, Rücken, Arm – der ganze Leib krümmte sich, schwenkte, nach kurzem Innehalten, seitlich weg und kam, so ging das abwechselnd, wieder hoch. Worte, seine, andre, drehten, bogen, sich entladend, die zentnerschwere Masse.

»Mensch, klar! Hab ich doch versucht!«

Der Kopf, unter den dünnen, klebrigen Strähnen glänzte

die Kopfhaut feucht, stieß, wenn der Körper sich wand, in verschiedene Richtungen. Die Hand, eine war ja frei, griff, ließ, strich in der Luft, während die andere, viel zu groß, viel zu dick, das winzige Telefon wie feinstes Porzellan, horchend, zart ans Ohr hielt: Der Hals, Folge dieser Spannung, war ganz schief. Ich, sagte er und fuhr, die Spannung blieb, herum, werd ihm das noch mal sagen, klar, aber erst, seine Augen, ohne Pause, streiften über, muß ich, die gläserne Brüstung, ihn finden – nicht einfach, in diesem Meer von, sprechend, in Telefone oder, an wirklichen Köpfen, echte Ohren hinein: Menschen. Und alle, wie der Dicke, drehten, schwenkten, wanden sich mit Worten, Gesten, Grimassen in der Strömung, die, ohne feste Richtung, dieses, er blickte auf die edelholzverkleidete Wand, Gebäude zu durchziehen schien.

»Da!«

Seine Augen, der Schrei kam ganz plötzlich, sprangen zu, der deutete, dem Dicken, mit der Hand:

»Da! Mann! Da isse doch!«

In der angezeigten Richtung war – unmöglich zu erkennen, was der Dicke, wie außer sich, schrie:

»Halt! Halt! Eine Botschaft!«

Einige der Umstehenden drehten sich um, einige lachten, doch plötzlich, vielleicht aus Neugier, tat, freilich nur kurz, sich eine kleine Gasse auf, an deren Ende eine Frau – war sie das? Er ging, vom Dicken gestoßen, auf sie zu. War sie das, umringt von unzähligen Menschen, die schon drohte sich der Kreis um sie wieder zum Glück hatte sie drückte den Mann mit dem Mikrofon beiseite und rief:

»Eine Botschaft? Für mich?«

Er nickte und zog das Gedränge ließ es kaum hatte er das

Kuvert war ja, wie dumm, zerknittert mußte er es wäre nicht gelungen, wenn die Frau drückte nochmals den Mann auf die Seite hin sagte sie etwas in ein anderes Mikrofon tauchte von rechts erhielt er einen Stoß, bevor er das Kuvert hochhalten konnte er stieß jetzt selbst jemand schrie irgend etwas drückte ihm von hinten spürte er war nun dicht vor die Frau nahm es ihm wurde fast schwindlig, als er – das Foto! – die Reiterin, nackt, auf dem Ast, wiedererkannte.

* * *

»Mach's Otto, mach's!«

Von hier oben aus konnte man in alle Richtungen schauen. Die Stadt schien endlos. Mach's, hätten sie zu ihm gesagt, Otto, und da habe er sich gedacht: Warum eigentlich nicht? Der graue Horizont, die Sonne fehlte, verschmolz mit dem grauen Häuserteppich. Er, noch halb benommen, überlegte: Die Gesundheitsministerin hatte, während sie, in dem Gerangel zwischen all den Mikrofonen, ihr hingehalten wie Stieleis zum Lecken, das Kuvert öffnete, die Mitteilung überflog, einen winzigen Moment überlegte, ihn angesehen. Und, rief Otto, das, nach zweiundzwanzig Jahren auf Tour! Er hätte, sagte er, auch noch weitergemacht, doch dann, na ja, Otto mach's, er bereue das übrigens auch gar nicht, das sei die interessanteste Zeit seines Lebens, aber manchmal – er stieß ihn an und deutete mit dem Kopf auf zwei Männer, die, vom Kuchenkreis, in einiger Entfernung, dicht an der großen Glaskuppel, sich unterhielten.

»Kuchenkreis?«

Beim Verkehrsminister! Einmal im Monat, es roch nach Bier, würden sie, Bahn, ADAC, Lufthansa, sogar von den

Radfahrern einer, im Kuchenkreis alles besprechen, was nur sie nicht, die Fernfahrer, nein, heiße es, sie seien schon zu viele. Zu viele? Zu viele! Ja, immer wieder, Otto, Mensch, da mußt du auch reinkommen, kriege er das zu hören. Reinkommen? Reinkommen, ja, klar, wie denn?

»Scheiße, alles naß!«

Er zog die Bierdose aus der Umhängetasche. Zwei ältere Frauen, die neben ihnen standen, drehten sich kichernd weg. Hier oben, auf dem Dach, gab es viele Touristen. Und, fragte, die Tropfen abstreifend, Otto, hat sie wirklich gesagt, du sollst um fünf in ihr Büro kommen? Er, daß Otto ihn plötzlich duzte, war jetzt auch schon gleich, nickte.

»Mann! So 'ne Gelegenheit!«

Er schüttelte den Kopf, dann führte er die Bierdose zum Mund. Eine halbe, er setzte sie gleich wieder ab, Stunde bloß, mehr bräuchte er gar nicht, um dem Verkehrsminister mal, er schüttelte den Kopf und nahm einen Schluck, die ganze Situation: Wenn jetzt nichts geschehe, würden die deutschen Fernfahrer von den Polen und Tschechen bald völlig – er sah auf die Uhr, noch über eine Stunde. Würde sie ihm eine Antwort für Toledo mitgeben? Die Mitteilung, die er ihr übergeben hatte, was stand – da drin, deutete Otto, bevor sie die Glaskuppel betraten, sei's im Sommer furchtbar heiß. In einer riesigen Spirale wand sich der Weg nach oben.

»Entschuldigung.«

Otto hielt sich am Geländer fest. Zuvor hatte er gerülpst. Mußte er sich übergeben? Schon mehrmals, sagte er, sei er beim Arzt gewesen. Das ist, sage der, irgendwas stößt Ihnen auf, psychisch. Irgendwas? Na, das wisse er schon. Vor drei Monaten, ein Mittwoch, das werde er nie vergessen, sei, er deutete auf die verspiegelte Fläche am Kuppelboden, da unten die neue LKW-Abgabe beschlossen worden. Seitdem würden ihm alle die Hölle heiß machen. Otto, Mensch, wie hast du das zulassen können? Ich? Scheiße! Die hätten keine Ahnung, wie das hier ablaufe. Eine Bierrunde habe er gründen wollen, und wer sei gekommen? Erst fünf Abgeordnete, dann drei und dann nur noch der Molowski, der, jeder wisse das, Alkoholiker sei und ohne den geringsten Einfluß. Und, gut, auch ein, von dem, das gebe er zu, habe er sich wirklich was versprochen, Regierungsdirektor vom Ministerium. Doch was hat's genützt? Er sei, habe der gesagt, nur gekommen, weil sein Vater auch Fernfahrer gewesen sei und er die Fernfahreratmosphäre im Ministerium vermisse.

Das Kumpelhafte, Otto blickte durch das Glas nach draußen, wie er's von den Touren her kenne, daß man einander aushilft, sobald Not am Mann ist, fehle hier völlig. Er schnaufte, der Aufstieg hatte ihn angestrengt. Nie habe er sich das träumen lassen, wie viele verschiedene Verbände es gebe. Alle wollten sie an die Minister und die Abgeordneten ran. Aber mit dem bißchen Geld, das sie im Fernfahrerbund hätten, sei einfach nichts auszurichten. Sprich mal mit dem, heiße es, sag's ihm. Nur, wie denn? Einmal, er winkte ab, sei sogar was Schlimmes passiert.

»Was denn?«

Otto ging weiter. Seine Schuld allein sei's jedenfalls nicht gewesen. Sie hätten ihn, es piepte, gezielt provoziert. Warum? Das wisse er auch nicht. Denn obwohl sie, es piepte, die Fernfahrer gar nicht kennen würden, haßten sie sie. Er blieb stehen, zog's, es piepte, heraus, schaute aufs Display, drückte einen Knopf und steckte das Ding wieder ein.

»Wer?«

Wer? Die Bahnlobby, das Fernsehen, der ADAC, Radfahrer, die sogenannten Umweltschützer, alle hätten sich zusammengetan, um diese Abgabe, die, es piepte, schon wieder, und er, so gehe das den ganzen Tag, schaute, drückte und steckte es wieder ein. Otto mach dies, Otto mach das – er hätte sich gar nicht drauf einlassen sollen auf diesen Job, aber alle hätten ihn gedrängt, und außerdem, so habe er eben gedacht, müsse er dann nicht mehr so viel rumfahrn. Inzwischen, sie blieben wieder stehen und schauten durch die Glaskuppel hinaus, denke er, lieber rumfahrn. Rumfahrn bis zum Schluß, da greift dir keiner, wie hier, ständig rein. Es, er schüttelte den Kopf, sie gingen weiter, habe sogar in der Zeitung gestanden.

»Was?«

Er, nach vorne greifend, winkte ab. Um mit ihm zu reden, nur deshalb, habe er ihn festgehalten, wobei ein Knopf abgerissen sei, den er gleich aufgehoben habe, um ihn ihm zurückzugeben. Er hätte sogar, gar kein Problem, das Annähen bezahlt. Doch der habe den Knopf gar nicht mehr gewollt und sei überall rumgelaufen und habe behauptet, der Fernfahrerbund habe ihn tätlich angegriffen. Der Fernfahrerbund! Seitdem, da brauche man sich nichts vorzumachen, gelte er hier als Raufbold. Ich! Wo ich doch – er winkte ab, und sie gingen, gleich waren sie oben, weiter. Damals, in der Jugend, habe er das auch schon erlebt, daß es Cliquen gebe. Sie hätten auch ihre Tricks gehabt damals, klar, und nicht zu knapp. Aber das, was hier ablaufe, sei damit einfach nicht zu vergleichen.

Sie waren oben angekommen. Otto ließ sich auf die Bank fallen. Sie war aus dunklem Edelholz und lief um den riesigen Trichter, der, aus stählernem Blech, in die oben offene

Glaskuppel mündete. Otto, die Helligkeit des glasüberwölbten Raums war kaum auszuhalten, wischte mit einem Tuch über die Stirn und legte sich nach hinten.

* * *

»Zur Ministerin?«

Die Sekretärin sah ihn an. Dann, als wolle sie erst einmal nachdenken, blätterte sie in einem Terminkalender.

»Sie hat's mir zugerufen.«

»Zugerufen?«

Die Sekretärin drehte sich um und blickte, als sei dieses Wort gar zu lustig, zu einer zweiten Sekretärin, die im selben Raum saß.

»Um fünf. Das hat sie gesagt.«

»Um was geht's denn überhaupt?«

»Eine Botschaft. Ich bin von der Partei. Sie können dort anrufen.«

Sie klopfte mit einem Stift auf den Terminkalender und überlegte. Dann griff sie nach dem Telefon, wählte und sagte Kurt, komm doch mal rüber. Bald darauf trat ein Mann mit kurzgeschorenem Haar ein. Er, deutete sie mit dem Kopf, behaupte, er müsse zur Heidi rein. Der Mann, seine breite Brust, die Schultern – nur der Kiefer, aber das merkte man kaum, so langsam, fast gar nicht, bewegte sich. Mit ungeheurer Energie schaute er dem Besucher ins Gesicht. Dann, als genüge das, zuckte er mit den Achseln.

»Iss unten aus 'm Laster gestiegen.«

»Schon, aber – jemand nahm mich mit. Ein Mann vom Fernfahrerverband.«

Man könne doch, sagte die Sekretärin, nicht einfach jeden reinlassen, zumal es, ob er, Kurt, das schon gehört habe, gerade wieder ziemlichen Ärger gegeben habe. Der Mann, langsam, ganz langsam Kaugummi, was sonst, kauend, zuckte mit den Achseln:

»Frag sie doch.«

* * *

Einer Bundesministerin!

Seine Beine zitterten leicht. Er stand an der Ampel und schaute auf die Tüte: Pistazien. War es richtig, sie anzunehmen? Hielt sie ihn nun für verfressen? Oder war, die Ampel sprang auf Grün, das alles ohnehin nur ein Spaß für sie?

Haare, Augen – sie sah, wie er eintrat, aus, als habe sie gerade geweint. Wer's ihm gegeben, wer ihn geschickt habe. Ihre Stimme, so schrill klang das, was sie, warum begriff er nicht, war offenbar wütend. Von, er wußte ja nicht, was drin stand, Toledo.

»Toledo?«

Er sei, was andres fiel ihm nicht ein, eingestellt worden, eigentlich als, stockte er, Historiker oder jedenfalls, um für die Partei, an den Wänden hingen große Bilder mit bunten Farbflächen, Ideen zu entwickeln. Das Kuvert habe er nur deshalb überbracht, weil, hinter dem Schreibtisch stand, an der Wand, die Bundesfahne, Toledo, rechts oben ein Foto des Bundespräsidenten, ihm den Auftrag gegeben hatte, es, das Kuvert, an, dabei, sie, drehte er sich um, hatte sich das Haar zurechtgezupft und zog, in der Schranktür ein Spiegel, mit dem Stift die Lippen, sie spitzend, sie kräuselnd, rot nach einem kurzen Blick, sie, lachend, sicher, wirkte völlig verändert:

Im schwarzen Ei? Sie habe ihn dort noch nie – unter all den, dabei, daß das Ohrgehänge wackelte, lachte sie, Schranzen wären Sie mir doch aufgefallen. Wie er denn an, ach du lieber Gott, Toledo und seine, lachte sie, Truppe gekommen sei?

Auf, erklärte er und spürte, schlank war sie nicht, die weiche Wärme, ein Inserat hin. Die rotgefärbten, leicht toupierten Haare wirkten künstlich, aber die glatte, rosige Haut ihres, jetzt, wo es lachte, Gesichts lud ein. Erstaunlich, daß sie, inmitten des rastlosen Tagesgeschäfts, auf diese lässig-entspannte Art mit ihm, einem bloßen Boten – er sah hoch:

Den Namen des Platzes kannte er. Weit konnte es nicht mehr sein bis zum schwarzen Ei. Wird, dachte er und überquerte die Straße, mir's Mack überhaupt glauben? Ihr Zimmer, kaum größer als das von Toledo, ein ganz normales Büro, wirkte nur durch die Fahnen, bekam es knisterte, als sie, die Strümpfe, ihre Beine übereinanderschlug und eine kleine Tüte aus Zellophan, die auf dem Schreibtisch lag, ergriff.

»Wollen Sie?«

Es waren Pistazien drin. Aus Kamerun, die besten, lachte sie, auf der ganzen Welt. Alfonse, dort Minister für das öffentliche Wohl, habe sie gerade mitgebracht.

Er griff in die Tüte. War es besser, gleich zwei zu nehmen? Hoffentlich, sagte er und zog die halbgeöffnete Schale auseinander, sei die Menschenrechtslage dort besser als in Ghana. Vom Fenster – erst nahm, das Kauen verlangsamte sein Sprechen, die Zunge das Salz auf. Vom Fenster – dann aber, schon nach dem ersten Biß, vermischte sich das Brennen mit dem weichen, nußartigen Geschmack. Vom Fenster, hub er nochmals an, seines Arbeitszimmers habe er gesehen, wie man, die Botschaft liege gegenüber, in Ghana mit Regimegegnern verfahre.

Nein, Kamerun sei ein liberaler Staat. Andernfalls, grinste sie und steckte sich auch eine Pistazie in den Mund, hätte Alfonse dort nie Minister werden können. Er sah, daneben die Europafahne, auf die Bundesfahne: Leblos hingen die beiden an Holzstäben, die schräg in einem Metallfuß standen. Wurden sie oft gewaschen?

Sein Oberkörper drehte sich: Als stünden sie auf einer Ebene, als seien sie gute Bekannte, so hatte die Ministerin mit ihm gesprochen. Dann – war sie froh über solche menschlichen Kontakte? – nickte er: Er habe Toledo eine Menschenrechtskampagne vorgeschlagen, noch sei nichts entschieden, doch so, griff er in die ihm hingehaltene Tüte, wie das aussehe, werde, brach die Schale und steckte, weitersprechend, die Pistazie in den Mund. Die Frage der Präsentation sei, schon vermengte sich das salzige Brennen, letztlich das, mit dem weichen, den Gaumen überströmenden Nußgeschmack, Entscheidende, weil, leider würden das nicht alle erkennen, selbst dieses Thema, griff er, kauend, sprechend, wieder in die Tüte und sagte am Ende: Glöckner.

Sie lachte. Interessierte sie sich für seine Probleme? Über das, sie saß jetzt auf dem Schreibtisch, was im schwarzen Ei geschehe, habe sie ihre eigene Meinung. Von dort, von diesen, sagte sie, und ihre Stimme, ganz kurz, vibrierte, Kriechern dürfe man, die Augen, ganz kurz, starrten, sich nichts erwarten.

He, Moment! Die letzten Meter, die Abbieger warteten schon, sprang er. Meinte, hinter ihm, die Motoren heulten auf, sie das ernst? Er könne, immer noch lachend, sagte sie, im Referat für Öffentlichkeitsarbeit, hier, im Ministerium, sei gerade eine Referentenstelle frei, ob ihn das interessiere. Juristen gebe es schon genug und Mediziner, die, sie machte eine Handbewegung, jedenfalls, lehnte sich zurück und schlug, die Strümpfe knisterten, ihre Beine auseinander. Er, am Rücken juckte es, griff mit einer Hand nach hinten. Das volle Gesicht, dem Oberkörper, wenn Frauen älter werden, fehlte, sie drehte sich, die Kontur, und beugte sich quer über den Schreibtisch. Sein Blick streifte, sie baumelten, ihre Beine waren gleich stieg er wieder hoch.

Falls Toledo, sagte er, ihn fragte, sollte er dann sagen, daß sie, als er sie ansah, lachte und, auf dem Schreibtisch, die Knie, wie ein Mädchen, werfend, griff, er breitbeinig, denkend, daß ich bin's aber nicht: verklemmt, nach der Tüte, als sie, wahrscheinlich hatte sie jetzt einen anderen Termin, plötzlich sagte:

»Wenn's so sehr schmeckt, nehmen Sie die Tüte doch einfach mit!«

* * *

»Da sind Sie ja endlich.«

Mack, er sei schon in größter Sorge gewesen, empfing ihn vor der Bürotür. Gemeinsam traten sie ein, er legte die Tüte mit den Pistazien auf den Schreibtisch.

»Warum denn?«

»Waren Sie nicht bei der Kirschenmadonna? Sie sind neu, wie leicht wird man in eine ihrer Affären hineingezogen.«

Er sei, fuhr er herum, zwar neu, könne aber gut auf sich selbst aufpassen. Im übrigen habe er nur einen, Toledo erteilte ihn, Auftrag erfüllt. Mack schwieg und schaute – warum? – zum Fenster hinaus.

Von Glöckner, Mack sprach leise, soll ich ausrichten, daß Sie morgen mit Schill zu Groddeck & Schlaun fahren sollen, in die Studios. Glöckner? Er kratzte sich am Rücken. Dann war also, doch das Jucken verstärkte sich nur, die Kampagne mit den Menschenrechten beschlossen? Mack, eine Antwort war das nicht, hob – nicht auszuhalten – die Schulter stach jetzt zog er das Hemd hinten hoch. Mack blickte auf den Rücken.

»O Gott! Alles rot!«

»Schreien Sie nicht so!«

Er zog das Hemd nach unten und, vermutlich handle es sich um denselben Ausschlag wie am Bein, stopfte es zurück in die Hose. Dort sei er inzwischen zurückgegangen.

Trotzdem, Mack wog den Kopf, mit so etwas sei nicht zu spaßen. Er selbst habe auch mal einen Ausschlag gehabt, der zwar nach der Behandlung mit einer cortisonhaltigen Salbe verschwunden sei. Aber die Haut sei für immer verfärbt.

»Wolln Sie sehn?«

Dabei stülpte er sich das Hemd über den Kopf. Erstaunlich, wie muskulös der dichtbehaarte Oberkörper war. Er paßte schlecht zu den dünnen, kurzen Beinen.

»Da! Sehn Sie?«

Er nickte. Hoffentlich kam jetzt niemand ins Zimmer. Solche, wie Fesseln hielt Mack das Hemd zwischen den Unterarmen, Ausschläge, habe er einmal gelesen, könnten durch zu viel Streß bei der Arbeit verursacht sein. Zum Glück verfüge er über ein Hobby, bei dem es sich gut entspannen lasse. Wann, die Schiffsmodelle, die Flugzeuge und manches andere, zog er endlich wieder das Hemd über den Kopf? Außerdem würden, er wisse, das sei nicht jedermanns Sache, ihm die täglichen Eintragungen im Existenzdiagramm jederzeit einen Überblick über die Entwicklung der eigenen Stimmungslage erlauben, so daß –

»Täglich?«

Mack nickte. Die letzten Gespräche – er habe nachgedacht und diese Änderung beschlossen. Je häufiger die Eintragungen, desto schwieriger ein eventueller, diese Gefahr sehe er durchaus, Selbstbetrug.

Wie ein Tier, das, nach schlimmer Krankheit, seinen Pelz zur Hälfte eingebüßt: merkwürdig, die starke Behaarung ließ die normal behaarten Stellen auf Macks Oberkörper krank erscheinen. Jetzt, als hätte er den Blick bemerkt, streifte er das Hemd über den Kopf und murmelte, der Stoff dämpfte die Stimme, er wünsche sich, der Kopf, die Stimme wurde klarer, schaute jetzt, wieder oben raus, mehr Zusammenhalt im schwarzen Ei. Nur noch, das rechne er täglich aus, siebenundzwanzig Tage bis zur nächsten Landtagswahl, die Stimmung aber sei derart schlecht, daß – seine Hände, nach einer abschätzigen Bewegung, zogen das Hemd zurecht. Zum Glück, das bringe alle wieder zusammen, gebe es auch kleine Erfolge: Ändi, ob er's schon gehört habe, sei es gelungen, ein Virus ins Computersystem der Opposition einzuschleusen, das – alles brach zusammen, die seien, und das für Stunden, von der Außenwelt abgeschnitten gewesen. Wie ein Lauffeuer ging das rum, und Mitarbeiter, noch nie zuvor in Ändis Zimmer, seien gekommen, um mit ihm, strahlte Mack, Sekt zu trinken.

»Ein Virus?«

Freilich, nickte Mack, habe man nicht alle Tage solche Erfolge. Nirgendwo sei, ein Spruch, von dem er vielleicht schon gehört habe, man sicherer als in der Opposition. Er sah auf Macks Stirn. Lagen dort Locken, bevor die Haare ausfielen? Dann sprang sein Blick zum Schreibtisch. Sollte er ihm von den Pistazien anbieten?

»Ändi wird oft unterschätzt.«

Alle Probleme wären gelöst: Eine, dachte er, Referentenstelle im Ministerium, und machte einen Schritt zum Schreibtisch, um, sie hatte es gesagt, nach, die Hand griff aus, der Tüte mit den Pistazien zu fassen und zog – wenn das klappen würde! – die Schublade auf. Dann wären, mit einer nervösen Bewegung, alle Probleme gelöst, legte er sie rein und, rollendes, schnappendes Geräusch, schob zu:

Dann hätte er eine Stelle, eine richtige Stelle, und es käme nicht mehr an auf Princeton, Glöckner und alles das, was ihm hier, im schwarzen Ei, so zu schaffen machte.

* * *

»Polizei?«

Er stützte sich, Alptraum, anders konnte man das kaum nennen, mit der Hand ab. Sie waren, ganz plötzlich, da, auf dem Bildschirm, hielt eine entsetzte Frau – Polizei! – verschmutzte Wäsche in der Hand. Dann, Schnitt, drehte sich die Trommel und – Simsek! Also doch! – der Name eines Waschmittels. Er sah ihn an:

»Aber – warum?«

Er antwortete nicht. Hatte er, den Hörer auf dem Kopf, ihn überhaupt verstanden? Dann, schmatzendes Geräusch, zog endlich, mit verzerrtem Gesichtsausdruck, Carassa den Speichelmesser aus dem Mund: Razzia! Ja! Aber die, und er solle endlich aufhören, sie Bauarbeiter zu nennen, seien rechtzeitig weg gewesen und hätten alles fortgeschafft.

Alles? Er, mit dem Kopf, drehte sich kurz in Richtung des Zimmers, in dem er geschlafen hatte. Razzia?

Die Bullen, begann Carassa mit dem Speichelmesser zu fuchteln, hätten alles durchsucht. Sogar seine Medikamente, dabei stieß er mit dem Fuß an einen Karton, hätten sie aufgemacht. Auch den, er deutete auf den Bildschirm, Sie-Die haben sie mitnehmen wollen. Der gehört, nur deshalb hätten sie's gelassen, doch gar nicht mir, sondern der Werbeindustrie.

Sie, Carassa, lachte gurgelnd, schauten beide hin: kleine Würstchen, prall und rosig, sprangen, aus eigener Kraft, tauchten sie, die Kunststoffpackung, zerschlitzt, in das kochende Wasser, das, wie jetzt, nach einem Schnitt sich zeigte, in einem Topf, vor dem, lachend, eine – Schnitt! – Mutter war das, wie – Kinder! Zwei! Fünf! Zehn! – sich zeigte ein Kindergeburtstag, bei dem Würstchen von, wieder, aus eigener Kraft, drehte da, um zu fragen, er den Kopf:

»Sie-Die?«

»CD? Kommörschl Ditecktor.«

Lange, fettige Haare, starke, aus dem Gesicht getriebene Wangenknochen, eine große gebogene Nase – konnte Carassa Englisch?

Aber, er bewegte hilflos die Hand, Razzia, Polizei, wie das alles komme, was die eigentlich hier gesucht hätten? Na, er, Carassas Atem rasselte, kenne doch Simsek, was wohl? Aber nein, er kenne ihn im Grunde, sie hätten bloß mal ein Semester zusammen studiert, gar nicht. Eine Freundin, da er dringend eine Wohnung suche, habe ihm, sagte er und sein Blick fiel an Carassa vorbei auf den Bildschirm, Simseks Nummer gegeben. Sie hätten sich in einer Bar getroffen und Simsek habe, sagte er und dachte – Leichenwäscher? Dem zahnlosen Gurgeln folgte ein kurzes, rauchiges Husten. Nee, nee, wenn überhaupt, dann, aber Achtung, Simsek sei ein notorischer Lügner, dienen die Leichen höchstens – verplombte Särge, uralter Trick – zu was ganz andrem. Auslandsdeutsche, allein reisende Touristen, manchmal würden extra welche umgebracht, damit man ihnen was in den verplombten Sarg legen könne.

Als Simsek, Carassa warf den Speichelmesser neben den Bildschirm, in die Wohngemeinschaft gekommen sei, abgerissen, das hätten damals alle geglaubt, mit nichts, aber in Wirklichkeit – er zog den Saugnapf mit der Elektrode vom Arm. Simsek sei inzwischen einer der reichsten Männer, die er kenne. Allein schon die Immobilien, die er, Carassa schüttelte den Kopf, habe Leute ins Haus gebracht und von ihnen, aber das hätten sie alle erst später erfahren, dafür Geld verlangt. Er habe, und niemand sagte was, sie alle beklaut. Die Frauen, Evi, Ulla, immer wieder hätten sie ihn in Schutz genommen. Und dann, nach und nach habe, sein Trick, er alle von sich abhängig gemacht. Geld, Stoff, Autos, Wohnungen – wenn du was kriegst, umsonst, fragst du nicht.

Sein Blick fiel auf Carassas rechte Schulter: Wohnungen?

Wie oft hab ich gewarnt! Mach doch, so Simseks Masche, mal das oder das für mich, ist doch nur 'ne Kleinigkeit, irgendwann, das merkst du erst gar nicht, hätten sie alle nach seiner Pfeife getanzt. Und der, Doppelspieler von Anfang an, habe seine Agreements mit den Behörden. Bloß um selbst in Ruhe sein Ding zu drehen: Ralf hätte er hochgehen lassen
und Ulla – die könnten beide noch leben.

Noch leben? Er drehte sich und sagte:

»Drüben! Die Beutel, das weiße Pulver, waren das – Drogen?«

Carassa drehte sich ab und sagte:

»Quatsch.«

Es war nicht leicht, aus ihm klug zu werden. Das Durcheinander, der Benzingeruch, das leise Surren des Generators, seit wann lebte, womöglich drogensüchtig, Carassa in diesem Raum?

»Simsek – mich hat er auch um etwas gebeten.«

Er habe, klar, sich erst gewundert, warum er Marionetten, was für Marionetten überhaupt, aus einer Wohnung holen soll, die, so hieß es, Simsek gehöre und in die er einziehen könne. Die Freundin, Simseks Freundin, habe ihm die Schlüssel gegeben, aber dort, deshalb konnte er nicht bleiben, sei eine junge Frau, eine, das glaube er jedenfalls, Russin oder so, gewesen.

»Russin?«

»Irgend aus dem Osten jedenfalls.«

Carassa sah in Richtung des Gangs, in dem die Bauarbeiter gesessen hatten, und lachte wieder gurgelnd:

»Vielleicht ’ne Tschetschenin.«

Sie sei jedenfalls in dieser Wohnung gewesen und habe weder deutsch noch englisch gesprochen. Carassa band sich mit einem kurzen Draht die langen Haare hinten zusammen und stellte sich in Position.

»Ich kann dir nur eins sagen: Gib sie ihm, bevor’s zu spät ist.«

Er sah ihn an. Würde er jetzt zu den Ringen hochspringen?

»Sie ihm geben? Die Marionetten? Aber – ich hab sie doch gar nicht.«

* * *

»Höher!«

Das war leicht gesagt. Ihm, die Parteifahne knatterte im Gegenwind, schmerzten die Oberarme. Nur an den Ampeln, wenn der Wagen stand, das riesige Tuch, schlapp, sich um seinen Kopf schlang, so daß er nichts mehr sah, konnte er ein wenig ausruhen. Allerdings zitterten dann seine Arme und die Fahnenstange drohte aus der Hand zu kippen. An diese Art von Parteiarbeit mußte man sich erst gewöhnen, er hatte Lust, die Fahne einzurollen und hinten auf den Sitz zu legen. Wozu war sie überhaupt nötig? So auffällig wie das Cabrio in den Parteifarben lackiert war, konnte über die Werbebotschaft dieses Fahrzeugs ohnehin kein Zweifel bestehen. Doch Schill, mit Werbung lackierte Cabrios gebe es viele, hatte darauf bestanden, erst die knatternde Fahne lasse die Menschen sich nach dem Cabrio umdrehen.

Warum, hatte er geantwortet, haben Sie keinen Ständer? Das, Schill lachte, erlaube die Straßenverkehrsordnung nicht. Nur als spontane Gefühlsäußerung werde das Schwenken einer so großen Fahne polizeilich geduldet. Dann gehe nämlich, so die Rechtsprechung, das Recht auf freie Meinungsäußerung dem Sicherheitsinteresse des Straßenverkehrs vor.

Er schielte, die Fahne leicht schwenkend, auf das dichte, blonde Kopfhaar. War Schill, das hatte er nicht erwartet, juristisch gebildet? Ausgerechnet, dachte er dann, heute, er hatte die Nacht ohne Schlaf zugebracht.

Von Zeit zu Zeit betätigte Schill die Hupe, woraufhin die Melodie eines bekannten Popsongs erklang. Erst schämte er sich dafür. Doch als er merkte, daß gerade junge Menschen darauf reagierten, winkten, und manchmal machten sie dabei einen Tanzschritt, sah er den Vorteil des Hupens ein. Einmal, junge, kichernde Mädchen, hätte er, nur das Halten der Fahne hinderte ihn, gern zurückgewinkt.

»Höher!«

Er ärgerte sich über den grinsenden Schill. Trotzdem folgte er dem Befehl. Die Parteifahne nicht hochhalten wollen, Schill könnte das überall im schwarzen Ei herumerzählen. Außerdem verschaffte das Flattern der Fahne, das mußte er zugeben, ein erhebendes Gefühl: Freiheit? Er, sie kamen vom Fahrtwind, spürte Tränen in den Augen. Die Übermüdung hatte ihn reizbar gemacht. Die Arme abgestorben, das Gesicht, als wolle es weinen, zuckte. Oder lachen? Endlich, dachte er, als, eine Ampel, das Fahrzeug wieder zum Stehen kam und das seidige Tuch, er senkte die Arme, die Wangen streifte. Mit der Lebenskraft einer wehenden Fahne Wähler gewinnen – so anstrengend hatte er sich die Parteiarbeit nicht vorgestellt.

»Jetzt.«

Der Motor heulte, der Wagen fuhr, die Arme hoben, schon schwang, erst leicht und geschmeidig, dann, sich spannend, fest und kräftig das Tuch. Dieses Mal, eine längere gerade Strecke, verwandelte, Schill schaltete, die entgegenströmende Luft, die Arme stemmten die Stange, ließ den erst schlotternden Stoff schlackern, laut, lauter, bis, als sei's aus ähnlichem Stoff, donnerndes Knattern, dicht daneben, sein Trommelfell erzitterte. Die Augen, der Nacken von der Anstrengung steif, sprangen links und rechts drehten sich Passanten, die, so schnell fuhren sie, jetzt, die Fahne erkennend, an ihnen vorbeiflogen. Aufschwung, seitlich, vorne, hinten klebte es auf dem Lack, für Deutschland.

»Achtung!«

Bevor er begriff, was er hörte oben den Knall, die Fahne

riß nach hinten und – war weg. Schill bremste das Fahrzeug langsam ab. Er mußte aus dem Wagen springen und zur Unterführung zurücklaufen. Ein nachfolgendes Fahrzeug war über die Fahne gefahren. Die Stange, zum Glück, nicht zerbrochen, doch die metallene Spitze, und das Tuch verschmutzt, sah verbogen aus.

»Alles o.k.?«

Er, zurück im Fahrzeug, zitterte. Für eine Fahrt im offenen Cabrio war's viel zu kalt.

* * *

»Seid mal still!«

Er sah auf. Der Mann, hinter ihm eine Gruppe Jugendlicher, verhandelte mit der Sekretärin: eine Schulklasse auf Besichtigungstour in den Studios. Wollten sie auch zu Groddeck? Wie lange, er schaute auf die metallene Konstruktion in der Mitte des Raums, mochte es noch dauern, bis er aufgerufen würde? Dicke, rostige Stäbe, die, ineinander verschlungen, eine ausrucksvolle Form bildeten. Ein Kunstwerk? Erst einmal mußte er warten, bis Schill zurück war. Ich, hatte der gesagt, schau mal schnell bei einer Bekannten vorbei. Das war vor einer Stunde. Der Termin bei Groddeck schien ihm wenig zu bedeuten. Vermutlich hielt er die ganze Idee zu einer Kampagne für Unsinn.

»Dennis! Kevin!«

Hört, rief, nervös, aufgebracht, der Lehrer, sofort auf!
Sonst, vervollständigte, ein wenig lau, sich die Drohung, könne man solche Ausflüge nie mehr durchführen. Sie hatten sich an dem Kunstwerk zu schaffen gemacht. Immer wieder, die Unruhe steckte an, durchquerten Menschen, man-

che telefonierten dabei, den Raum. Was, wenn Groddeck keine Zeit hatte? Er kratzte sich am Bein. Der Ausschlag war zurückgegangen. Aber der Juckreiz kam immer wieder.

Wenn's nur gelänge! Wenn, dachte er, sie ihr Versprechen erfüllt und ich diese Referentenstelle bekomme. Beamter, für immer und – das Gelächter der Jugendlichen ließ ihn aufsehen: Ein Mann, als Zigarettenschachtel verkleidet, tippelte durch den Raum.

Er hätte sie fragen müssen, gleich. Wie würde er sie jemals wiedersehen? Sie anrufen! Ich bin, Sie erinnern sich doch, Toledos Bote. Er schaute, kann man so was denn machen, auf seine Hände. Erfüllte er, sicher gäbe es wieder ein Bewerbungsgespräch, die Einstellungsanforderungen? Andererseits, wenn die Ministerin ihn wirklich haben will – er sah auf: Drei Arbeiter trugen, doch kein Kunstwerk, die metallene Konstruktion weg.

Oder will sie ihn gar nicht und sagte das mit der Stelle einfach nur so? Krachend, drüben am Getränkeautomat, fiel eine Dose in den geöffneten Schacht. Einer der Jugendlichen nahm sie heraus. Er senkte den Kopf und vergrub das Gesicht in den Händen. Das alles hatte nur Sinn, wenn der Einstellungsbetrug nicht vorher aufgedeckt wurde. Und wie leicht, er verspürte eine ungeheure Müdigkeit, konnte das passieren.

»He! Hör auf mit dem Quatsch!«

Er, ahnend was, bevor er's sah, riß den Kopf herum: Ein Schüler, die anderen lachten, schwenkte die Fahne. Hielt er sie für eine Requisite, die sich jeder nehmen darf? Er rang, der Lehrer half ihm, sie dem Schüler aus der Hand. Dann, die Schüler lachten immer noch, rollte er, die Stange drehend, den Stoff ein. Hielten sie ihn für einen Spießer? Er legte die Fahne hinter sich auf den Boden. Sie im Auto lassen, das hatte er gewollt. Doch Schill, schon einmal sei eine Fahne aus dem Cabrio gestohlen worden, war dagegen gewesen.

* * *

»Ein Ministerpräsident – nackt!«

Wer, aus einem schlecht beleuchteten Raum heraus, rief ihm das zu? Er zögerte, im Grunde hatte er keine Zeit, er mußte Schill finden. Soeben ist er aufgebrochen, das hatte die Sekretärin einem Mann, der Groddeck sprechen wollte, mitgeteilt, nach New York, ein dringendes, unvorhergesehenes Geschäft. Er, um Schill zu informieren, lief, die Fahne in der Hand, auf den Gang hinaus.

»Wolln Sie mal sehn?«

Wie, dachte er, als er die Bildschirmwand sah, die Medienbeobachter, nur daß hier auf allen Schirmen dasselbe lief: Ein Mann in Unterhose, zeitlupenlangsam, beschleunigend, rasend schnell, wieder zeitlupenlangsam – als handele es sich um eine orthopädische Untersuchung. Jetzt, sagte einer der beiden Techniker. Der Mann auf den Bildschirmen blieb stehen und senkte, wie, winzige Stöße, ein Sekundenzeiger springt, den Kopf: Sein Bauch schwoll an, die Ohren verlängerten sich, schon sah er aus wie ein lustiges Tier. Die Techniker lachten, er lachte mit. Was aus dem Ministerpräsidenten geworden war, sah gar zu komisch aus.

»Das mußt du mir ausdrucken.«

Für, fügte er hinzu, unsern Karikaturisten. War er Journalist?

Der Ministerpräsident, jetzt glitt er, ein junger, sportlicher

Mann führte, die Trittstufen hinauf. Wie im Tanzunterricht, das sehe man nicht alle Tage, er solle sich ruhig setzen. Weiter nach Schill zu suchen hatte wenig Sinn. Er stellte die Fahne ab. Die Tür blieb offen, so konnte man sehen, wenn Schill den Gang passierte.

»Machen Sie einen Film?«

»Das auch.«

Er sei Profilgestalter, Günther, dabei deutete er auf den anderen, arbeite für eine Zeitung. Sie lachten, der Ministerpräsident war gestolpert. So weit, sagte Günther, sei's inzwischen gekommen, daß dieser hirnlose Sprücheklopfer in einem Bundesland Ministerpräsident habe werden können. Ohne Gehirn, antwortete der andere, sei der Ministerpräsident bestimmt nicht. Menschlich könne man von ihm halten, was man wolle, aber das müsse man ihm lassen, daß er sich jedenfalls durchgesetzt habe. Durchgesetzt? Dazu brauche man kein Hirn, sondern Ellbogen und Instinkt. Instinkt, widersprach der andere, sei auch eine Form des Gehirns. Sie sahen ihn an, erwarteten sie eine Stellungnahme?

Er sagte:

»Gehirn hin oder her – Hauptsache, er regiert gut.«

Sie schwiegen, er preßte die Lippen. Hatten sie eine klügere Antwort erwartet? Um die Stille zu unterbrechen, beugte er sich vor:

»Und Sie können mit dem Computer alles verändern?«

Der Mann, sympathisch, lachte. Face-Shaping, Body-Radiance – verändern alles, bewirken nur manches. Wie sanft seine Stimme klang. Doch der dunkle, von Technik erfüllte Raum, wirkte bedrückend. Die Auswirkungen, er drehte sich, würden gern überschätzt. Besonders die Jugendlichen seien, oft kommen Schulklassen, jedesmal entrüstet über das, was er hier mache. Und ihr? So frage er zurück. Frisur, Kleidung, Sprache, Imponiergebärden – ihr Jungs tut doch auch alles, um andere zu beeindrucken. Und die Mädchen erst! Siebzig Prozent der deutschen Blondinen seien gefärbte Dunkelhaarige. Alle Betrügerinnen? Er lachte. Nein, im Ernst – Schein und Sein, das gebe es überall. Er habe neulich ein Buch über Ludwig den Vierzehnten gelesen, dem hätten die Tanzlehrer schon als Vierjährigem beigebracht, wie man gehen muß, um andere einzuschüchtern. Dagegen sei, er hackte in die vor ihm liegende Tastatur, das hier die reinste Stümperei.

Sie blickten zum Bildschirm: Der Ministerpräsident – sein Gesicht wurde voller, nahm, Idee verworfen, wieder ab, erschien fester, nein, gebräunter oder, aber darüber kann man streiten, zuversichtlicher und vielleicht auch, der Leberfleck, hintergründig, falls, er blieb unsicher, der Unterkiefer vergrößert war, konnte man jedenfalls erkennen, daß, sobald er sprach – nein, schüttelte er den Kopf, schlug in die Tastatur, und ein völlig anderes Bild, der Ministerpräsident auf einem Stuhl, erschien. Er beugte sich, hob die Hand und begann – was denn? – zu sprechen, bis, sie fuhr durch die Luft und ballte, geschüttelt, sich zur Faust, ein Tastendruck, alles stehenblieb: Der Profilgestalter erhob sich, öffnete einen Schrank und zog eine, man hörte es am Rascheln, Tüte Chips heraus.

»Will jemand?«

Er, mexikanische, wenig gesalzen, aber scharf, schüttete ihm welche in die geöffneten Hände. Manni, danke, genug, habe sie neulich mitgebracht. Die rechte Höhlung, die Linke schob, konnte, es waren zu viel, sie fast nicht halten. Aber wenn, er steckte einen in den Mund, Sie sogar sein Gesicht verändern, ich meine, sagte er, es krachte im Mund, was bleibt dann noch übrig, er kaute, von der Realität.

»Alles.«

Der Profilgestalter, lachend, setzte sich, selber kauend, zurück an die Tastatur. Winzigkeiten, die eine betonen, die andere ein bißchen abmildern – mache man mehr, komme ein leeres Stereotyp heraus, das niemanden überzeuge. Die wirkliche Persönlichkeit, so der Trend, schon länger, kenntlich machen, nur sei eben die Realität, das werde immer vergessen, voller Widersprüche. Kann, bloß als Beispiel, ein grobes Metzgergesicht, das, Bluthochdruck, an einen ewig vollen Wursteller erinnert, Kulturminister werden? Landwirtschaftsminister! Das denken, ohne Rücksicht auf seine tatsächlichen Fähigkeiten, alle. Meinetwegen auch Wirtschaftsminister. Innen und Außen, Inhalt und Form zusammenbringen – das, nicht Manipulation, sei die Aufgabe der Profilgestaltung. Jedesmal, eine Art politischer Unterricht, er drehte sich zum Journalisten, erkläre er das den Schulklassen.

»Und eine Gesundheitsministerin?«

Er, noch während er sie aussprach, bereute seine Frage. War es nicht klar, daß eine Gesundheitsministerin gesund aussehen muß?

»Jedenfalls«, fuhr er fort, noch bevor der Profilgestalter antworten konnte, »scheint der Glaubwürdigkeit im politischen Alltag eine besondere Rolle zuzukommen.«

»Aber ja«, nickte der Profilgestalter, »noch Chips?«

Er streckte den Kopf hinaus auf den Gang. Wenn nur endlich Schill auftauchen würde.

* * *

»Hallo. Noch eins!«

Der Kellner nickte, wenn auch ohne Freundlichkeit. War er unzufrieden, weil sie sich an einen der Tische vor dem Lokal gesetzt hatten? Alle anderen Gäste saßen drinnen, es war zu kalt, um jetzt draußen zu sitzen. Er sah sich um. Wo blieb, er wollte noch den Wagen parken, nur wieder Schill?

»Stark, einfach stark.«

»Kann ich mal sehen?«

Auf dem Papier war, geteilt in unterschiedlich große Farbsegmente, ein großer Kreis zu sehen. Darunter stand »Egogramm nach Znawkowski«. Er sei, alles stimme, bis ins Detail, ein genau abwägender Mensch, der lieber erst mal abwarte, bevor er endgültig entscheide. Streit und Polemik seien ihm ein Greuel. Und hier, deutete er mit dem Finger: Am wohlsten fühlen Sie sich in Gesellschaft.

»Na und?«

Schmiedinger, so hatte Schill ihn vorgestellt, beugte sich vor. Was bringe das denn, so ein Zettel, auf dem stehe, was man ohnehin schon wisse. Ihm hätten sie gesagt, er brauche eine neue Brille und solle beim Sprechen die Hände stärker einsetzen. Das komme überhaupt nicht in Frage, mit dieser Brille sei er in den Stadtrat gewählt worden und anschließend in den Bezirksvorstand. Offenbar würden die alle Wähler für Idioten halten.

»Wie war's denn beim Wolfi?«

Ja, sagte der andere und nickte. Das stimme. Der Wolfi nämlich, ohne was dafür zu können, heiße Gauner, Wolfgang Gauner. Und da hätten sie auch erst alle gedacht, wer wählt denn den? Und doch sei er dann in den Stadtrat gekommen. Als Gauner! Sie lachten. Nein, nein, sagte, nach kurzer Pause, Schmiedinger, wegen des Namens, der Brille oder der

Haarfarbe werde niemand gewählt, im Stadtrat hätten die meisten Glatzen, und Birgit, seine Frau, die kriegt doch 'n Herzkasper, wenn ich der mit gefärbten Haarn heimkomm.

Der andere lachte und erklärte, in Wirklichkeit habe Schmiedinger, er sagte »der Karl«, eine sehr nette Frau. Ach was, rief Schmiedinger, der ganze Scheiß mit dem Gesicht und den Händen – in der Praxis könne man das vergessen. Die Leute wünschten sich keine gelackten Lackl, sondern solche, die so seien wie sie selbst. Alle würden sie bei ihnen zu Hause so eine Brille tragen wie er, und mit den Händen, wir sin' doch keine Italiener, fuchtle auch keiner rum.

Der andere lächelte gequält. Das sei schon richtig, doch dürfe er, Karl, nicht vergessen, daß sich vieles ändere. Was jetzt in den großen Städten passiere, komme früher oder später auch aufs Land. Die jungen Leute seien anders als die alten, und wenn man nicht drauf achtgebe, sei man weg vom Fenster. Ruckzuck gehe das, der Schorsch sei auch nicht mehr auf die Liste gekommen, keiner habe damit gerechnet, aber plötzlich habe es geheißen: der Sohn vom Reitmüller! Der sei unverbraucht und habe bessere Chancen. Der Sohn vom Reitmüller, antwortete Schmiedinger, der Sohn vom Reitmüller! Nur wegen dem Reitmüller sei doch der Sohn auf die Liste gekommen.

»Glaubst du vielleicht, das hätt an der Brille gelegen?«

Der andere antwortete nicht. War es ihm peinlich, daß sie sich gestritten hatten?

 Er blickte auf die Uhr: Schill, das schien nun klar, hatte sich aus dem Staub gemacht. Wie konnte er die beiden loswerden? Der Kellner brachte das Bier. Machte die Kälte hier draußen den beiden gar nichts aus? Er mußte, die Gläser klirrten, auf die Hauptstadt, lachte der andre, mit ihnen anstoßen. Schmiedinger, beim Schlucken, schaute nach schräg oben. Sie hätten, der andre stellte, den Mund wischend, das Glas ab, viel gelernt, aber das beste an dem ganzen Workshop sei, sagte er, der Aufenthalt hier in der Hauptstadt gewesen. Ab und zu, auch Schmiedinger wischte jetzt den Mund und blickte, gut, ja, auf die gegenüberliegenden Häuser, aber die ganze Zeit, nee, auf keinen Fall, hier könnt ich nicht leben. Sie schauten für einen Augenblick gemeinsam auf die Gläser.

»Und Sie kennen Herrn Schill von früher?«

Aber nein, erklärte der andere. Sie hätten, der Besuch der Studios habe zum Workshop gehört, ihn dort gesehen und, weil sie ihn und das Cabrio aus Parteiprospekten kannten, angesprochen. Das sei ganz komisch, wenn plötzlich jemand vor einem stehe, den man nur vom Fernsehen oder, wie hier, aus Prospekten kenne.

»Damit schneidet man sich nur in den eigenen Finger.«

Schmiedinger beugte sich vor. Was sei mit denen, die auch gern so ein Cabrio hätten, sich aber keines leisten könnten? Die würden durch solche Mätzchen nur vergrätzt. Der andere wog den Kopf. Traute er sich nicht mehr, Schmiedinger zu widersprechen?

Dann, er faßte nach seinem Glas, tat er's eben selbst: Eine einzige Cabriofahrt von Schill, habe der Generalsekretär einmal gesagt, bringe mehr Wählerinnen als drei Parteiprogramme.

»Der Generalsekretär?«

Sie sahen ihn an. Er führte das Glas zum Mund und trank. Der Alkohol, obgleich das Bier kalt war, begann zu wärmen. Ob er, der Generalsekretär, sich denn selber um die Prospekte kümmere? Er zuckte, das Glas erzeugte auf dem

Kunststofftisch einen hohlen Ton, mit den Achseln. Er selbst habe mit dem Generalsekretär nur insofern zu tun, als er für ihn manchmal Reden schreibe.

»Reden?«

Er nickte. Dann, die beiden griffen nach ihren Gläsern, blickte er auf das winzige, glänzende Tröpfchen auf dem Tisch, das ihm beim Sprechen aus dem Mund gespritzt war. Gleich würde es vertrocknen. Er stelle sich, sagte, das Glas vom Mund ziehend, der andere, die Arbeit im schwarzen Ei furchtbar spannend vor. Wieso spannend? Die beiden Wulste, auf denen Schmiedingers Augenbrauen wuchsen, wirkten muskulös. Die hätten dort ihre Vorgaben von oben, genauso wie, sagte er, wir. Ja aber, der andere wog den Kopf, dort seien sie doch viel näher dran, an dem, was passiere. Passiere? Ob denn, Schmiedinger beugte sich vor, vielleicht bei ihnen im Bezirksverband nichts passiere? Ha! Es passiere doch, die Neugliederung, im Augenblick sogar viel zuviel!

Jetzt, er fröstelte, hoben sie, um der drohenden Stille vorzubeugen, alle drei gleichzeitig die Gläser. In ungleicher Folge setzten sie, Schmiedinger zuletzt, sie wieder ab. War Schmiedinger früher Schreiner gewesen? Ihm fehlte, man sah's erst jetzt, wo er die linke Hand, für einen Moment nur, auf den Tisch legte, am Zeigefinger das Endglied.

Bei ihnen zu Hause, sagte der andere, im Landesverband, er habe sicher davon gehört, sollten die Kreisverbände neu gegliedert werden. Im Grunde sei's auch richtig, das mit der Neugliederung, zumindest seien sie nicht generell dagegen. Doch so, wie es jetzt vom Landesvorstand geplant sei, ihr bisheriger Kreisverband solle geteilt und den beiden Nachbarkeisen zugeschlagen werden –

»Ein Unding!«

Schmiedinger griff, verschob es aber nur, nach dem Glas. Falls das so komme, werde der gesamte Kreisvorstand aus der Partei austreten. Der andere, es sei ja noch nichts beschlossen, und, Karl, daß der Schiedsausschuß zustimmt, glaub ich trotzdem nicht, legte eine Hand auf Schmiedingers rechten Unterarm, zog sie zurück und drehte sich. Sie hätten sich, leider liege noch keine Antwort vor, damit auch schon an den Generalsekretär gewandt. Natürlich, das sei das Problem, entscheide der Landesverband, aber wenn von, Schmiedinger nickte, ganz oben, sie sahen ihn jetzt beide an, müsse doch ebenfalls das Interesse bestehen, daß, der Kellner, die Kreisverbände, Schmiedinger hob das leere Glas und winkte, seien doch jedenfalls, der Kellner nickte, heiße es immer so, das Rückgrat der Partei.

* * *

»Noch nie?«

Er schüttelte den Kopf. Der Wagen, kaum zu bemerkender Stoß, glitt in einen höheren Gang. In der Zeitung, mehrmals, auch im Fernsehen sei's schon gekommen. Vielleicht, aber das wäre wirklich stark, könnten sie dort sogar, Schmiedinger sprach nach hinten, welche aus dem Kabinett sehen. Das rauhe Lachen, wieder, erfüllte den Innenraum. Seinen Oberkörper zog es sanft nach vorn: Der Wagen, eine Ampel, bremste ab. Das, unklar was, Ding, das am Rückspiegel hing, begann, als sie zum Stehen kamen, zu schaukeln. Stofftier? Amulett? Sein Blick streifte, ein Ausländer, den Fahrer. Draußen die Passanten glitten wie bloße Schatten vor beleuchteten Schaufenstern. War's richtig, noch mitzukommen? Er spürte das leichte Schütteln des wartenden Motors.

Sie hatten ihn gedrängt. Außerdem, das Ampellicht sprang, würde, aber das war nur eine vage Hoffnung, er vielleicht – der Wagen, sein Körper drückte in den Sitz, fuhr an und glitt, mit einem kaum zu bemerkenden Stoß, in den höheren Gang.

»Hast du die gesehn?«

Die Köpfe, alle drei, drehten sich, nur der Fahrer nicht, um, zu kurz, sehn zu können, was, schon weg, da war, sie drehten sich wieder nach vorn, nichts: Häuser, Autos, Menschen, Licht, das, an ihnen vorbeigeworfen, sie streifte, flogen, er fühlte sich müde, vorüber. Wo ging es hin? Man sehe, das müsse man schon sagen, hier so viele interessante Leute, die es bei ihnen zu Hause – was, hielt Schmiedinger dagegen, heißt schon interessant? Für 'ne gewisse Zeit, ja gut, aber immer, nee, auf keinen Fall, hier wolle er nicht leben.

Weiche, grau-braune, Sinn suchende Masse, die, ihren eigenen physikalischen Gesetzen treu, zerspritzt: Wenn, er saß hinter ihm, ein scharf geschliffenes Beil, dachte er, führe, die Schädeldecke zersplitternd, in diesen Kopf. Schmiedinger, ein Bild nur, winzig kurz, wäre tot.

Wie weit noch? Er sah, die Augen sprangen, Häuser, Autos, Menschen, nach draußen. Das Ewige, wenn man, anders geht es nicht, versucht in Bildern zu denken, müßte, dachte er und spürte, der Gedanke blieb stecken, einen fremden Blick: Der Fahrer hatte ihn durch den Rückspiegel angesehen. Was mochte er sich denken? Der andere, Schmiedinger hatte irgend etwas gesagt, lachte. Ja, das sei wahr, aber wenn – er sah nach unten auf seine Oberschenkel. Wie alt war dieses Fahrzeug? Wie viele Menschen hatten schon auf diesem Platz gesessen? Wo fuhren sie hin? Seine Hand, erst jetzt bemerkte er's, lag auf dem Leder, das, glatt, kalt und speckig vom Schweiß, Talg, Schmutz der Fahrgäste, sich erst durch sie, die Hand, erwärmte.

* * *

Drei große schöne Frauen traten ihnen auf hochhackigen Schuhen entgegen. Sie waren alle nackt. Die Linke, Kopf, wallende Haare nach hinten geworfen, stützte die Hände in die Hüften. Die Mittlere, weit ausschreitend, hielt eine kleine schwarze Handtasche. Die Rechte, lässig, zielbewußt, schwang beim Gehen die Arme, und alle drei fixierten kalt ihn, den Betrachter.

»Bitte!«

Er nahm das Glas. Sie stießen an, alle drei, und tranken. Dann gingen ihre Blicke herum.

»Ganz schön voll, was?«

Schmiedinger, die Musik war zu laut, um's genau zu verstehen, murmelte etwas. Der andere deutete auf zwei Frauen, die an farbigen Cocktails nippten. Dann schrie er ihm zu: Wenn er auch lieber so etwas trinken wolle, er sei ihr Gast und zu allem eingeladen.

Die Gläser mit der farbigen Flüssigkeit – er wußte ja nicht einmal, unter welchem Namen man solche Cocktails bestellt. Ich, rief der andere, bin auch Schatzmeister im Kreisverband. Schmiedinger, grinsend, nickte. Dann, alle drei, hoben sie wieder die Gläser. Der Kopf, um zu trinken, fiel nach hinten, der Blick, beim Schlucken sprang die Kehle, auf die Frauen:

Schön, stark, nackt, traten in voller Lebensgröße sie auf hochhackigen Schuhen ihnen entgegen. Wallende Haare, lange Beine, kraftvolle Gesten – in dem kalten, modellierenden Studiolicht der Aufnahme erstrahlte verläßlich die weibliche Macht. Nur die bloßen Brüste, schutzlos, empfindlich, und, weiter unten, weich, gewölbt, der Bauch erinnerten an Verletzliches. Sie setzten die Gläser ab, strichen mit der Zunge über die Oberlippe und sahen sich um.

»Ganz schön laut, was?«

»Wie?«

Daß es, die Köpfe kippten aufeinander zu, ganz schön laut sei. Schmiedinger nickte. Die meisten Gäste waren jünger. Er sah, am Zeigefinger fehlte das Endglied, auf das Glas in Schmiedingers Hand. Warum nur, morgen früh, anders als die beiden, mußte er zur Arbeit, war er mitgekommen? Mit ihnen, bis dieses, vielleicht auch ein nächstes, Bier ausgetrunken war, stehen. In dem Gedränge! Er stellte, auf das Glas starrend, sich vor, die Musik werde lauter, langsam, ganz allmählich, so daß auch die Menschen im Raum, ohne es zu bemerken, immer lauter, um verstanden zu werden, sprechen, langsam, ganz allmählich, rufen, gestikulieren und schreien, so laut, daß am Ende, es würde Blut spritzen, die Hälse platzen.

»Wie?«

Schmiedinger, die andere Hand übernahm das Glas, zeigte in das Gedränge.

»Wirklich?«

Schmiedinger nickte und winkte, von drüben winkte jemand zurück. Ein Mann schob sich durchs Gedränge. Falls sie ihn kannten, woher? Er schien im selben Alter wie die beiden und sah, obgleich mit Brille, dem andern, aber das war vermutlich unwichtig, ähnlicher als Schmiedinger. Hey, Mensch, ihr, da, schlug er auf die Schulter, hinten, die andern sind da hinten.

»Wo?«

Sie schauten in die Richtung und drehten, das Gedränge war gar zu arg, die Köpfe zurück. Das sei, erklärte der andere ihm, der Herbert, sie, aus Karlsruhe, hätten zusammen den Workshop besucht.

»Wie?«

»Den Workshop!«

Er nickte. Und er hier sei, sie hätten sich in den Studios kennengelernt, von der Bundesgeschäftsstelle, er schreibe die Reden für den Generalsekretär.

»Wer?«

»Den Generalsekretär!«

Nickend, anerkennend, drückte er, Herbert, so daß, auch Augen, Stirn gedehnt, es aussah, als stecke eine ungeheure Kraft dahinter, die Oberlippe nach oben. Ob, fragte der andere, sie schon jemanden gesehen hätten? Sie noch nicht. Die Promis, heiße es, kommen nur am Wochenende. Unter der Woche hätten die keine Zeit. Irgendwann, Schmiedinger schob sich vor, müßten die ja schließlich auch mal regieren. Nein, Herbert schaute sich um, außer zwei Schauspielern, die er vom Fernsehen kenne, und – nur, die Heidi, die solle auch hier sein.

»Heidi?«

Die Gesundheitsministerin, ja, die sei, er selbst habe sie allerdings noch gar nicht gesehen, mit irgendwelchen Afrikanern da.

* * *

Von allen Seiten an den Sinnen gekratzt: Rauch, Stimmen, Gläser und zuckendes Licht, das, als gebe es keinen Tag, keine Nacht, sie wieder und wieder zerschnitt: den Raum, die Zeit und ihren wahren Grund: die Absicht zu verstehen. Wer bin ich? Was will ich? Was kann ich? Mühsam, es war einfach zu voll, schob er sich an fremden, manche küßten sich, Gesichtern vorbei, die, in ihm sich verlierend, dem alles beherrschenden Rhythmus, einander zu finden versuchten. War es wirklich Musik? Lässig schwankten ungeniert die Leiber, zwanglos bogen sie, als sei Rhythmus kein Zwang, einander entgegen und schlürften, umklammert von Fingern, sich aus Gläsern, der Kopf fällt nach hinten, keß die Betäubung ins Blut. Gerüche, Worte, Haare drängten ihm entgegen, und Augen, Augen, die, als wollten sie noch finden, ihn anleuchtend die seinen trafen und, wie Licht so schnell, erloschen schon, in eine neue Richtung sprangen, während die fremden Schultern, Arme, Körper, gleich einer hinterhergezognen toten Masse, im Nachgang an ihn schlugen.

»Da!«

»Wo denn?«

»Mensch! Da hinten!«

Schmiedinger hatte recht. Auf den ersten Blick war sie nicht leicht zu erkennen. Unzählige Glieder zuckten auf ihr, einem starken magnetischen Feld, das, sobald sie sich näherten, die Körper erfaßte, sie drehte, schüttelte, nach links warf, nach rechts und sie, wie das Meer seinen Strand, aus den Wogen des Schalls für winzige Momente freigab: die Tanzfläche.

»Wirklich?«

Der andere beugte sich vor.

»Was hat sie denn an?«

Er, peinlich, so hinzustarren, wandte den Kopf. Doch Schmiedinger deutete mit dem ausgestreckten Arm. Eine rote Jacke. Dort, die mit dem Schwarzen. So starrten sie zu dritt. Am liebsten – was wollten sie hier? – wäre er weggegangen. Doch, eingezwängt, umstellt, konnte er in dem Gedränge jetzt nicht einfach, dachte er, so tun und wippte, wie alle, mit dem Kopf. Er solle – was? – ihr doch mal, rief Schmiedinger, dicht an seinem Ohr, zuwinken. Er hob, das war, den Ellenbogen, doch Unsinn, und, im Rhythmus der Musik, senkte ihn: Sie würde ihn nicht wiedererkennen und, sein Fuß, außerdem, wippte auch, würde sie ihn, nein, das tat er nicht, für aufdringlich halten. Was konnte er, ein Bote bloß von Toledo, schon bedeuten? Ihr, einer Ministerin, der das Ohrgehänge, er erkannte, jetzt plötzlich, es am Blitzen, ein ähnliches wie neulich, ganz plötzlich, stieß es von hinten – was denn? was? – ihn nach vorne. Sie – was fiel ihnen ein! – hatten ihn geschubst und grinsten. Rochen sie nach Bier?

Er drehte den Kopf zurück zur Tanzfläche. Im Grunde war er selbst schuld. Wieso hatte er den beiden davon erzählt? War er ein Angeber?

»Ja, klar.«

Schmiedinger, direkt neben ihm, der andere hatte etwas geflüstert, nickte kraftvoll mit dem Kopf. Vorne, die Tanzenden, drehten, bogen, streckten, als gebe es sonst nichts, entrückt, verzückt: sich. Was machte er hier? Das hatte doch alles keinen Sinn. Er senkte, eine übergroße Müdigkeit preßte, langsam die Augen und drehte, dann, plötzlich, sprangen sie nach rechts, den Kopf. Dort! Sie hatte – oder etwa nicht? – gewinkt. Hatte sie – also doch! – die Hand, jetzt wieder, ihn wirklich erkannt?

* * *

»Bei der Ministerin?«

Er nickte.

»Drei Jahre.«

Ihre Köpfe gingen wieder nach vorn. Jan, sie hatte sie einander mit Vornamen vorgestellt, war, das spürte man sofort, der sympathischere von beiden.

»Und Sie?«

Philipp, so hatte sie ihn, den anderen, genannt, reagierte nicht. Aus Unhöflichkeit? Oder hatte, gut möglich bei dem Lärm, er die Frage nicht gehört? Er auch, antwortete Jan für Philipp, sie seien beide zur selben Zeit ins Ministerium gekommen. Philipp habe vorher in der Fraktion gearbeitet, während er, jetzt plötzlich, riß – sie folgten ihm dabei – die Hand nach oben: Die Ministerin, ihre persönlichen Referenten hatte sie mit den Worten »auch zwei Nicht-Tänzer« vorgestellt, winkte ihnen zu. Ich selbst, wiederholte Jan und ließ, die anderen auch, die Hand sinken, war im Finanzministerium. Sein, aber das sah man kaum, linkes Augenlid hing, mehr als das rechte jedenfalls, ein wenig nach unten. Auf der Tanzfläche begannen jetzt einzelne hochzuspringen.

»Und Sie?«

»Ich?«

Es war noch lauter geworden: Ein Musikstück, das, man sah es an den energischer werdenden Bewegungen, alle gut kannten.

»Wie?«

Im, wiederholte, fast schreiend, er, schwarzen Ei. Bei der Partei, noch nicht lange, aber es sei ebenfalls spannend. Heute zum Beispiel sei er in den Studios gewesen.

»Studios?«

Er nickte. Es war wohl besser, das Gespräch zu unterbrechen, bis ein leiseres Stück aufgelegt wurde. Nur ab und zu, er schaute auf die Tanzfläche, tauchte, ihr Kopf, Haare, Arme, in dem Gemenge die Ministerin auf.

Wenn, da vorn, diese Frau, die, ein wenig dicklich, nach oben mit ihrem Oberkörper wie jetzt, werf- und auffangbare Masse, sprang, und, erst prall, dann schlaff, der rasche Wechsel, gleich rhythmisch fließenden Wellen, die Kontur, hier fest, da weich, unter der dehnbaren Haut sich zu bewegen schien, verspürte er, zum Tanzen hatte er eigentlich keine, Lust: Sich, wenn das wirklich so einfach ist, nahm sein Fuß den Rhythmus auf, hingeben, dem Schall, dem Licht, und dabeizusein, wo doch da, seine Augen blieben hängen, winkte von drüben, den hatte er völlig vergessen: Schmiedinger! Neben ihm der andere.

»Kennen Sie die?«

»Parteimitglieder. Von einem Kreisverband.«

Jan nickte. Das kenne er auch, zehn, mindestens, jeden Tag, Anrufe. Und derart zudringlich, er winkte ab, manchmal, und schüttelte den Kopf.

»Was?«

Philipp beugte sich fragend herüber.

»Parteimitglieder!« schrie Jan. »Daß die oft nerven!«

Philipp schaute wieder nach vorn. Hatte er eine interessantere Antwort erwartet? Er trug einen winzigen Ohrhörer. Hörte er Radio? Telefonierte er? Mitten in diesem Lärm!

* * *

»Aus Kamerun?«

Jan nickte. Ein Schlitzohr, aber ungeheuer witzig, Heidi kenne ihn schon lange, die hätten, das war noch in den Siebzigern, im selben Studentenheim gewohnt. Ihre Augen, Jans, seine, suchten, nicht einfach, zwischen diesen sich ineinanderbiegend schiebenden Silhouetten, das schwarze Gesicht, in dem, wie weißes Licht aus einem dunklen Loch geschwenkt, heiter harte Zähne blitzten.

»Dann sind sie Freunde?«

»Wie?«

»Freunde!«

Jan – überlegte er? – sah auf die Tanzfläche. Erschien ihm die Frage zu leicht oder zu schwierig? So wie jetzt, im Rhythmus des neuen Stücks, das Licht, mal rot, mal silbrig, die Leiber beschoß, mochte man glauben, alles, was tanzt, gehöre zusammen. Auf ihn kam's nicht an, den Rhythmus, nur daß es derselbe war, für alle derselbe, machte aus vielem eins: Sie haben, nur ich nicht, eine Wohnung, eine Arbeit und den Wunsch, beides zu vergessen, hier, jetzt, und tanzten – wie? – im Rhythmus des Schalls und des Lichts flogen, am Fenster, er sah's aus dem rasenden Zug, Wälder und Wiesen vorbei, als gebe es nur drinnen, sonst nichts, oder draußen.

»Scheiße! Scheiße!«

Philipp, ganz plötzlich, drehte sich ihnen zu. Was, verdammt, hatte er gehört? Warum, statt dessen preßte er den Hörer nur noch tiefer ins Ohr, teilte er's ihnen nicht mit? Eine politische Botschaft? Betraf es die Ministerin? Er suchte, als könne das helfen, nach ihr mit den Augen fand er nur, winkend, dort: Schmiedinger, immer noch, gestikulierte – was wollte er? – von drüben, während, er drehte den Kopf, Philipp, den winzigen Hörer endlich aus dem Ohr zog:

»Im Spiegel!«

Jan sah ihn an.

»Am Montag?«

Philipp nickte.

»Alles?«

Wieder nickte Philipp, und Jan, als bleibe nun wirklich nichts andres mehr übrig, sagte:

»Mist!«

* * *

»Und dann?«

Er zuckte mit den Schultern.

»Aber – wir müssen sie finden.«

Schill, Mack hob die Hände, habe es bereits Glöckner erzählt. Wenn der erfahre, daß er sie in eine Diskothek mitgenommen und dort liegengelassen habe! Schließlich sei es nicht irgendeine, sondern Glöckners eigene gewesen, die er, das sei schon Jahre her, vom damaligen Generalsekretär zum Geburtstag bekommen habe.

»Zum Geburtstag?«

Mack nickte.

Er dachte nach: Eine Fahne zum Geburtstag? Wie, sein Kopf ging nach unten, abstoßend diese braune, verkratzte, mit Klebstoff verunreinigte Schreibtischunterlage war. Natürlich, er drehte sich, hätte er besser, das gebe er offen zu, aufpassen müssen. Aber Schill, mit dem Cabrio abgehauen, einfach so, trage, nur deshalb sei das alles passiert, ebenfalls Schuld. Zwei Mitglieder eines, genau kenne er die Unterschiede noch nicht, Bezirks- oder Kreisvorstands, die ihm Schill, der eine hieß Schmiedinger, aufgehalst sei das falsche Wort, aber dadurch habe er jedenfalls die ganze Zeit, Schill kam nicht mehr, die Fahne mit sich herumtragen müssen.

Aus Höflichkeit, vielleicht auch aus, damit wolle er sich keineswegs herausreden, Pflichtbewußtsein sei er mit ihnen zu diesem Prominentenlokal gefahren, wo aber – außer der Gesundheitsministerin sei niemand dort gewesen.

»Die Kirschenmadonna?«

Er schaute, über Macks Kopf hinweg, zum Fenster. Sollte er sich auf Spitznamen einlassen? Nun ja, fuhr Mack fort, wenn das so sei, und wandte sich zur Tür, wolle er bei Glöckner ein gutes Wort für ihn einlegen. Schließlich, drehte er sich an der Tür nochmals um, habe er, indem er, das Argument falle ihm gerade ein, die Fahne den ganzen Abend über öffentlich herumgetragen habe, der Partei genutzt.

Sollte er nicken? Die Fahne war doch, daran dachte Mack offenbar nicht, eingerollt gewesen.

* * *

Verloren! Im Beauté! Aber, das war nicht zu ändern.

Er hielt den Kopf zwischen den Händen und versuchte, auf die, braun, verkratzt, Schreibtischunterlage starrend, sich zu erinnern: Schmiedinger, schon wieder, gestikulierte – was wollte er? – von drüben. Was hielt er in der Hand? Ein Glas Bier? Die Fahne? Oben, das war jedenfalls klar, an der Bar, hatte er sie noch. Und dann – hatte er sie dort liegenlassen? War sie in dem Gedränge heruntergefallen, und Schmiedinger hatte sie gefunden? Deshalb also, aber sicher war's nicht, gestikulierte er. Wegen der Fahne vielleicht, vielleicht auch nicht, gab es ein – Erdbeben? Er horchte auf. Hatten sie, dann legte er den Kopf an die Wand, Erdbeben gesagt?

Dreißig Millionen! Opfer? Deutsche? Was hatten sie, verdammt jetzt, deutsche Opfer oder Oper gesagt? Ging es um

Menschenleben? Um die Kürzung von Zuschüssen? Er zog, zu laut, um nichts zu hören, zu viel, um es zu verstehen, den Kopf von der Wand. Wie konnten die, sie mußten ja mehrere Programme gleichzeitig beobachten, das nur aushalten? Kein Wunder, daß sie so viel rauchten.

Er ging zum Fenster. Drüben, in der Botschaft, standen – war das jemals anders? – wieder Schwarze und lachten, als sei Lachen eine Farbe, mit den Zähnen, ganz so wie Alfonse, nachdem sie, die Ministerin, ihn, den jungen Mann aus dem schwarzen Ei, herangewinkt hatte. Mist, im selben Moment, als Jan das sagte, winkte sie, nichts wissend von dem, was, den winzigen Hörer im Ohr, Philipp – von wem? – gehört hatte, mich heran.

Zu dritt, sie wollte es, jetzt tanzen, das ist, den Körper, frei, spontan, hin- und herzuschwenken, nicht meine Sache. Sollte, das blieb unklar, er sich auf den Wechsel des Standbeins konzentrieren oder lieber, wie jetzt die Ministerin, die Arme strecken und senken? Endlich fand er einen Schritt, der, hoffentlich, dachte er, sieht's nicht komisch aus, sich wiederholen ließ. Der Schwarze bewegte sich kaum, doch schien – wie gelang ihm das? – sein Körper – als richte, und nicht umgekehrt, sich der Rhythmus der Musik nach ihm.

Jetzt, dachte er und, sonst wirkte es zu steif, blickte auf seine Füße, den Schritt ändern. Die Stelle, von der sie gesprochen hatte, im Referat für Öffentlichkeitsarbeit – sie fragen, jetzt, war schlecht möglich. Deshalb begann er mit den Armen zu kreisen, erst ein bißchen, dann stärker, doch weil der Schwarze – sie auch? – zu grinsen schien, hörte er wieder auf. Dachte er zu viel nach? Was war das für ein Rhythmus? Fremd, wie totes Holz sich selbst, so kam er sich vor: eine Puppe, die, um zu leben, sich Fäden wünscht.

Puppe! Er mußte an Simsek denken. Wo denn, verdammt, die Stimme klang unangenehm, die Marionetten, hatte Simsek gefragt, seien. Marionetten? Woher, das hätt ich, du Verrückter, antworten müssen, soll ich das denn wissen? Doch die Stützle, er hatte ihr Telefon in der Hand, stand ja daneben.

Eine Wohnung, die Stelle, alles schien, er hatte genug davon, wieder so fern, daß – drüben, in der Botschaft, er verstand sie nicht, winkten sie ihm wieder irgend etwas zu. Das Leben, ein einziger Spaß, er schloß die Lider, und die Augen, Sekundenwerk, kehrten zurück zu ihr, Heidi, die jetzt, wie um ihre Brüste zu quirlen, die Schultern schüttelte und auf ihn zutrat, nur um gleich wieder zurückzuweichen. Das wiederholte sie mehrmals, bis er endlich begriff: Er mußte den Ausfallschritt machen, sobald sie, wie ein Frage-Antwort-Spiel sah's dann aus, auf ihn zutrat. Alfonse, lachend, schloß sich der Bewegung an. Vor, zurück, den Fuß und mit, das paßte am besten, dem Oberkörper, wie aus einem Guß, gleichzeitig, darauf kommt's an, rechts oder links, so daß, im Wechsel, der Arm, seiner, ihrer, für einen Moment, als handle sich's um eine einzige Bewegung, beide miteinander könnten doch jetzt, wieso, ohne Not, hatte sie, Schritt, Schwung, Richtung, irgendwas geändert, und er, aber wie, versuchte sich, Schritt, Schwung, Richtung, anzupassen, um, es ging nicht, wieder die Hand, den Fuß, verzweifelt hob ich, zu steif, im Wechsel, die Knie dazu und, als sie mich wieder ansah, stach, wie – wozu sich was vormachen? – alle es taten, mit den Zeigefingern sinnlos in die verrauchte Luft.

* * *

»Oh, Entschuldigung!«

»Wofür?«

»Ich –«

Er hatte gerade beim Aufstoßen, die Herrentoilette war gar zu klein, der Tür passierte es: der Redner! Ganz in Schwarz, stand er, die Hände waschend, vor dem Spiegel.

»Na? Gut eingelebt im schwarzen Ei?«

Er antwortete, überrascht von dem freundlichen Interesse, indem er, ohne tiefer nachzudenken, nickte.

Da geschah etwas Seltsames: Der Redner lachte. Kalt und still? Oder schaute er, auch eine Möglichkeit, bloß im Spiegel nach seinem Zahnfleisch? Dann, ganz plötzlich, brach er das unklare Fletschen ab, um, der Automat klackte, ein Papierhandtuch zu ziehen. Hielt der Redner ihn für einen Duckmäuser?

»Na ja, ich wollte nicht sagen, daß mir hier alles gefällt.«

Der Redner, das Papier an seinen Händen reibend, drehte sich.

»Was denn nicht?«

Die Hände des Redners – konnte man ihm vertrauen? – waren rot. Wie das Blut, herausgetrieben vom Reiben des trockenen, rauhen, nur durch Nässe zu erweichenden Papiers, unter der durchsichtigen Haut flüssig leuchtete! Entweder war das Wasser, unter das er sie zuvor gehalten hatte, zu heiß oder zu kalt gewesen.

»Wollen Sie eins?«

In der einen, in der anderen das zerknüllte Papier, hielt er plötzlich etwas – was? – Weißes: Traubenzucker?

Er schüttelte, nicht wieder Bonbons, den Kopf. Vielleicht habe er sich falsch ausgedrückt. Es sei jedenfalls gar nichts Bestimmtes, was ihm hier mißfallen würde.

»Dann also –«, steckte sich der Redner den Traubenzukker in den Mund, »alles?«

Er sah, erst jetzt, den Redner, nicht die Hände, an. Freilich nur kurz, denn er mußte nachdenken. Oder sollte er, wie einfach das wäre, bloß nicken?

»Na«, der große Adamsapfel hüpfte jetzt, »das wundert mich nicht.«

Es sei eben nicht so, wie man sich das als Student vorgestellt habe, daß nämlich alles, wie es scheine, auch sei, und die Welt, sein Adamsapfel, ha, tat einen riesigen Sprung, nur mal so eben auf einen gewartet habe. Dann fiel er herunter und verschwand kurz unter dem Rollkragen des, schwarz wie Sakko und Hose, Pullovers, bevor er zum Schlucken wieder hochkam: Als sei er, kastaniengroßes Organ, eingenäht, für immer, in ein rosa Säckchen, das, rasiert und straff, sich dennoch, ausgebeult durch die Bewegungen einer, halb Fleisch, halb Knorpel, unbekannten Innenwelt, dehnt und zusammenzieht. Dann, vielleicht um ihm den Hals zu entziehen, drehte sich der Redner und warf das zerknüllte Papier in den Korb.

* * *

Und ganz in Schwarz! Er öffnete den Reißverschluß. Ohne Konzentration, mit einer Handbewegung, die, tausendmal getan, selbstverständlich war, griff er hinein. Dem Redner vertrauen? Das war, er kannte ihn ja nicht wirklich, die Frage. Sein Kopf, ein heller Ton erklang, kippte nach oben: Wie weiß hier alles war.

»Kommen Sie mal bei mir vorbei.«

Damit war kaum zu rechnen. Mit dieser, so konnte man

das wohl nennen, Einladung, die der Redner, sonst doch so abweisend, im Hinausgehen ausgesprochen hat. Fühlte er, der Redner, sich einsam? Wollte er – was konnte das sein? – ihm etwas Wichtiges mitteilen? Dieser Redner, sein Kopf senkte sich, ist ein Einzelgänger. Unten brodelte es. Die Hamburger und die GV-Rede, das seien die letzten großen Erfolge gewesen. Auch die Weihnachtsansprache, hatte Mack gesagt, werde ihm bald weggenommen. Private Schreibagenturen reagierten, das Prasseln ließ es schäumen, schneller auf die wechselnden Erwartungen des Publikums. Alles fließe ja. Ab, dachte er, jetzt muß ich mehr drauf achten: Wohin? Führt das denn, sein Kopf kam hoch, nicht alles bloß dazu, daß, wenn er wollte, konnte er, das Neonlicht, er mußte sich dazu nur bewegen, seinen Schatten auf den Kacheln sehen. Irgendwann, der Strahl verebbte, würde, in den nächsten Tagen schon, er zu ihm gehen und ihn fragen, was ihm selbst, dem Redner, hier nicht gefalle. Dann würde man ja sehn, wie, ganz in Schwarz wie das Ei, ehrlich er war. Mit einer Handbewegung, die, Abtropfen, Zurückstopfen, unbewußt das Erforderliche tat, schloß er, bevor, sein Körper drehte sich bereits, die Spülung ansprang, den Reißverschluß.

* * *

»Ich bin kein Elektriker.«

Ach was, winkte der Statistiker ab, das wisse er doch, er wolle ihm bloß mal was zeigen.

»Aber nur für einen Moment.«

Ja, ja, es sei, weil er möglicherweise, das habe neulich ihr Gespräch über die Kampagnen-Bewilligung gezeigt, die Arbeit der Statistiker noch nicht richtig begriffen habe. Hier! Das Blatt, mehrfach auseinanderfaltbar, war übersät von Formeln und kleinen, teils farbigen graphischen Darstellungen. Nur damit, das hier seien übrigens bloß Vorberechnungen, er sich mal eine Vorstellung machen könne. Die eigentliche Hauptberechnung übernehme der Computer.

»Und was wird berechnet?«

»Was? Na, die politische Entwicklung!«

Buchstaben, Zahlen, Gleichungen – was wollte der Statistiker von ihm? Ein Angeber, der, das konnte genausogut der, irgendwo gefunden, Schaltplan einer technischen Großanlage sein, ihn nur beeindrucken wollte?

Er wisse, sagte, das Blatt zusammenfaltend, der Statistiker, daß solche Berechnungen nicht für jeden verständlich seien. Zumindest aber vermittelten sie einen Eindruck vom Ausmaß und den Schwierigkeiten stochastischer Arbeit. Felix, sein Neffe, Student der Mathematik, habe neulich, als er ihn gefragt habe, nicht gewußt, was die Markow-Kette sei! Kolmogorow? Bayes? Fehlanzeige! Und das im fünften Semester!

Er überlegte: Sollte er den Kopf schütteln? Er zog eine unbestimmte Bewegung der Hände vor und sagte:

»Na ja.«

Nichts! Nichts, selbst daß die Sonne morgen wieder aufgehe, sei sicher, fuhr der Statistiker fort. Politik, Quantenmechanik, das eigene Leben – alles beruhe in jedem Moment auf dem Prinzip der Wahrscheinlichkeit. Und dennoch, aber darum gehe es ihm jetzt gar nicht, würden diejenigen, die als einzige die Wahrscheinlichkeit eines Ereignisses wissenschaftlich exakt berechnen könnten, von der Gesellschaft heutzutage schlimmer behandelt als von einer Stiefmutter.

Dann, vielleicht weil er nicht nickte, schaute der Statistiker ihn mißtrauisch an.

»Sie kennen doch den Unterschied zwischen Statistik und Stochastik?«

Er überlegte. Wenn er den Kopf schüttelte, würde der Statistiker triumphieren. Also hielt er ihn gerade und sah, fest wie noch nie, dem Statistiker direkt ins Gesicht. Jedenfalls, senkte dieser seinen Blick, sei es zu bedauern, daß die meisten Laien, der Fachmann kenne ihn natürlich, nicht einmal den Unterschied zwischen einer statistischen Analyse und einem stochastischen Prozeß kennen würden.

»Schaun Sie!«

Er zog den roten Filzstift aus der Brusttasche seines weißen Kittels und malte – wurde denn das Blatt mit den Vorberechnungen nicht mehr gebraucht? – zwei riesige Kringel drauf. In den einen schrieb er den Buchstaben D, in den anderen G. Da, sagte er und deutete hin, im Bereich der Meinung spiele sich heute alles ab. Umfragen, Marketing – obgleich es sich um bloße Erfassungsmaßnahmen handele, würden hier Milliarden investiert.

Sein Blick, er mußte an Carassa denken, ging kurz hoch.

»Und aber – warum D?«

D, ob er denn kein Griechisch gehabt habe, stehe für Doxa. Dabei, der Statistiker ließ das Blatt sinken, gebe es nichts Lächerlicheres, Unselbständigeres und Beeinflußbareres als eine Meinung. Wenn viele, am besten alle, dieselbe hätten, komme ihr zwar kurz Gewicht zu. Aber was, wo sie, für eines denn, sich doch schon im nächsten Moment ändern könne?

»Sie meinen – alles fließt?«

Ja, nickte der Statistiker, und drehte den Kopf zum Fenster, aber wohin? Das Blatt in seiner Hand sank weiter. In der anderen hielt er den roten Filzstift.

»Und – G?«

Gar nichts, er sprach, fast ohne den Mund zu bewegen, könne durch die bloße Erfassung und Betrachtung von Daten erkannt werden. Zahlen seien Zahlen: tot, gleichgültig, ohne Zeit, keine Bewegung, keine Beziehung, nichts. Erst das Auffinden von festen Verhältnissen, Formeln, Gesetzen erlaube Berechnungen und Prognosen, und darum, er hob das Blatt wieder, gehe es hier. Alle anderen Abteilungen im Hause, wie oft habe er das Albert gesagt, hätten inzwischen neue Namen bekommen, die meisten englische, nur sie, ausgerechnet, obwohl sie, wie sonst niemand hier, für die Einschätzung zukünftiger Entwicklungen zuständig seien, ließen wie seit Urzeiten sich Statistik nennen. Da müsse man, wenn der Laie, und er nehme da, sagte er, leiser werdend, Toledo nicht aus, ihre Arbeit nicht begreife, sich gar nicht wundern. Aber Albert behaupte, nichts, und das stimme ja sogar, sei, wenn alles auf die Zeit ankomme, unwichtiger als das Neue in Zeiten, in denen alles aufs Neue ankomme. Nur, und das vergesse Albert eben, komme es ja auf die Zeit gar nicht mehr an, sobald, hier der springende Punkt, das Neue derart rasch aufhöre, neu zu sein.

Er schaute, seine Augen, ihm ins Gesicht, schienen, obwohl die ungeputzten Brillengläser das kaum preisgaben, zu glänzen. Nein, nein, das gebe er, obwohl Albert im ganzen doch unrecht habe, ja sogar zu, daß eine Entwicklung, die dynamisch sei, irgendwann aufhöre, eine Entwicklung zu sein, wenn, was sich ursprünglich entwickeln sollte, mit der Dynamik der Entwicklung zunehmend verschwinde.

»Sie meinen, in Wirklichkeit – bleibt alles stehen?«

Er nickte. Genau das sei es, was Albert als Argument anführe und weshalb, nur eben in höherem Sinne, der Begriff Statistik, so übrigens Alberts zweites Argument, sei im 17. Jahrhundert eingeführt worden, und zwar in der Bedeutung »Staatswissenschaft«. Abgeleitet von »Statist«, das, seinerseits vom neulateinischen »statisticus« stammend, Staatsmann bedeutet habe. Ausgerechnet! Genau. Albert behaupte nämlich steif und fest, daß er – deshalb, nur deshalb ärgere er sich so über Albert – ihn genau ausgerechnet habe.

»Ausgerechnet? Wen?«

Na, sagte der Statistiker und schaute, als beweise die Frage Unaufmerksamkeit, ihn streng an. Den Vorteil, den die Beibehaltung des bisherigen Abteilungsnamens mit sich bringe!

Er überlegte: Statistik, Stochastik, die ganzen Streitereien mit Albert – was ging ihn das eigentlich an? Seine Augen, bloß um dem vorwurfsvollen Blick zu entgehen, streiften, bis sie an dem formelübersäten Papier hängenblieben, nach unten. Dann, einfach so, deutete er drauf.

»Und was heißt das zum Beispiel?«

»Was?«

»RGM.«

»RGM?«

Der Statistiker, von dem Interesse am Detail überrascht, hob das Papier. Dann, ein kurzer Moment verging, sagte er, sämtliche, und drehte sich zum Tisch, Zufallsvariablen, die, von oben vorgegeben, sich ständig änderten, könne, ha, niemand, weder er noch Albert, auswendig im Kopf haben. Es handle, blätterte er in einer Liste, sich um – was? RGM, das, ach so, Moment, heiße, RFP, RGA, RGL und, hier, RGM, stehe für, bitte schön:

»Rücktritt der Gesundheitsministerin.«

Ihre Augen, für einen kurzen Moment, ohne daß sie es merkten, trafen sich.

»Rücktritt?«

Als könne, der Statistiker, sich vertan, es sein, daß – dann, mit dem Handrücken, die Augen kamen wieder hoch, schlug er, der Statistiker, als treffe es den aufgekommnen Zweifel, hart auf die Liste:

»Rücktritt!«

* * *

»Hallo!«

Was, wenn nicht eben dies hatte das zu bedeuten? Daß man nämlich, Toledo, der Generalsekretär, die ganze Parteiführung bereits ausrechnen ließ, taktisch, politisch, welche Vorteile ein Auswechseln der Ministerin mit sich bringen würde?

Aber, er schwankte leicht, warum denn? Begreifend, daß es, die konvexe Krümmung, am Gang lag, der – die eigene Ministerin! – das schwarze Ei – und welche Rolle spielte er darin? – hatte ihn als Boten benutzt! Als Boten wofür? Was, er wußte das ja nicht, war – »Hallo!« – in der Botschaft gestanden? Er mußte das, um zu begreifen, wer ihn hier, wozu rief denn, den Oberkörper wendend, sah, er solle doch mal warten, sie, die Schreibunterlage unter dem Arm, zupfte jetzt, das Klirren der Armreifen kam ihm flüchtig zu Bewußtsein, ihn sogar am Ärmel.

»Ja?«

Er brauche, lachte sie fast, gar nicht zu flüchten. Sie wolle, das meiste sei inzwischen geklärt, ihn nur um eine Kleinigkeit noch bitten. Übrigens solle sie ihn ganz herzlich grüßen von Professor Pankow, mit dem, er sei furchtbar nett gewesen, sie gestern gesprochen habe und der ihn, er schaute sie an, noch in bester Erinnerung habe. Was, so plötzlich stand sie neben ihm, wollte sie? Handelte es sich, das schien das Wahrscheinlichste, um eine Falle?

»Na ja: Jahrgangsbester, und das als Ausländer ...«

Sein Blick – ihrer stach – sank leicht. Sie würden, das sei ganz normal, alle Referenzen prüfen, die den Bewerbungen beigefügt seien. Heutzutage, bei der Arbeitslosenzahl, man wisse nie, es habe schon Fälle gegeben, bei denen sie, zum Glück seien das Ausnahmen, hielt die Schreibunterlage, während sie sprach, vor – die Brust, so Mack, ist, ein leichter Schwindel überkam ihn, aus Kunststoff. War das wirklich zu hören? Aber nein, das sei, korrigierte sie, ja dort vermutlich, sich selbst, nicht mal was Besonderes. Wie grell, es zwang ihn zu zwinkern, das Neonlicht hier im Gang war. Er selbst, Professor Pankow, das habe sie am Akzent gemerkt, stamme wohl, sagte, es piepte, sie, na jedenfalls, zog, es piepte, sie – das gehe wohl dort, es piepte, ziemlich international zu?

»Wo?«

»Na«, sagte sie und hob es aber schon ans Ohr, »in Princeton.«

Dann, mit dem Oberkörper leicht nach unten kippend, horchte sie. Er schaute, die Lider spannten sich, auf, ihre dünnen Haare ließen das zu, die Kopfhaut: Worin bestand sie, und wie konnte er ihr, der Falle, entgehen?

Falls sie wirklich in Princeton angerufen hatte, und der Professor, ihn, glücklicher Zufall, mit jemandem verwechselte, mußte – er, nochmals von vorne, überlegte: Falls sie jedoch nicht angerufen und Pankow, den Namen des Professors, erfunden hatte, wüßte, falls er jetzt nicht widersprach, sie – alles, dachte er, was immer ich sage, ist falsch? Eine Falle, der niemand entgehen kann! War es wirklich so einfach, ihn zu überführen?

»Für Sie.«

Dann war, bevor er, da, diesen Gedanken ganz – plötzlich, dazwischen bellte es, eine Frauenstimme, die, er müsse hinfahren, heute noch, hysterisch – was? Ich? Wohin denn? – klang und die, obwohl sie ihm bekannt vorkam, er, ganz bei der Sache, dem Sinn der Worte, nicht sofort erkannte. Die Kleine, sie würden, er habe doch den Schlüssel, sie sonst umbringen.

»Umbringen?«

Er drehte – die Stützle! – sich zur Seite. Ja! Heute noch, davon sei sie überzeugt, wenn er nicht, das sei die einzige Möglichkeit, hinfahre, denn die Kleine öffne die Türe nicht.

»Aber wer denn? Wen? Warum?«

Na, Simmi! Simmi? Wer war, dachte er, das, sagte sie, die Stimme, sei doch dann – »Hallo?« – fragte – »Hallo?« – er, indem er die Hand bereits leicht sinken ließ, noch zweimal.

»Ich weiß selbst nicht. Es war auf einmal – weg.«

Hm, sagte, merkwürdig, indem sie das Mobiltelefon zurücknahm, die Stützle und betrachtete es. Dann, als sei ihr etwas eingefallen, drückte sie ein paar Knöpfe und fragte, das sei die Kleinigkeit, um die sie ihn habe bitten wolle, ob sie, das Mobiltelefon, digital, habe Kamerafunktion, ein Foto von ihm machen dürfe.

»Ein Foto?«

Ohne seine Einwilligung sei es nicht statthaft. Schließlich, auf die unklare Bewegung, die er mit der Schulter, dem

Kopf, ein wenig auch mit den Händen machte, gar nicht achtend, hob sie, um abzudrücken, das Ding bereits ans Auge.

* * *

»Ach, was. Da machen Sie sich mal keine Sorgen.«

Die Spucke verlieh dem Gold Glanz: Mack lachte. Diskrete Zufallsvariable, das sei, so viel wisse er noch aus seiner Zeit beim demoskopischen Institut, einer dieser chinesischen Begriffe derjenigen, die, immer bloß am Schreibtisch, glaubten, es komme außer auf ihre mathematischen Berechnungen sonst auf gar nichts an. Was das in der Praxis heiße, fremde Leute etwas fragen, was ihnen unangenehm ist und sie, er schaute zum Fenster, vielleicht sogar in gefährliche Wut versetzt, davon hätten die Statistiker keine Ahnung.

»Aber – Rücktritt!«

Das – na und? – sei eben eine der vielen Angaben, die, wie ungewöhnlicher Fernsehauftritt, berühmte Rede, Unfall, Tod oder weiß der Himmel, als Möglichkeit in die Berechnungen, wenn sie noch irgendwie vollständig sein sollen, automatisch mit eingehen müßten. Sogar RdK, Rücktritt des Kanzlers, habe vermutlich irgendwo auf dem Zettel, obwohl nur Vorberechnungen, gestanden, der, er selbst habe das doch gerade gesagt, von oben bis unten voller Formeln gewesen sei. Das würde ihn nicht mal wundern, wenn auch sie, Mack und er, lachte er, nicht am Ende, in der eigentlichen Hauptrechnung nämlich, vorkämen.

»Wir?«

Er schrak, an eins der Kriegsflugzeuge geraten, zurück. Warum war, ein Modell stieß das andere an, er überhaupt hergekommen? Sollte, der Nacken tat schon weh, er ewig mit eingezogenem Kopf dastehen? Schiffe und Flugzeuge – eine, am besten gar nicht hochschauen, teppichgroße Fläche schwankte dort droben hin und her; still und sanft, wie das übergroße Pendel einer papierenen Uhr, die, Basteljahre messend, durch Bewegung, immer dieselbe, Zeit, ganz umsonst, hervorbringen will.

Auf dem Schreibtisch, er schaute hin, lagen Heftchen: ›Von Meister Eckehart bis Lao Tse – kleine Weisheiten großer Philosophen.‹ War Mack ernst zu nehmen? Nein, nein, was die Hellseher angehe, sagte er, da brauche man sich genausowenig Sorgen zu machen wie über die Stützle-Blissier, die übrigens auch ihn, Mack, vor ein paar Tagen fotografiert habe. Ja, und andere Kollegen, das habe er gehört, auch.

»Aber – warum denn?«

Die, so heiße es jedenfalls, Fotos sollten in das interne Computernetzwerk aufgenommen werden, damit sich, das erleichtere den menschlichen Zugang, insbesondere die Neueingestellten mit allen ihren Kollegen, am Computer, von Anfang an vertraut machen können.

»Aber zur Zeit – ich meine, außer mir, Sie sagten doch, es werde im Augenblick praktisch niemand neu eingestellt?«

Es gehe, zuckte Mack mit den Schultern, aber das sei gleichfalls nur ein Gerücht, um den Pförtner.

»Den Pförtner?«

Kosten, nickte er. Das Gesicht digital einlesend, könne eine Kamera, die mit einem Computer verbunden sei, sofort erkennen, ob eine Zugangsberechtigung vorliege. Die Kamera sei natürlich billiger, übrigens auch zuverlässiger als ein lebendiger Pförtner.

Dort, handtellergroß, er schaute drauf, lagen, zwischen Kleber, Schere, Bastelpapier, sie beide auf Macks Schreibtisch: Die Steine mit der Zickzacklinie, stammten sie wirklich vom Ganges? Ihn nehmen, den größeren, und – ein einziger, wütender Schlag, der, sein Schädeldach durchbrechend, die breiige Masse zerspritzen ließe.

Und ob, sagte er statt dessen, er, Mack, ihm das vielleicht auch noch erklären könne, daß, wenn mich jemand von draußen anruft, dieser Anruf auf dem Mobiltelefon von Frau Stützle-Blissier eingeht? Dann, wie gut das tat, schloß er – die Stille, als werde sie ewig dauern – die Augen. Bis plötzlich Mack, klatschend, sich mit der Hand auf die Stirn schlug.

»Die neue Telefonanlage!«

Erst vor ein paar Tagen in Betrieb genommen, könne es durchaus sein, daß sie – ob er denn in den letzten Tagen Anrufe erhalten habe? Nicht? Na bitte, dann spreche alles dafür, daß bei der Umstellung auf das neue System könnten, wie leicht das geschehe, doch jedenfalls, das sei das Wahrscheinlichste, die Nummern falsch einprogrammiert worden sein. Er werde, das sei ja kein Problem, gleich die Telefonzentrale anrufen. Zuerst, dazu sei er in der Aufregung noch gar nicht gekommen, müsse er aber, jetzt stand er auf, eine gute Botschaft loswerden. Er habe nämlich mit Glöckner gesprochen, der habe im Beauté angerufen, und die Fahne –? Gefunden! Denken Sie, strahlte Mack, nur abholen müsse man sie noch. Er könne, Glöckner habe das erlaubt, gleich los. Alles werde noch gut. Die würden, er sah auf die Uhr, bestimmt schon unten auf ihn warten.

»Die?«

»Na, Schill und Ändi! Die fahrn Sie hin.«

* * *

›Mein Auge, mit dem mich Gott sieht, ist das Auge, mit dem ich ihn sehe; mein Auge und sein Auge ist eins.‹

Meister Eckehart.

Oben drüber, Felder, Wiesen, Wald, stand: Schneelandschaft von Gudrun Pansek, Mundmalerin.

Davon, hatte Mack ihn am Schluß noch festgehalten, könne er sich übrigens ruhig eins mitnehmen. Die Heftchen seien vom humanistischen Verband herausgegeben und würden, Befehl von Toledo, in der Bundesgeschäftsstelle ausgelegt. Überhaupt sollten in Zukunft wegen der Einsparpotentiale die Synergieeffekte besser ausgenutzt werden, die durch Kooperationen mit anderen, politisch unabhängigen Partnern vereinbart werden könnten.

Er überlegte: Die Zukunft der Freiheit, geistige Erneuerung, neue Menschlichkeit – war das Projekt, das man ihm übertragen hatte, damit gestorben? Würden nun andere Verbände und Vereinigungen die Aufgabe übernehmen, während die Partei –

»Und dann?«

»... zu Glöckner ...«

Vorne kicherten sie. Ändi, Schill, der Fahrtwind zerriß ihr Gespräch flog, zerfetzt in wirre Laute, an ihm vorbei. Ein Familienwagen war, dachte, auf dem Rücksitz zusammengekauert, er nochmals, das nicht gerade. Hätten sie nicht ihre Sitze ein wenig vorrücken können? Statt dessen hatte Schill ihn aufgefordert, die Schuhe wegen des Polsters auszuziehen.

»... Kamera ...?«

Er neigte, so gut es ging, den Kopf vor. Sprachen, aber das half nicht viel, sie von der Stützle? Ihre Haare, mehr war nicht mitzubekommen, flatterten im Wind. Sein Blick fiel zurück in das Heftchen:

›Der Körper ist in der Welt. Aber die Welt ist auch im Körper. Ohne aus dem Fenster zu sehen, kannst du die Wege des Himmels erkennen.‹

Lao Tse.

Oben drüber sah man ein Buch, eine Kerze und ein Fenster. Was, er sah wieder hoch, für ein Fenster? Häuser, Autos, Menschen flogen vorüber. In einem hatte Schill recht: Ohne knatternde Fahne wurde das Auto, obgleich lackiert in den Parteifarben, von den Passanten kaum beachtet.

»... Bibliothek ...«

»... Brille ...«

Über wen, er drehte wieder den Kopf, sprachen sie? Und warum, erst jetzt kam ihm die Frage, fuhr Ändi mit? Am hellichten Tag! War das nicht gefährlich? So groß, hatte Mack gesagt, sei die Angst wegen Ändi, dem eigenen Ändi, daß er, Anordnung des Bundesgeschäftsführers, nur zu genau festgelegten Zeiten das schwarze Ei betreten und dann sein Zimmer, sogar eine Toilette hätten sie ihm eingebaut, nicht verlassen dürfe. Und jetzt, für jedermann sichtbar, im Cabrio der Partei!

Achtloses Schludern? Bewußtes Mißachten eines Gebots? Oder Mack, sie kicherten wieder, hatte, das wäre nicht das erste Mal, gelogen? Er habe, die Sätze, immer wieder, vom Fahrtwind zerrissen, sie zwischen die Bücher – hatte er Bücher gesagt? – gesteckt. Wen denn? Was? Er habe, immer wieder, sagte er, zerbrochen, verwirbelt, sie – wen? was? – zwischen den Wörtern, dachte, suchte er, die Lücken, Brüche, Splitter ohne Angst zu tasten, nach dem, was, jetzt erst, als sei ohne Bruch kein Zusammenhang, als existiere erst durch seine Zerbrechlichkeit Glas, begriff er:

Die Pornohefte in der Bibliothek – Ändi war's!

* * *

»Aber die Fahne!«

»Na und?« sagte, Schill grinste, Ändi. Die könnten sie nachher auch noch abholen, das Beauté sei nicht weit. Aber warum, er machte eine Handbewegung, führen sie dann jetzt nicht hin? Warum sollte, davon habe Mack nichts gesagt, er zu Fuß mit – Ändi, schon ausgestiegen, stopfte sich das Hemd in die Hose. Er solle, das habe Glöckner angeordnet, eben mitkommen. Ändi, über den Außenspiegel gebeugt, strich mit dem Kamm übers Haar.

»Glöckner?«

Schwarz, fettig: gekämmt erstarrte es erst recht zu Strähnen. Glöckner, wiederholte, ohne den Blick zu wenden, Ändi und drückte mit bespuckten Fingern vergeblich, was abstand: nicht zu bändigen, richtete, als hätten Teile, nicht das Ganze, die Gewalt, einzelne Haare sich wieder auf. Wusch er sie nie? Die Kiefer, übergroß das Kinn, kauten – Bleikügelchen, hatte Mack gesagt, mit denen er durch die Zähne schießen kann. Jederzeit! Angefangen als gefährlicher Demonstrant, hatte Ändi Gaumen, Zunge, Lippen, den ganzen Mund über all die Jahre zu einem gefährlichen Muskel herantrainiert, der, glitschig, saugend, pressend, einen beispiellosen Druck erzeugte und sich mit ungeheurer Kraft als Schuß entlud. Aber – wozu? War denn, nur dann gab sie Sinn, eine solche Fertigkeit im politischen Alltag nützlich?

Sein Blick senkte sich auf das Polster. Helle Haut schimmerte durch, so dünn waren seine Socken bereits an den Fersen. Glöckner, hatte Ändi gesagt. Er mußte, Glöckner war sein Vorgesetzter, dann also jetzt mit. Und, mein Gott, vorne an den Zehen – er tastete nach den Schuhen.

»Und wo?«

»Wo?« Ändi deutete mit dem Kamm. »Na, dahinten, gleich um die Ecke.«

Näher, dann steckte er ihn ein, dürften sie, Schill lachte mit, wirklich nicht ranfahren. Jedenfalls nicht mit dem Cabrio. Rasch, es blieb ja keine Wahl, bog er den Bändel zu einer Schleife, bevor, der Fuß steckte schon drin, er ihn festzog.

»Aber – ich meine, was für eine Art von Aktion soll das überhaupt sein?«

»Gebisse.«

»Gebisse?«

Er kam hoch. Schill, lachend, klappte den Sitz vor. Machten sie sich über ihn lustig?

»Gebrauchte.«

Second hand – eine, grinste er, Neueröffnung. Wie gepflegt Schills Hand, die Rückenlehne haltend, aussah. Und dennoch war, er schloß, winzig kurz, die Augen, sie häßlich. Mit der Faust, dachte und beugte, um auszusteigen, er sich vor: ihm, Schill, jetzt ins Gesicht schlagen. Dorthin wo, durch Spucke glänzend gemacht, dieses harte, stumpfe weiches Schwarz wäre das Gegenteil – Weiß, gespreizt durch bloße Lippenkraft blendend dich blind machen will. Was sollte, statt dessen stieg er aus, dieser ganze Quatsch?

* * *

Von Meister Eckehart bis Lao Tse – er steckte, Schill fuhr an, das Heftchen ein. Schills Hand, kurz winkend, bevor sie nach unten zum Schaltknüppel griff, kam noch einmal hoch. Sollte er, das Cabrio wurde leiser und kleiner, zurückwinken? Vom Straßenrand, hier, neben Ändi, mitten in der Stadt?

Sie drehten sich und – quatsch, klar! – gingen los. Ein Secondhand-Laden für gebrauchte Gebisse! Die würden doch niemandem passen. Also was, falls so ein Laden trotzdem aufmache, könne man draus schließen?

Sie blieben stehen. Ändi, langsam kauend, erwartete eine Antwort. Welche?

»Mann! Daß die Opposition dahintersteckt!«

Seine Augen, vielleicht entzündet, glänzten feucht:

»'ne reine Mediennummer!«

»Mediennummer? Aber – warum?«

»Mann!«

Ändi, eine merkwürdige Wut ließ ihn abdrehen, ging weiter. War er enttäuscht? Hält er mich für unpolitisch? Dann, ganz plötzlich, blieb Ändi stehen und schaute ihn an: Das Scheitern der Gesundheitspolitik! Verbrauchte Regierung, alte Rezepte, abgenutzt, zahnlos, ohne Biß! Es gehe, ob er das denn nicht kapiere, um Symbole. Immer!

Sie gingen weiter. Sollte das heißen, daß die Opposition, um das Scheitern der Gesundheitspolitik der Bundesregierung zu symbolisieren, einen Secondhand-Laden für gebrauchte Gebisse aufmacht? Sollte, sein Denken sprang, Heidi, jetzt nannte er sie schon Heidi, gestürzt werden? RGM! Und die Partei, deshalb der Auftrag an die Statistik, ließ sich bereits, bevor er gefordert wurde, ausrechnen, ob ein Rücktritt nützlich wäre? Nützlich wofür? Ändi, um die Straße zu überqueren, drehte, er folgte ihm, nach rechts. Die Autos – wenn sie drüberkommen wollten, mußten sie jetzt, er rannte ihm nach, kurz halten, damit, die Köpfe hatten sich gewendet, von der anderen Seite, viel zu schnell, kam, ein anderes, dem, vorbei, andere folgten, die, wenn sie jetzt, die letzten Meter, anders ging's nicht, sprangen sie.

* * *

»Das Symbol macht den Anfang der Kunst und ist deshalb gleichsam nur als Vorkunst zu betrachten, welche hauptsächliche dem Morgenlande angehört ...«

Der Mann klappte es zu und grinste: ›Kleine Weisheiten großer Philosophen‹. Dann steckte er's ihm zurück in die Jacke.

»Und sonst?«

Derjenige, der ihn festhielt, roch nach Zigaretten. Der andere tastete ihn weiter ab und sagte schließlich:

»Nichts.«

Die beiden sahen sich an. Er sei, sagte der eine, doch nicht blind. Das sei Ändi gewesen. Und der da, deutete er, sei mit ihm gekommen.

»Aber nein, ich kenne keinen Ändi. Ich kam hier nur zufällig vorbei.«

Sie drehten, unter den Füßen knirschten Splitter, wie alle jetzt die Köpfe. Das war, er kannte ihn vom Fernsehen, der Generalsekretär der Opposition. Er schaute, einen Besen in der Hand, auf die Kamera, deutete auf den Boden und rief, das sei der Scherbenhaufen, vor dem die Regierung nach dem Scheitern ihrer Gesundheitspolitik stehe. Die Journalisten lachten. Der Schlag, die Scheibe, Schreie – alles war so schnell gegangen, daß sie indes, nach ein paar Schrecksekunden, glaubten nun offenbar alle, das sei geplant gewesen.

»Laß ihn los.«

Er stieß ihn von sich.

Aber das sei, er kenne ihn von früher, auf alle Fälle Ändi gewesen und der da, sie sahen ihn wieder an, sei neben ihm hergelaufen. Der eine zuckte die Achseln. Er trug, wie übrigens auch der andere, eine schwarze Lederjacke und kaute irgendwas. Die beiden, der eine, der andere, das war das Merkwürdigste, sahen, obwohl sie seine größten Feinde zu sein schienen, selbst ganz ähnlich aus wie – Ändis! Hatte auch die Opposition welche? Dann flüsterte der eine dem andern etwas ins Ohr. Der andere nickte und sagte:

»Verschwinde.«

»Bevor wir's uns anders überlegen.«

Er wandte sich ab. Es war ihm zum Heulen zumute. Das alles hatte er nur Ändi zu verdanken. Entschuldigung! In dem Gedränge war er mit einer der jungen Frauen zusammengestoßen, die auf einem Tablett gebrauchte Gebisse anboten. Studentinnen? Sie trugen rote T-Shirts, auf denen ›Kosten senken!‹ stand.

»Wollen Sie eins?«

Er schüttelte den Kopf. Sie lachte und sagte, er könne ruhig eins nehmen, in Wirklichkeit seien die gar nicht gebraucht. Es handle sich um Modelle, die die BdZ zur Verfügung gestellt habe.

»BdZ?«

»Bundesvereinigung«, lachte sie, »deutscher Zahnärzte.« Nochmals schüttelte er den Kopf. Das mit der Scheibe, sagte jemand neben ihm, sei irre gewesen. Er habe, erst an einen Anschlag geglaubt. Ich, sagte ein anderer, auch.

* * *

Mit Bleikügelchen – wie sonst? Ändi, er schaute nach links, war's. Dann lief er bis zur Fahrbahnmitte. Er, Ändi, wer sonst, hatte sie zerschossen. Denn obwohl, jetzt sah er nach rechts, alles so schnell ging und Ändi im selben Moment, die Scheibe barst in tausend Splitter, bereits weg war, muß er's gewesen sein. Ohne Hast, von rechts kam nichts, überquerte er die restliche Fahrbahn und sah sich noch einmal um: Von hier aus, die Straße war ziemlich breit, sahen die Menschen vor dem Laden aus wie ein kleines Häufchen, das einen Film dreht. Gebrauchte Gebisse – selbst das Schild fiel, da viele Läden die Straße säumten, kaum auf. Daß dennoch Passanten stehenblieben, lag an den Kameras.

Autos, die, als wollten sie keinen größeren Zusammenhang aufkommen lassen, gleichgültig vorbeijagten, durchschnitten, ihr eigenes Ziel verfolgend, ihm den Blick. Eine Frau, er drehte sich und ging weiter, zog einen Parkschein. Wird, dachte er und schaute hinüber, der Laden, angemietet für einen Tag, morgen wieder leer stehen? Der eine, der ihn festgehalten hatte, und auch der andere – da standen sie und schauten zu ihm herüber. Warum, wenn sie ihm so sehr mißtrauten, hatten sie ihn gehen lassen? Weil, er ging weiter, sie ihm nichts nachweisen konnten, außer daß er – Ändi zu begleiten, hatte Glöckner das wirklich angeordnet?

Er stand still. Schill und Ändi sollten, das hatte doch Mack gesagt, ihn zum Beauté bringen, damit er dort die Fahne abhole. Statt dessen hatte Ändi, eine politische Aktion der Opposition zu stören, ihn hierher geführt und, selbst das Weite suchend, ihn stehenlassen. Warum? Welche Rolle war ihm hier zugedacht? Die, er schaute über die Straße, eines Deppen? Noch immer, als mißtrauten sie ihm, sahen die beiden zu ihm herüber. Dabei war er doch völlig machtlos. Man hatte, langsam ging er weiter, ihn eingestellt im schwarzen Ei, ohne daß – zu welchem Zweck? Gab es einen?

* * *

»Die da?«

Er nickte und nahm sie über die Theke entgegen.

»Was trinken?«

Die Frage kam so unerwartet, daß, statt den Kopf zu schütteln, er mit Schultern, Hals, Mund eine unsichere Bewegung machte, auf die der Mann hinter der Theke, vielleicht aus Zeitmangel, vielleicht aus beruflicher Erfahrung, sagte:

»Und was?«

Er hatte, jetzt drehte er den Stab zwischen den Fingern, nur die Fahne zurückhaben wollen. Doch wäre das undankbar, wenn, er deutete auf das Glas, das, gefüllt mit milchig-orangefarbener Flüssigkeit, neben ihm ein Mann in der Hand hielt: Ein Cocktail, der, wie immer er heißen mochte, vermutlich gut schmecken würde. Deshalb stellte er sie, die Fahne, ab und setzte sich auf einen der Hocker. War es nicht ein Wunder, daß sie, vielleicht auch wollte sie keiner haben, inmitten dieser, er sah sich um, immervollen Bar, nicht verlorengegangen war?

Journalisten, Geschäftsleute, Touristen – als gewönnen ihre Worte, indem sie sich in dem großen, über den Köpfen beginnenden, durchaus verrauchten Luftraum verloren, erst einen höheren Zusammenhang: Klirrendes Geschirr, rükkende Stühle, Kaffeemaschinen, die, merkwürdig, indem es aus ihnen spritzte, dennoch Sauggeräusche hervorbrachten, zirpende Kassen und Mobiltelefone, alles, was hier geschah, bildete, sobald man ihm zuhörte, ein Ganzes, das, selbst wenn man's, die Zeit in Scheiben schneidend, teilte, noch ein Ganzes wär: Der Klang, er schloß die Augen, der Geruch einer Bar.

Doch war da, irgendwie hörte er's, gleitend, rutschend, ein weiteres Geräusch, das, nicht hierher gehörend, langsam erst, dann immer schneller, ihm – am Ende der Schlag – die Augen wieder öffnete: die Fahne, abgeglitten, hingestürzt, halb aufgerollt, am Boden!

»Hier.«

Der Barkeeper stellte ihm, fast im selben Augenblick, das Glas hin. Er sprang, um die Fahne aufzuheben, vom Hocker und wickelte das Tuch auf.

»Legen Sie die ruhig quer.«

Ihn, sagte der Mann neben ihm, störe das nicht, und dann könne, grinste er, sie jedenfalls nicht mehr umfallen. Hatte er die Fahne erkannt? Mochte er die Partei? War er Mitglied? Oder, ebenso möglich, haßte er sie? Unentschieden, die Fahne in der Hand, zog er sich wieder hoch auf den Hocker und hob, da ihn der Mann immer noch ansah, ihm zulächelnd das Glas.

»Tim.«

Er trug, unter dem dünnen, offenstehenden Mantel, einen Anzug. Lokalpolitiker, Rechtsanwalt, Geschäftsmann – was war er? Die milchig-orangefarbene, stark alkoholhaltige Flüssigkeit schmeckte: süßlich-berauschend. Eigentlich, setzte der Mann sein Glas ab, Timaios. Wie trocken der harte, dumpfe Ton war, den der dickwandige Boden des schweren Glases auf der Theke dabei hervorbrachte.

»Timaios?«

Der Vater, nickte er, den Kopf nach vorne gerichtet, sei

Professor gewesen – mehr sagte er nicht. Haßte er seinen Vater? Trauerte er um ihn? Vielleicht war er erst kürzlich gestorben. Timaios' erstarrter, auf die Wand hinter der Theke gerichteter Blick legte nahe, nicht nachzufragen. Schön, stark, nackt, traten dort in voller Lebensgröße Frauen auf hochhackigen Schuhen ihnen entgegen. Models, die ihre bloßen Körper wie die Kollektion eines berühmten, den Zeitstil weit übertreffenden Schöpfers präsentierten.

Er schaute kurz ins Glas, hob's und schob, den Cocktail zu berühren, die Zunge der Flüssigkeit entgegen, während Timaios, immer noch, stierte – war ihm das nicht peinlich? – auf das riesige, die Wand beherrschende Foto, bis jetzt, auch sein eigner Blick war zurückgesprungen zu den wallenden Haaren, langen Beinen, kraftvollen Gesten in dem kalten, modellierenden Studiolicht, plötzlich das Hören ihr Sehen mehrmals zerriß:

Es piepte, erst gedämpft durch reichlich Kleidung, dann, der Mann – wo war's? – tastete, erst zögernd, mit beiden Händen, schneller dann, schien es immer lauter zu werden, bis, so klein, daß man's kaum noch fand, es, wo – verdammt! – war's denn aus Angst, das Piepen könne, nur weil's zu lange schon anhielt, plötzlich, wie manchmal, einfach so, ein Leben, aufhören, mußte das, die Spannung, doch irgendwo sein Mantel, voller Taschen, leer, fand er – zu spät? – im Anzug endlich hörte es, die Taste suchend, jetzt, drückend, mittendrin, auf.

»Ja?«

Timaios, das Ding am Ohr, blickte wieder auf das riesige Foto. Doch was, er hob das Glas, ging ihn dieser Mensch überhaupt an? Die milchig-orangefarbene Flüssigkeit verströmte, man mußte nur die Nase nähern, einen Engelatem aus Frucht und Alkohol, der, unteilbar, zu irgendwas, keinem Ort, auch keiner Zeit, eher zum – was wär das? – Gegenteil ihn erhob.

»Nein. Ich will nicht, daß das in der Zeitung steht. Tim, einfach Tim.«

Was, als er jetzt, die Augen verschlossen, mit der Zunge eintauchte, wahrnahm, war er, das könnte sein, etwas, was außerhalb der Bewegung, also jetzt, in diesem Augenblick, hier und doch schon woanders, gar nicht war?

»Na und? Was geht mich das denn an?«

So wie, als würden sie dadurch eins, der Alkohol Zunge, Gaumen, Kopf und Herz durchdrang, überwand auch die fremde Stimme, die zu wer weiß wem und wohin sprach, hier und jetzt, die Materie, die, in sich selbst erzitternd, Medium, nicht Hindernis, tat, als gebe es sie nicht. Als sei, was ist, durch Verknüpfung und, was dasselbe scheint, Erinnerung an das, was, ohne Halt die Gestalt wechselnd, immer schon war.

»Tim, einfach Tim, und Schluß.«

Der Mann nahm's vom Ohr, drückte, was einen Klick ergab, die Taste und zog, das Ding im Anzug verstauend, vielleicht aus Wut, vielleicht auch nur, um sich zu sammeln, an seinem Mantel.

* * *

Was war da eigentlich drin? Nicht nur luxuriöse Bekleidung
gab die Scheibe des Schaufensters preis. Sie warf, Folge der starken Straßenbeleuchtung, ihn auch auf sich selbst zurück. Schwankte er? Waren es zu viele? Drei hatte er, selbst hätte er sie gar nicht bezahlen können, getrunken. Nicht einmal

wie sie hießen, wußte er. Nur daß sie, jetzt wandte er sich ab, ihn, wie soll man das sonst nennen, betrunken machten.

Da sein, ohne Gewicht. Da und dort zugleich, der Körper schien keine Rolle mehr zu spielen, flogen, während er ausschritt, Autos, Straße, Lichter, Menschen vorüber. Befreit von der Schwere, die, um den Raum zu verstehen, man, allgemeiner gefaßt, Zusammenhang nennen konnte, erhielt alles, auch er, eine ungeheure Freiheit: Was hinderte ihn, die Fahne wegzuwerfen? Sie, Glöckner würde durchdrehen, in den nächsten Abfallkorb zu stecken? Sie, der Kopf wandte sich zur Straße, vor ein Auto zu schmeißen? Sie, die Welt, voller Möglichkeiten, endlich einmal als etwas zu betrachten, was, zünd ich's an, mich nicht verbrennt: Mut eines Berauschten.

»Vergessen Sie die nicht!«

Tim, während er, Geld schien keine Rolle zu spielen, für beide zahlte, hatte unter die Theke gezeigt. Sonst hätte er das Ding zum zweiten Mal im Beauté vergessen.

Er blieb stehen: Da war doch – Heidi! Auf einem der Bildschirme, hinter dem Schaufenster, sprach, stumm, die Gesundheitsministerin! War sie zurückgetreten? Schwer zu sagen, denn jetzt – warum bereits? – flüchteten blutende Menschen. Araber? Ein Attentat? Dann, wütend, die Faust schwenkend, stieg ein Landwirt aus einem Traktor. Protestierte er? Wogegen? Die Ausschnitte, jetzt plötzlich riß ein Skifahrer jubelnd die Arme nach oben, waren einfach zu kurz. Oder, sein Kopf drehte sich zur Straße, bin ich zu langsam? Häuser, Autos, Menschen – sofern nur irgendwo Licht war, brach es herein, ins Auge, um mich, als sei Außen Innen, als verschwände mit der Trennung das Getrennte, in mir erzittern zu lassen. In der Hand, sonst nichts, spürte er die

Fahne. Träumte er? Und wenn ja, träumten auch die anderen? Glöckner, Mack, Toledo – wunderten sie sich jemals? Worüber? Sein Blick, schwächer werdend, strich zurück aufs Schaufenster: über mich!

Langsam, auf dem Bildschirm sang jemand, drehte er sich und ging weiter. War ihm schlecht? Unsinn. War Heidi wirklich zurückgetreten? Dann konnte er die Stelle im Ministerium, von der sie gesprochen hatte, vergessen. Federnd setzte er die Schritte. Eigentlich hatte er ohnehin nie daran geglaubt. Andererseits, dachte er und spürte eine ungeheure Leichtigkeit, auch daran, daß er die Stelle im schwarzen Ei bekommen würde, hatte er erst nicht geglaubt. Und dann – er schwankte. War ihm schlecht? Wie kam sie hierher? War sie's?

* * *

Vorgeschmack aufs Sterben? Auf dieses letzte, intensivste Erlebnis der Kraftlosigkeit, bei dem die Reize, bisher Zeichen von Anmut und Leben, nun sich so stark vermehren, daß die fein geknüpften Fäden der Empfindung einer nach dem anderen reißen, bis, wie zerfetzte Spinnennetze, tot sie im Winde flattern?

Mit einer Hand stützte er sich gegen die Hauswand. Mußte das nicht so kommen? Er war ja selbst schuld daran, daß, als greife da eine fremde, kalte Hand schnappend in etwas warmes Weiches, der Saft hochschoß, einmal, zweimal, und spritzte durch den gereizten Schlauch, der, einmal, zweimal, wie unter immer neuen Schüssen, sich wand; daß zuckend, zitternd, als seien Haut und Fleisch den Knochen Strumpf, das Innere nach Außen zu stülpen sich anhob.

Doch dann, als habe es sich's anders überlegt, prallte in Schüben der Strahl ihm zwischen die Füße und bildete dort, milchig-ätzender Brei, von Orange keine Spur, eine helle Lache, die er, solange es noch vom Mund tropfte, ohne Absicht ansah. Käsig, zitternd, hob er den Blick und sah auf die Hauswand. Dann drehte er, mit einer Hand sich immer noch gegen die Wand stützend, den Kopf und schaute auf die Stelle, wo sie in das Auto gestiegen war.

»Hallo«, hatte sie, als er so plötzlich vor ihr stand, leise gesagt, »so ein Zufall.«

Dabei schaute sie auf die Fahne. War ihr das Zusammentreffen peinlich? Die gehöre, sagte er, Glöckner. Er habe sie nur gerade abgeholt, aus dem Beauté, wo er sie, er überlegte kurz und sagte, kürzlich vergessen habe.

»Im Beauté?«

Sie schien sich darüber zu freuen. Dann habe er sich also gut eingelebt? Sie warte hier auf Ralf. Wie um zu sehen, ob er schon komme, drehten sie fast gleichzeitig den Kopf. Es blieb aber still.

Warum, fragte er, sie, als sie das schwarze Ei verließ, sich nicht von ihm verabschiedet habe. Es sei bloß eine Mutterschutzvertretung gewesen, und sie habe, ihre Stimme gewann an Geschwindigkeit, irgendwie auch ein schlechtes Gewissen gehabt, obwohl das ja, zumindest ihm gegenüber, Unsinn sei. Wäre es zum Beispiel umgekehrt gewesen und jemand dabei entlassen worden, dann, ja klar. Aber so – ob ihm die Stelle denn nicht gefalle, es sei jedenfalls interessant, und er habe sich doch auch um sie beworben. Das sei, nickte er und dachte an die Einstellung, doch alles sehr ungewöhnlich gewesen. Ralf, ihr Verlobter, sie drehten wieder die Köpfe in eine Richtung, aus der er kommen könnte, habe seine Habilitation abgeschlossen, das wollten sie jetzt feiern.

»Habilitation?«

»Psychologie«, sagte sie und fügte, ein wenig leiser, hinzu: »Organisations- und Arbeitspsychologie.«

Und dann – hatte sie getrunken? – sagte sie:

»Ich liebe ihn.«

Der Wagen schien neu zu sein. Zumindest, aber das lag vielleicht an der Straßenbeleuchtung, glänzte er und gab, während er hielt, einen ruhigen, tiefen Ton von sich, der, so man die Augen schloß, an eine starke Kraft denken ließ. Er schloß sie auch, aber erst nachdem der Wagen wieder angefahren war. Bestimmt werde, höchstens die Stützle, vor der müsse er sich in acht nehmen, alles gutgehen, hatte sie noch gesagt, während, alles eine einzige Bewegung, sie flüchtig seinen Arm berührte, sich durch die geöffnete Tür schob und, dabei sie schließend, dem Verlobten sich zubog. Der sah, das war von allem das Merkwürdigste, dicklich, Brille, Stirnglatze, ganz gewöhnlich aus. Hatte er auch einen frechen Blick? ›Die Falle der Stereotypenbildung, zu den Ursachen von Fehlentscheidungen in beruflichen Auswahlverfahren, untersucht anhand empirischer Einzelfälle‹ – hieß so seine Habilitation?

Er öffnete seine Augen: Wie das jetzt aussah! Roch es bereits? Nach den Cocktails, nur viel schlimmer, und, die Schuhe, sogar, ganz unten, die Hose bespritzt, mußte er mit irgend etwas – der Fahne? – abwischen.

»Kann ich helfen?«

Nein, nein, es sei, hinter ihm war jemand stehengeblieben, nichts, er habe nur etwas Unverträgliches zu sich genommen. Nein danke, es gehe schon, sagte, während er die

Hand von der Wand nahm und sich umdrehte, er, der Mann schon weiter, suchte in der rechten Seitentasche steckte, auch nötig, aber, nein, nicht jetzt: ›Von Meister Eckehart bis Lao Tse‹. Kein Taschenbuch, ein Taschentuch, er brauchte ein Taschentuch, in der linken aber steckte etwas Hartes. Metall? Kugelig? Was war, er hatte doch dann, als er, das in der Hand, sich drüberbeugte und, die Hand vorschiebend, sie ans Licht hielt, fiel's ihm wieder ein: Simseks Freundin!

Um Leben und Tod: das murmelgroße Ding, an dem die Schlüssel hingen, hatte etwas zu bedeuten, jetzt, sein Blick ging hoch und wurde klar, war keine Zeit mehr zu verlieren!

* * *

30 Euro Belohnung!

Sie haben ein schreckliches Geheimnis?

Sie haben Schlimmes erlebt?

Das Schicksal war hart zu Ihrer Familie?

Sie haben großen Kummer und können jetzt darüber sprechen. Betroffene von Journalist gesucht für Reportage »Menschen und ihre Schicksale«. 30 Euro Belohnung für Ihre Teilnahme!

Unten, am Ende des Zettels, hatte man sich ein Stückchen abreißen können, auf dem die Telefonnummer stand. Es war, er drehte sich, aber alles schon abgerissen. Wann würde der Bus endlich kommen? Vielleicht, falls sie das Mädchen bereits umgebracht hatten, war es ohnehin schon zu spät.

Simsek, ein Mörder? Es war kalt geworden. Er machte

ein paar Schritte. Nach dem, wie sich Carassa über ihn geäußert hatte, mußte man die Ankündigung von Simseks Freundin ernst nehmen. Statt dessen hatte er, die Fahrt mit Schill und Ändi, der Gebißladen der Opposition, das Beauté, sich mit Dingen herumgetrieben, die – er schaute auf die Fahne, wie lange sollte er das Ding eigentlich noch mit sich herumschleppen? Hier an der Bushaltestelle, dachte er und sah sich um, könnte er sie stehenlassen. Doch dann, wo er sie schon so lange herumtrug, erschien ihm der Gedanke übertrieben, zumal – er betrachtete sie: Was, wenn er dort, das konnte ja geschehen, Simsek und seinen Leuten, den Bauarbeitern, begegnen würde? Dann, die Hand umschloß sie fest, ließe sich, das Holz war hart, die Stange als Waffe nutzen.

Umbringen! Das hatte Simseks Freundin gesagt. Warum? Oder handelte, ganz anderer Fall, es sich um eine Finte? Wollte man ihn hinlocken? Ihn niederschlagen, um, die Leiche der Russin liegt schon bereit, ihm, dem Ohnmächtigen, die halbwarme Schußwaffe, das blutige Messer, die rostige Eisenstange, den benutzten Strick, allein in bezug auf die Tatwaffe gab es unzählige Möglichkeiten, in die erschlaffte Faust zu legen? Er drehte, der Bus war nicht zu sehen, den Kopf.

Sich stellen: Ich bin, nehmen Sie mich fest, ein Einstellungsbetrüger, aber mit dem Mord hab ich nichts zu tun. Wie kommen Sie dann zu dieser Schußwaffe? Warum wohnen Sie – die Bauarbeiter! Carassa! – mit Verbrechern zusammen? Einfach so, ohne Überlegung, zupfte, die Linke hielt die Stange, die Rechte am Tuch. Wo war er, die Stelle, das Wohnproblem, alles hing mit allem zusammen, nur hineingeraten? Hatte er zu wenig aufgepaßt, und was, jetzt auf einmal, war das schon wieder? Klein, weich, mit der Zunge tastete er es ab. Erbrochenes? Er spuckte es aus, machte wieder ein paar Schritte und dachte an Simseks Freundin. Ausgeliehene Windspiele, ängstlich-nervöse Augen, erdbeerrotes Fett auf weißen Filterstücken – war sie, an der nichts echt war, nichts, ein guter Mensch? Drüben, auf der andern Straßenseite wankte ein Betrunkener.

War er nicht selbst auch betrunken? Was ging, dachte er, und irgend etwas schabte am Gehsteig, dieses Mädchen ihn überhaupt an? Gab es nicht schon genug Ärger? Er nahm den Fuß, indem er sich mit der Linken an der Fahnenstange stützte, in die Rechte und beugte, ein wenig wacklig, sich über die Unterseite des Schuhs. Glitzernd, scharf, stak, eingebohrt in die Rillen der Sohle, ein Glassplitter.

Knoten, ohne Raum geknüpft: Frisch eingebrannt, als Ton, als Bild, schossen ihm der Knall einer platzenden Scheibe, ihr klirrendes Rieseln, das Würgen, der platschende Strahl, Erbrochenes, durch den Kopf, bevor, wie um die Zeit von neuem entstehen zu lassen, das Geräusch eines bremsenden Busses ihn aufsehen ließ.

* * *

»Sie haben gewonnen!«

Er fuhr, damit hatte er nicht gerechnet, zusammen. Eine große, schmale Frau, größer als er, stand plötzlich vor ihm. Wer war das? Was wollte sie? Das, langsam begriff er, war doch –

»Ich?«

Sie nickte. War sie enttäuscht über seine Reaktion? Ob er sich nicht mehr erinnere? Er habe doch mitgemacht. Ob er sich denn gar nicht mehr erinnere, daß er mitgemacht habe? Das Oster-Gewinnspiel, soeben seien die Gewinner ermittelt worden. Ja, sagte er, natürlich, er habe nur nicht gedacht, daß, sein Arm machte eine ausholende Bewegung, verlor sich dann jedoch im Nichts.

»Aber doch!«

Sie roch nach Pfefferminz. Es sei sogar, der Hauptgewinn gehe an Herrn Schill, der zweite Preis, und da, ihre Köpfe drehten sich –

»Ich hab's schon gehört.«

Mack stand in der Tür.

»Herzlichen Glückwunsch!«

Ihm, sagte Mack zu ihr, gönne er's am meisten. Wegen der Arbeitsbelastung. Schon am ersten Arbeitstag habe er eine Rede für den Generalsekretär geschrieben, die, ob sie's noch nicht gehört habe, Glöckner dann zwar kritisierte, aber nur weil er, das soll er später in Anwesenheit von Toledo zugegeben haben, sie nicht verstand.

Glöckner, winkte sie ab, der, das sei doch bekannt, habe vom Reden noch nie viel gehalten. Als ob, wer Menschen bewegen wolle, sie nicht erst einmal ansprechen müsse. Toledo, nickte Mack, denke ganz anders, weshalb er, neben ihr sah Mack noch kleiner aus, als er ohnehin schon war, ihn mit einer Kampagne zur geistigen Erneuerung beauftragt habe. Er sei deshalb sogar schon in den Studios gewesen. Sie sahen ihn an. Er schwieg.

»Na dann!«

Sie legte ein Päckchen in den Parteifarben auf den Schreibtisch und sagte, sie habe, viele Gewinner seien noch zu benachrichtigen, einen anstrengenden Tag vor sich. Dann hielt sie die Hand hin und sagte:

»Auch eins?«

Es lag, halb aufgerissen, eine Rolle Pfefferminzbonbons drin. Er schüttelte den Kopf, doch Mack griff zu.

* * *

»Und? Freuen Sie sich denn gar nicht?«

Wie, er stand inzwischen vor dem Fenster, man sich denn da freuen solle? Wenn, was als solches schon fragwürdig sei, solche Gewinnspiele veranstaltet würden, warum dann auch noch so? Auf den Teilnahmescheinen habe gestanden, Mitarbeiter der Bundesgeschäftsstelle – Mack winkte ab. Die habe sich doch die Uschi ausgedacht, außerdem liege der Wert der Gewinnspiele darin, politisches Interesse zu wekken. Jeder Teilnehmer erhalte ein persönliches Wertpaket, in dem das Parteiprogramm enthalten sei, ein individuelles Anschreiben des Generalsekretärs sowie ein Gutschein für einen Dankesartikel freier Wahl aus dem Präsentangebot des Parteishops im Wert von acht Euro.

Jeder hier, schaute Mack ihm offen ins Gesicht, wisse, daß, obwohl gerade Professoren immer wieder gerne an den Gewinnspielen teilnehmen, die Zielgruppe intelligente Elite damit nicht erreicht werden könne. Doch seien, das müsse er auch einmal sehen, die meisten Menschen anders und die Nachfrage insgesamt riesig. Schon mehrere Diskussionsforen seien aus diesen Kontakten inzwischen hervorgegangen, bei denen politische Themen erörtert würden von Menschen, die die Partei sonst nie erreiche, denn Menschen, so manchmal Toledo, politisch zu mobilisieren, falle inzwischen schwerer, als eine Kuhherde zum Tanzen zu bringen. Dabei hob, als ringe er selbst noch um die Wahrheit dieser Behauptung, Mack für einen Moment die Schultern. Dann, nach kurzer Pause, ließ er sie fallen:

»Es ist ein Kampf, alles andere ist gelogen.«

Er sah, in manchem hatte Mack vielleicht recht, auf den Schreibtisch. Halb lugte der ›Phaidros‹ drunter vor: ausgerechnet auf das gelbe Reclamheftchen hatte die Hochspringerin das Surprise-Pack in den Parteifarben gelegt. Sollte er zu Mack jetzt etwas Versöhnliches sagen? Statt dessen, er habe inzwischen ganz andere Sorgen, drehte er sich mit einem Ruck und sah wieder zum Fenster hinaus.

»Welche denn?«

Drüben in der Botschaft lehnte eine Schwarze, auf dem Kopf einen bunten Turban, zum Fenster hinaus. Er brauche, sagte er schließlich, eine andere Wohnung.

Aber, stellte Mack sich direkt neben ihn, er könne, zu diesem Wort stehe er immer noch, bei ihm, Mack, übernachten. Groß sei die Wohnung nicht, doch bei gutem Willen könne man schon zusammenrücken. Hier, bei der Arbeit, verstünden sie sich schließlich auch gut, und wenn, das habe er natürlich begriffen, sie darüber, ob man, was ja, vielleicht müsse er das noch mal klarstellen, eigentlich nur seiner eigenen, persönlichen Wahrheitsfindung diene, das Auf und Ab des eigenen Lebens schriftlich aufzeichnen solle, nämlich über, er wisse schon, sein Existenzdiagramm durchaus unterschiedlich denken, so müsse das nicht heißen, daß der eine die Auffassung des anderen nicht aushalten könne. Für ihn jedenfalls, das dürfe er offenen Herzens sagen, gelte das, und wenn, jetzt schaute er ihn an, auch er, wovon er ausgehe, denn so gut kenne er ihn ja inzwischen – alles, unterbrach er Mack, habe sich seit gestern geändert. Seit, Mack überlegte, gestern? Was er damit meine?

Er sei, dabei schaute er Mack in die Augen, nicht mehr allein. Sie oszillierten. Doch dann, plötzlich, blieben sie stehen, und Mack fragte:

»Mit wem denn?«

Er drehte – Mack einzuweihen, hatte das überhaupt Sinn? – sich wieder zum Fenster. Die Schwarze mit dem Turban war verschwunden. Dann, ohne den Kopf zu wenden, sagte er in die Scheibe hinein:

»Eine Tschetschenin.«

»Tschetschenin?«

Er nickte und drehte sich, um – zuckte es? – Mack wieder ins Gesicht zu schauen. Sie sei bedroht.

»Bedroht?«

Sein Kopf drehte sich zur Scheibe. Sie war wieder da, die Schwarze mit dem Turban, oder das, er hatte nicht aufgepaßt, aufs Gesicht, auf die Farbe des Turbans, war inzwischen eine andre. Ist, dachte er und versuchte, sich zu erinnern, es nicht sogar ein andres Fenster gewesen?

»Da ist sie ja!«

Erst jetzt, er drehte sich, hatte Mack, in der Ecke hinter der Türe, die Fahne entdeckt. Er griff danach, wickelte das Tuch aus und schwenkte, wohl um zu sehen, ob sie nicht beschädigt war, die Fahne hin und her. Das sei ja wunderbar. Glöckner, seine Augen glänzten, werde sich nun entschuldigen müssen. Die, das soll er in Anwesenheit mehrerer Kollegen gesagt haben, krieg ich bestimmt nie wieder. Gleich, mit ein paar Griffen rollte er das Tuch wieder auf, wolle er sie ihm bringen. An der Tür blieb Mack stehen. Wollte er noch etwas sagen? Die Sache mit der Tschetschenin – hatte ihn das schockiert? Würde er's in sein Existenzdiagramm eintragen?

Auch das mit den Anrufen habe sich übrigens geklärt. Anrufen? Ja, lachte Mack, seine! Meine? Na, er habe sich doch darüber beschwert, daß sie auf dem Mobiltelefon der Stützle eingegangen seien, was, so habe sich inzwischen ergeben, auf, und er habe das ja gleich vermutet, ein technisches Versehen zurückzuführen sei. Dabei, als denke er noch über etwas nach, schaute er auf die zwischen seinen Fingern rollende Fahne.

* * *

Eine andre, das war, ihre Haltung, das Gesicht, die Farbe ihres Turbans, eine andre. Sicher, ganz sicher, es lag an der Schwierigkeit, sich an Einzelheiten zu erinnern, war er freilich nicht. An Einzelheiten, die eine Schwarze mit Turban von einer andern Schwarzen mit Turban unterscheiden, fehlt es, allein an Gesichtsproportionen gibt es der Art nach unendlich viele, in Wirklichkeit nie. Erst die Wahrnehmung beschränkt, es ermöglichend, das Erkennen, seines, ihres, dachte er und sah, wie ihr Kopf sich drehte. Ohne Teile kein Ganzes: Brich ihn, den Bund, den Apfel vom Baum, den Splitter vom Balken, und Stücke, Brocken, Fetzen kamen, als er die Augen schloß, hoch:

»Hier? Mann! Da hat er euch doch gleich!«

Carassa, von den Ringen gesprungen, stand, noch leicht zitternd, mit ausgestreckten Armen auf der Holzkiste. War dieser Simsek wirklich so gefährlich? Dort, von wo er sie, das Mädchen, geholt hatte, war alles ganz leicht gegangen. Sie hatte ihm sogar aufgemacht, einfach so. Wußte sie nicht, in welcher Gefahr sie schwebte? Carassa stieg von der Holzkiste, griff nach einem alten Handtuch und öffnete das

Drahtstück, das die Haare zusammengehalten hatte. Dann, sich über die Stirn wischend, saß, Kopfhörer, Elektroden, er auch schon wieder vor dem Bildschirm. Begriff er nicht? Sie brauchten unbedingt – Sahne, war das, was da, lachend, singend, attraktiv, eine Bergsteigerin, vor einem Felsen hängend, aus einer winzigen Spraydose, die sie aus der Brusttasche zog, auf ein Knäckebrot sprühte, wirklich Sahne? Oder war, es wurde plötzlich rot, das Schinken?

»Für eine Nacht wenigstens.«

Sie reichte es weiter. Denn, was man erst jetzt sah, neben ihr hing, die Kamera schwenkte, ein Kind, noch ein Kind und, die ganze Familie also, der Mann, alle vor dem Fels und, lachend, singend, kauten. Carassa schaute auf den Bildschirm. Wollte er, Angst, was denn sonst, vor Simsek, ihnen nicht helfen? So kommen Sie nie in Verlegenheit: Spraysnacks von Kühne.

Jetzt, ganz plötzlich, riß er den Speichelmesser aus dem Mund, drehte den Kopf und fragte:

»Habt ihr Hunger?«

Sie sahen sie an. Ihre schwarzen, vollen, gelockten Haare – was für ein Gegensatz zu Carassas bleichen, dünnen Zotteln.

»Are you hungry?«

Sie lächelte. Gesagt, in der Wohnung, im Bus, hatte sie bisher nichts. War sie schüchtern? Im Gegenteil, sie wirkte, als sei alles selbstverständlich, als müsse man nicht sprechen, als werde ohnehin viel zuviel – Carassa hielt sie ihm hin: den Kopfhörer, die beiden Elektroden, den Speichelmesser, naß, legte er, bevor er aus dem Zimmer lief, neben den Bildschirm.

Fleischstücke? Würde er wieder Fleischstücke von den

Bauarbeitern bringen? Es waren nur zwei, die, draußen im Gang, am Gaskocher gesessen und das Fleisch, an Stöcken aufgespießt, ins fauchende Blau gehalten hatten. Ohne sich nach ihnen auch nur umzudrehen! Warum waren sie nicht aufgestanden und, wie damals, geflüchtet? Wußten sie, daß er kommt? Legt, hatte Simsek vermutlich angeordnet, sie um! Aus dem Orient mitgebracht: Mit blitzendem Stahl schneidet, so daß, warm, rot, stoßweis' der Strahl hervorbricht, in einem Ruck ihr ihnen, während sie schlafen, die weichen, noch ahnungslos sich hebenden, senkenden Kehlen durch. Alles, er schaute zu dem Fruchtjoghurt auf dem Bildschirm, konnte aber auch ganz anders sein. Denn die Gefahr, diese, jede, trat, wie aus einem dunklen Schacht Bilder, dieses, jedes, steigen, von innen nach außen wie auch, da Innen und Außen ein Ganzes, umgekehrt: Tot, weg, mein Leben, ich, durch die kleine Bewegung einer Bauarbeiterhand.

Weg, seine Augen sahen wieder, drüben, die Schwarze mit dem Turban war weg. Er mußte eine Lösung finden. Bei Mack wohnen, das ging vielleicht für eine Nacht, aber dann?

Er drehte sich und senkte den Kopf in den Nacken. Schaute man genau hin, konnte man oben an der Decke kleine Löcher sehen. Hingen dort früher, schließlich war das mal sein Zimmer, Macks Bastelarbeiten? Er schloß die Augen und lehnte den Hinterkopf gegen das Fenster.

»For measuring«, sagte er und deutete – oder sollte er lieber spucken? – auf seine Zunge. Sie lächelte. Verstand sie? Er hatte es nur gesagt, damit sie begriff, was Carassa hier machte. Vielleicht ekelte sie sich dann weniger.

»Test.«

Seine Arme machten eine Bewegung, die auf den Bildschirm, die Apparatur, vielleicht aufs ganze Zimmer abzielte.

Sollte er ihr sagen, daß er Carassa für verrückt hielt? Das würde, so wie sie jetzt dastand, konkret und wirklich, die helle Ledertasche, schäbig, unmodisch, immer noch umgehängt, wenig nutzen. Waren da die Marionetten drin? Er senkte den Kopf, denn an der Tür – es klopfte.

* * *

»Entschuldigung. Ich wollte nur fragen – haben Sie vielleicht ein Pflaster?«

Blut! Der Finger – voller Blut.

»O Gott, was ist denn geschehen?«

Winfried! Er fuhr, um das Blut abzulecken, mit der Zunge über den Finger. Nichts, mit der anderen Hand winkte er ab, Schlimmes. Ein Sektkorken, der habe derart festgesessen, das habe er noch nie erlebt, und als er's dann mit dem Taschenmesser versucht habe, sei er abgerutscht. Der Finger, naß von der Spucke, glänzte. Tatsächlich, es handelte sich nur um einen kleinen Schnitt, aber das Blut drang nach. Nein, Pflaster, sagte er, hab ich auch keine. Neulich habe er selbst mal eins gebraucht und sei deshalb mit Herrn Mack zu Ändi gegangen, wo es einen Schrank mit Verbandszeug gebe.

»Ändi?«

»Sie kennen ihn nicht?«

Winfried zuckte, während er über den Finger leckte, mit den Achseln. Hatte Mack doch nicht gelogen, und die Existenz von Ändi wurde hier verheimlicht? Zwei auseinanderstehende Wulste bildeten die Schnittstelle. Das Bluten, schien es, hatte aufgehört. Dann aber, sie schauten beide gespannt auf die Stelle, trat es, erst sickernd, dann strömend, doch wieder heraus. Ausgerutscht! So, führte Winfried den Finger zum Mund, ungeschickt habe er sich schon lange nicht mehr angestellt, aber das sei, denke er, wohl auch nicht richtig gewesen, daß sie heute, wo der Horst grade mal fünf Tage gestorben sei, schon wieder einen Sekt aufmachen wollten.

»Horst?«

Ein Kollege, er sei schon seit Monaten im Krankenhaus gewesen. Bauspeicheldrüse, Magen, am Ende auch noch die Lunge – da sei nichts mehr zu machen gewesen.

»Sie meinen, drüben vom Videoraum?«

Sie schauten, er nickte, kurz auf die Wand. Gestern sei Beerdigung gewesen. Erst habe man ihm nicht freigeben wollen. Aber dann, vier Jahre habe der Horst immerhin hier gearbeitet, hat man mir doch freigegeben. Wenn man das so sehe, die Mutter sei gekommen, zwei Brüder und ein paar Freunde, Kinder habe Horst keine gehabt – das sei dann alles, was am Ende übrigbleibe. Er schaute auf seinen Finger. Immer noch trat Blut heraus. Die Stelle, er leckte wieder drüber, von Horst werde nicht mehr besetzt. Dafür, so heiße es, würden sie bald mit einem computerunterstützten System arbeiten. Was das bedeute, da mache er sich nichts vor, sei klar. Sein Kopf drehte sich zum Fenster.

»Noch zwei, drei Jahre, und Medienbeobachter werden keine mehr gebraucht.«

Gemeinsam, ihre Blicke senkten sich, schauten sie auf den Finger. Wie dunkel der Bluttropfen auf der blassen, stark verhornten Haut wirkte. Ein Beruf, so habe es geheißen, mit Zukunft. Mach's doch, habe seine Frau gesagt, dann mußt du nicht mehr so oft raus. Dabei, das sage er jetzt schon voraus, werde dieses S-BKA nie funktionieren.

»Essbekaah?«

»System zur begriffskonzentrierten Auswertung.«

Es sei fürs Bundeskriminalamt entwickelt worden, zur Überwachung des Telefonverkehrs, Drogen, Waffen, Geldwäsche, die ganze organisierte Kriminalität. Falle, um nur irgendein Beispiel zu nehmen, in einer Sendung, Fernsehen, Radio, ganz egal, das Wort »Skandal«, werde die zugrunde liegende Information direkt ans Vorstandssekretariat gemeldet. Doch was, er leckte über den Finger, wenn die Opposition das mitbekomme? Die müsse dann immer nur »Skandal« sagen. Skandal da, Skandal dort, Skandal, Skandal, immer wieder – und die Folge? Er sah ihn an.

»Na, totale Überlastung! Das Vorstandssekretariat – lahmgelegt!«

Beim Sprechen fiel's nicht so auf. Aber wenn er grinste, sah man's: Die Zähne gelb, ein paar Backenzähne fehlten. War Winfried Alkoholiker? Irgend etwas, er schaute kurz zum Fenster, machte ihn an diesem Menschen wütend.

»Und warum den Sekt?«

Winfried sah ihn an. Dann, wie aus Resignation, senkte sich der Kopf, und er schaute auf seinen Finger. Dabei, die Blutung hatte aufgehört, habe er gedacht, das ganze Haus wisse heute Bescheid. Oft habe er's den anderen, Jürgen und Bodo, schon gesagt, die andern haben ihren eigenen Kram, die haben doch keine Ahnung, was wir hier überhaupt tun. Na, nickte er, jedenfalls sei's letztlich Glück gewesen. Denn wenn er gestern nicht auf die Beerdigung vom Horst gegangen wäre, hätte Jürgen die Nachtschicht übernommen, und ob der's gemerkt hätte?

»Gemerkt, was?«

Na, in ›Walters Mitternacht‹, einer Talkshow, die kaum

geguckt werde, sei, ich wär selber fast eingeschlafen, es passiert. Einfach so, das komme manchmal ohne jede Vorbereitung.

»Passiert? Was denn?«

Ob er's, inzwischen sei doch das ganze Haus damit beschäftigt, wirklich nicht wisse? Winfried schaute auf den Schreibtisch. Das Surprise-Pack in den Parteifarben und das gelbe Reclam-Heftchen, sonst lag nichts drauf. Dann, als sei er immer noch nicht sicher, zuckte er mit den Schultern und sagte, indem er ihn wie aus Vorsicht beobachtete:

»Der Ministerpräsident von Rheinland-Pfalz hat gesagt–«

»Gesagt? Was denn? Was?«

Der, sein Mund wurde wieder breit, habe jedenfalls gesagt, daß die Heidi, also die Bundesgesundheitsministerin sei – wegen ihrer Art, ich weiß nicht mehr genau wie, aber jedenfalls, und das wörtlich, so 'ne Art weiblicher Göring.

»Göring?«

Er habe zu Hause beim Abteilungsleiter angerufen, und der, das geschehe nur in ganz dringenden Fällen, habe noch in der Nacht den Generalsekretär informiert.

* * *

»Sie?«

»Stör ich?«

»Das kann man wohl sagen. Albert ist mit dem Generalsekretär zum Kanzleramt gefahren. Jeden Moment kann hier das Telefon klingeln.«

»Verstehe. Dann komm ich lieber ein andermal.«

»Allerdings. Was wollten Sie denn überhaupt?«

Zögernd wandte er sich um.

»Das mit der Gesundheitsministerin – ich hab davon gehört und dachte bloß, na, weil Sie oft über die besten Informationen verfügen.«

»Das kann man wohl sagen. Gerade hab ich die Wechselquote für Mainz ausgerechnet. Mit den Zahlen von 9 Uhr 15! Die sind unglaublich.«

Er überlegte. Dann hob er unschlüssig die Hand und sagte:

»Heißt das – muß sie nicht zurücktreten?«

»Zurücktreten?«

Er lachte. In vier Tagen seien Wahlen in Rheinland-Pfalz. Entscheidend sei nun, was in den nächsten 24 Stunden passiere.

»Was könnte denn passieren?«

Was passieren könne? Alles! Die Arbeitslosenzahlen, ein Flugzeugabsturz, Weltpolitik, weiß der Himmel. Vor fünf Monaten hätten sie eine ähnliche Situation gehabt, und dann sei dieser Fußballer gestorben. Ein Fußballer! Auf dem Weg zum Stadion, Autounfall, ausgerechnet, und schon sei der TIF um zweikommavier abgerutscht. In einer halben Stunde! Falls so etwas wieder passiere, könne man den Göring vergessen. Es genüge, das habe er vorhin noch zu Albert gesagt, daß irgendein Abgeordneter jetzt den Ministerpräsidenten wegen seiner Äußerung einen Goebbels nenne. Die kleinste Kleinigkeit, er schaute aufs Telefon, reiche aus, es klingelte nicht, und schon sei der Vorsprung wieder hin.

»Dann ist also noch alles offen?«

Er hob die Schultern und griff nach einem Papierausdruck.

»Es ist immer alles offen. Sonst bräuchten wir ja keine Stochastik!«

Was stand auf dem Papierausdruck? Überprüfte der Statistiker eine Berechnung? Wußte er wirklich nichts Genaueres? Er drehte sich noch einmal um:

»Aber, ich meine – dieser TIF, was ist das denn überhaupt?«

Der TIF? Daß er aufschaute, bewies, daß er die Frage gehört hatte. Doch der Blick, abwesend, wo, tat, als gebe es schon jetzt, da die Frage noch gar nicht beantwortet war, Wichtigeres. Time-Interest-Faktor, murmelte er schließlich, den Kopf wieder überm Papier.

Hielt er ihn für dumm, weil er das mit dem TIF nicht wußte? In Wirklichkeit war's, er spürte seinen Nacken, der Statistiker, der dumm war. Es juckte, er griff mit der Linken, die Rechte nach dem Türgriff, hin: ein Ausschlag? Wieder?

»Hören Sie!«

Die Stimme des Statistikers war nicht laut, aber dadurch, daß, er nahm die Hand vom Nacken, die Augen sich kaum bewegten, bekam sie etwas Hartes. Er dürfe nicht glauben, daß sie hier für den Eintritt einzelner zukünftiger Ereignisse zuständig seien. Die Zahl der Bezugsfaktoren, Binsenwahrheit schon für Studiumsanfänger, wachse bei zunehmender Konkretisierung im Potentialverhältnis. Folge? Bei örtlich oder zeitlich nicht genau determinierten Einzelereignissen steige die Zahl der Möglichkeiten ins Unendliche. Niemand, es klingelte, könne die Zukunft voraussehen, und da, es klingelte, er genau wisse, drehte er, wie über sie geredet werde, den Körper – Hellseher nämlich, stimmt's? – und nahm, es klingelte, das Telefon ab. Die Augen des Statistikers sahen, während, als fehle es an Einheit, das Ohr hörte, zu ihm herüber. Sollte, das war wohl jetzt das Beste, er, vielleicht ein privates Telefonat, das Zimmer verlassen?

»Rücktritt?«

Er blieb stehen und schaute auf den Statistiker.

»Der Generalsekretär?«

War er steif? Ja, erst jetzt, da der Statistiker den Blick von ihm weggenommen hatte, bemerkte er, indem er die Hand unmerklich zu drehen versuchte, wie seine Glieder, vielleicht durch den Anruf, vielleicht schon vorher, sich ganz versteift hatten.

»Ich setz mich sofort dran.«

Der Statistiker, auch er, man sah's an dieser heftigen Art, steif, legte auf.

»Kanzleramt!«

Der ganze Körper, nach rechts, zum Tisch, stoßend, schien die zukünftige Anstrengung vorwegzunehmen. Dort begann – was suchend? – er in Papieren zu wühlen.

Er überlegte: Hier zu bleiben hatte keinen Sinn, aber durfte, warum nicht, er den Statistiker noch fragen? Immerhin, er drehte sich, und irgendwas muß doch den Ausschlag geben, war es ein dienstlicher Anruf gewesen.

»Ist jetzt – ich mein, ist der Generalsekretär zurückgetreten?«

Da – nahm er die Frage übel? – hörte, als sei, wie ein roter Faden zerschnitten, der Zusammenhang auseinandergerissen worden, der Statistiker, indem er hochsah, mit dem Wühlen auf. Dann, nach einem kurzen Moment, begann er wieder zu wühlen und sagte:

»Unsinn!«

Die Frage, verdammt, wo ist nur die Tabelle, sei aufgetaucht, was wahrscheinlich geschehen würde, wenn unser Generalsekretär jetzt, eben war sie noch da, den sofortigen Rücktritt des Ministerpräsidenten von Rheinland-Pfalz fordern würde. Dann, obwohl er die Tabelle noch nicht gefunden hatte, kam der Kopf wieder hoch.

* * *

»Da kommt er ja!«

Schill lachte. Er hielt ein Foto in der Hand. Hatte er es von der Stützle, die, ihre Unterlage, violett, vor der Brust, neben ihm stand? Manche, das liege an der Zeit, lachte Schill wieder, veränderten sich eben.

»Aber so?«

Die Stützle hielt ein zweites Foto, das, ziemlich klein, wohl ein Paßfoto war, daneben.

»Na ja –«

Schills länglicher Kopf kippte leicht hin und her. Die untere Lippe, wodurch das Kinn sich verlängerte, preßte, ohne an Röte sehr zu verlieren, die obere. Dann, ganz plötzlich, zersprang auch diese Spannung, der Mund öffnete sich und die Zähne, groß, ebenmäßig, strahlten weiß:

»Wir warn früher alle mal schöner.«

Sie zog's ihm, Schill, aus der Hand.

»Sehn Sie mal!«

Auf dem größeren Foto, schon im ersten Moment, als er die beiden sah, hatte er's vermutet, war, was sonst, er selbst. Auf dem kleinen Paßfoto dagegen konnte er doch jetzt nicht, und schaute in das fremde, keineswegs schönere Gesicht, sagen, daß er das, was sie erwartete wohl, nicht war, von ihm –

»Allein schon die Haare!«

Daß er das, glaubte sie wohl, jetzt sagen würde, daß er, seine Lippen, anders als die von Schill, preßten nun, da sie, vielleicht auch er, Schill, erwarteten, daß – stach es im Nakken? – er, hilflos, Fotos, Sätze, ohne Einheit, als sei er kratzte, zerrissen in Teile, die, einander fremd, sich zu berühren suchen, um endlich, jetzt, und für immer – zugeben? Alles?

»Was ist denn hier los?«

Als seien sie es, die zusammengehören: Die Köpfe, alle drei, drehten sich.

»Schaun Sie mal!«

Mack, das kleine stamme aus der Bewerbungsmappe, nahm die Fotos und hielt, wohl um das Neonlicht besser auszunutzen, sie mit ausgestreckten Armen nach unten. Dann, als könne Bewegung helfen, zog er sie langsam zu sich heran. Nach einem längeren Moment des Überlegens schaute Mack auf – erst die Stützle, dann ihn, und sagte:

»Soll ich mal ganz ehrlich sein?«

* * *

»Am schlimmsten ist es, wenn sie untergehen. Sie sind ja nur Kapitäne von Holzbrettern, die auf dem Meer schwimmen. Die Bretter sind die Illusionen, das Meer die Wirklichkeit. Ist das Meer ruhig, stehen sie stolz und winkend auf den Brettern oder recken die Fäuste, als seien sie die Herren der Meere. Bewegt sich aber das Meer, so fallen sie rasch herunter.

Natürlich, sie krallen sich dann noch an den Brettern fest, hoffend auf den menschlichen Auftrieb und die Beruhigung der Meere. Aber die Wirklichkeit verschluckt selbst den Dicksten, und die Ruhe nach dem Sturm gleicht der Ruhe vor dem Sturm so sehr, daß beide nicht wirklich voneinander zu unterscheiden sind.«

Der fremde Blick verharrte noch kurz. Dann kam er hoch

und schlug ihm entgegen. Als blende da Licht, senkten, ohne daß er's wollte, sich kurz seine Lider, bevor er mußte schließlich etwas sagen – fragte:

»Und wie wird es heißen?«

Den Blick unverändert, schob der Redner die Blätter zusammen: ›Politiker – Segen oder Fluch?‹ Das solle, nicht daß er das in den falschen Hals bekomme, kein wissenschaftliches Buch werden. Sonst könne man, dafür kenne er diese Gesellschaft zu gut, bei diesem Thema niemanden mehr erreichen. Das sei bloß der Schluß des Nachworts gewesen. Der Haupttext enthalte die Fakten.

»Sie haben bei diesem Thema vermutlich viel Erfahrung.«

Der Redner, ohne zu antworten, senkte den Blick und drückte, damit die Blätter, flach, auch in die Höhe hin, kerzengerade, einen eindrucksvollen Stapel bildeten, mit den Fingerspitzen.

»Fünfmal hintereinander die Weihnachtsansprache ...«

Was, sagte nach kurzer Pause der Redner, die Weihnachtsansprache angehe, so sei er froh, wenn er diese – war das ein Lächeln? – Belastung endlich loswerde. Schwer zu deuten, solche spröden Bewegungen des Mundes. Interessant, wirklich interessant sei ja nur, was, sein Blick fiel nach unten, aus seinen Redemanuskripten gestrichen werde, nur daß gerade das, ein Lächeln, doch, der Zuhörer natürlich nie erfahre.

Der Blick kam wieder hoch. Sie sind, jedenfalls habe er das gehört, doch Historiker – aus Cambridge oder? Sollte er überlegte jetzt Princeton sagen? Statt dessen, aber nur ganz wenig, nickte er. Sein rechtes Bein fühlte sich taub an. Lag's am Stuhl? Außerdem roch es merkwürdig. Er selbst, fuhr der

Redner fort, schätze England. Dort, anders hier, gelte Erfahrung noch etwas.

»Wollen Sie auch die Einleitung hören?«

Er rutschte, auch wenn es nicht viel war, ein wenig nach hinten: Vermutlich hatte er, nur deshalb die Taubheit des Beins, zu sehr auf der Kante gesessen.

»Wir sind Zwerge, die auf den Schultern von Riesen sitzen, so daß wir mehr als sie und weiter sehen können.«

Dieser Satz stamme von Bernhard von Chartres, er habe ihn als Motto seinem Buch vorangestellt.

»Ob als Promis bei öffentlichen Events, ob als Ratgeber oder Prügelknabe in der Bild-Zeitung, ob als interessanter oder langweiliger Gesprächspartner in Talkshows – ohne Politiker scheint heute nichts mehr zu gehen. Im Zeitalter der Massenmedien ist den Politikern eine geistig-moralische Aufgabe zugefallen, die sie früher, in der Zeit des geheimen Kabinetts und der Diplomatie nie hatten. Aber werden sie ihrer auch gerecht?«

Dann, mit langen dünnen Fingern, griff er, auf dem Schreibtisch, direkt vor ihm stand's, nach einem Glas Wasser. Wie, aus dem Hals, das Würgen erklang, genau im selben Rhythmus, sprang, kastaniengroß, auf und ab, kaum versteckt, im Hautsack der Apfel. Viel geschluckt, wenig getrunken, das verriet, nachdem das Glas, dumpfer, kurzer Schlag, auf dem Holz wieder aufsetzte, der Stand des Wassers. War es nicht schon trüb?

 Darüber solle, las der Redner weiter, dieses Buch, Aufschluß geben. Anstatt, wie bisher, nur irgendein kleiner, einzelner Teil, war jetzt alles betroffen: Beine, Arme, Leib, der ganze Körper – hatte er noch einen? – fühlte sich taub an. Sie insgesamt, in ihren Stärken und Schwächen, über viele Jahre so hautnah beobachten zu können, sei, fuhr der Redner fort, wie, er überlegte, sollte, in solchem Zustand, er jemals von diesem Stuhl wieder aufstehen können?

Eine, dieses Mal, vollständige, anders kann man's nicht nennen, Lähmung, nur der merkwürdige Geruch, und seine Augen, als gehörten sie nicht zum Körper bewegten sich noch. Denken, dachte er, alles andere ist zu Ende, und seine Augen, der Nacken steif, sprangen, bloß um's noch mal auszuprobieren, nach links: Ein Regal, Bücher, Bücher, und dazwischen, Steine, Muscheln, ein Hund sowie – dort! dort! – die Queen Mary?

Falls ja, mußte, das hatte er Mack vorhin versprochen, fragen, ob – vorhin? Es kam ihm – warum? – schon wie eine Ewigkeit vor, daß Mack ihn bat, dieses verdammte Schiff, nur wegen, er schaute hin, dieses verdammten Schiffs war er doch hier und mußte, das hatte er versprochen, den Redner fragen, ob, las der, wir uns von dieser Bevormundung befreien können, sei das Entscheidende. Nur wenn es uns gelinge, die Dinge wieder selbst in die Hand zu nehmen und, mit einem kleinen Stich hatte, den Einfluß der Politiker zurückzudrängen, es angefangen, im Nacken, draußen im Gang, kurz bevor, er sah es wieder vor sich, Mack fragte:

»Soll ich mal ganz ehrlich sein?«

Und dann, er dachte schon was ganz andres, sagte, ihn wundere das überhaupt nicht. Das sei ihm nämlich oft, wenn er ein Foto von sich gesehen habe, selbst schon passiert, daß er gedacht habe:

»Mensch! Wer? Ich? Ich soll das sein?«

Das zeige, er habe schon oft darüber nachgedacht, seiner Meinung nach nur, daß die Wahrheit mit dem bloßen Auge allein schwer zu erkennen sei. Erst vor drei Tagen, das mag, er hob das Foto kurz hoch, jetzt vielleicht nicht dasselbe sein, sei er bei Bob Stella gewesen.

»In Magic moments?«

Schill, die Show solle ganz toll sein, da wolle er auch noch rein – alle schauten jetzt auf Schill: War der ein Fan von Bob Stella? Im, nickte Mack, Tempodrom, das sei, einfach irre gewesen. Einmal, das sei ein großer Lkw mit Anhänger gewesen, der plötzlich, einfach so, als habe man ihn sich bloß eingebildet, weg war.

Es gebe, streifte sein Blick übers Foto, da manchmal Dinge, die der normale Verstand, die Stützle, nicht verstehe, zog's ihm aus der Hand. War Glöckner wirklich in sie verliebt? Schills volles blondes, nach hinten gekämmtes Haar ließ, dicht neben dem ihren, es, dünn, strähnig, ihr wie Fäden aus der Kopfhaut hängend, wertlos erscheinen. Sein Blick senkte sich kurz: die Brüste – abgeschnitten hatte Mack behauptet. Und wirklich, die Stützle, neben Schills weißen, ebenmäßigen Zähnen wirkte ihr Lächeln, der Mund trocken, auch am Hals starrte die Gefahr ist der Politiker, fragte der Redner, wirklich noch haltbar? Rückgrat! War es das Rückgrat, das, ein Virus vielleicht eingedrungen, das Mark dient zur Speise, weshalb, der Stich im Nacken – jetzt wieder:

Sein Körper, eine träge, unbeherrschte Masse, die, dem Denken zu entkommen, wie ein Gesicht vom Kopf es täte, sich ablöst. Von wem? Mir? Was bin ich denn ohne Gedanken, bestimmte, konkrete tauchten, wie in einem verschmutzten See, in dem – da! – Zeitungsfetzen, schwebten, Bilder und Begriffe, kurz vor dem Tod, Mack und Schill vorbei: Er habe, sagte Mack, von der Stützle sah man nur noch den Rücken, jetzt aber, es gehe, auch einmal eine Bitte, um die Queen Mary. Doch dann, der Redner las noch, geschah – was? – es plötzlich, daß, tobend – wer? – hin und her, ein Rasen, wild, jäh, von hinten in ihn fuhr, und, als reiche das noch nicht, ein kurzer heller Schrei – von wem? – die Luft zerriß.

* * *

»Ein Wiesel, ich hab's seit einem Jahr.«

Mit allem, er schloß für einen Moment die Augen – Beine, Arme, Leib, der ganze Körper: wieder da – hatte er gerechnet, aber doch nicht damit daß, er drehte sich, ein Käfig – hatte er ihn nicht gesehen? – schräg hinter ihm! Flink heiße es immer, aber, stand der Redner auf, wirklich wichtig seien Wiesel heutzutage wegen ihrer extremen Ansprache auf EMWs.

»Eh Emm Wehs?«

Der Redner, elektromagnetische Wellenstrahlung, schaute kurz hoch. Warum, sei wissenschaftlich noch nicht geklärt. Sie würden aber, was wenig bekannt sei, schon seit Jahren überall auf der Welt in Atomkraftwerken eingesetzt. Dieses hier, beugte er sich über den Käfig, könne, die Erfahrung mache er täglich, praktisch jedes Telefonat wahrnehmen, das im Umkreis von 20 Metern über ein Mobiltelefon geführt werde. Jetzt wickelte er ein in Silberfolie gepacktes Kügelchen aus. Dann, Futter, kein Zweifel, hielt, zwischen den Fingern, er das Kügelchen an die Stäbe. Das Tier, länglich, sprang, sich mühelos am Gitter haltend, und bog, unten weißes, samtiges Fell, dem Futter sich zu.

»Zoologe – das wollt ich ursprünglich werden.«

Der Redner, aber sein Vater, setzte sich zurück an den Schreibtisch, habe sich immer drüber lustig gemacht. Der

Vogel, die Fische, das Terrarium, überhaupt alle seine Tiere habe sein Vater abgelehnt.

»Brehms Tierleben war mein Lieblingsbuch.«

Zum ersten Mal wirkte der Redner resigniert.

›Politiker – Segen oder Fluch?‹ wandte, vielleicht nur um der, plötzlich aufgekommen, melancholischen Stimmung zu begegnen, er ein, werde bestimmt ein großer Erfolg. Der Redner winkte ab. Keiner der großen Verlage habe bisher den Mut gefunden. Alle hätten sie Angst, sich selbst das Geschäft zu verderben. Mit den Büchern von Politikern würden Millionen verdient, und wer, habe ihm einmal einer aus der Branche gesagt, will die denn noch lesen, wenn Ihr Buch herauskommt?

Er überlegte. Der Redner schien keinen Trost entgegennehmen zu wollen. Hatte, sein Blick fiel auf das Regal, es da überhaupt noch Sinn, länger hier zu sitzen?

»Herr Mack –«

»Schscht!«

Was man – meinte der Redner das? – hörte, war, irgendwo im Haus, nicht besonders nah, brummte etwas.

»Ich wußte es ja.«

Der Redner schaute auf den Käfig. Das Wiesel, nur deshalb vorhin die Reaktion, habe gespürt, daß sie gleich wieder anfangen würden.

»Wer? Womit?«

Der Redner, starr auf den Käfig sehend, antwortete nicht.

»Wird gebohrt?«

Das Gebäude, schüttelte er, der Redner, endlich den Kopf, sei erst vier Jahre alt, es müsse hier gar nicht gebohrt werden. Das Brummen komme vom Keller, wo, inzwischen wüßten das alle, eine HAG IV stehe.

»Ha Ah Geh Vier?«

Die würden, von Siemens ursprünglich für die Erdbebenforschung produziert, inzwischen auch im Inland eingesetzt. Tonsignale, die sämtliche Interferenzen aufzeichnen, eine Art Radar. Selbst das Fallen einer Stecknadel werde noch im Umkreis von 50 Metern aufgenommen.

»Radar?«

Er schaute auf den Käfig. Das Tier war nicht zu sehen.

»Ist so etwas nicht verboten?«

Der Redner, nein, nein, das sei völlig legal, schob das Manuskript in einen großen Umschlag. Es genüge, nicht einmal eine richterliche Anordnung sei nötig, praktisch der Verdacht, daß sich jemand im Gebäude aufhält, der für einen auswärtigen Geheimdienst arbeiten könnte. Der Bundesnachrichtendienst, der Personalrat habe zugestimmt, setze solche Geräte inzwischen auch im Kanzleramt ein.

»Aber, warum denn?«

Die Zunge, groß, naß, rot, glitt über die Gummierung: Kontrolle. Macht heiße Kontrolle, und Kontrolle, der Redner verschloß, indem er mit der Hand über den Falz fuhr, den Umschlag, setze die Kenntnis dessen voraus, was geschehe, in der Welt und hier, im eigenen Hause.

Er mußte an Ändi denken. Wußte der von diesen Geräten? Wurde auch er mit ihnen überwacht, oder, genausogut möglich, bediente er sie sogar? Der Redner schaute auf den Käfig. Es waren, eine Art Schaben, jetzt Geräusche zu hören. Er, um gleichfalls zu sehen, drehte sich, aber das Wiesel blieb verborgen. Wie lange, das Vorlesen des Redners hatte Zeit in Anspruch genommen, sollte das alles hier eigentlich noch gehen? Sein Kopf, das Stechen im Nacken war jetzt weg, fuhr herum und richtete sich auf das Regal.

»Herr Mack, deshalb bin ich eigentlich hergekommen, bat mich, Sie zu fragen, ob er die Queen Mary – ist sie das?«

Für einen Moment, sein Arm sank, sahen sie sich gegenseitig an. Doch der Blick des Redners, jäh und zielend, als könne er verbrennen, ließ den eigenen, nicht viel, nur ein wenig, nach unten kippen: Dort, der Adamsapfel – war der Redner wütend? – sprang nach oben, und sank langsam, ganz langsam nur, bevor, die Stimme den Raum, obgleich er leer und durchsichtig, wie ein scharfes Messer zerschnitt:

»Mack?«

* * *

»Über eine Stunde!«

Er zuckte, schließlich war das nicht seine Schuld, mit den Schultern.

»Und?«

»Er hat sie mir nicht gegeben.«

»Nicht?«

Wenn sich oben, an der Stirn, Macks Kopfhaut zusammenzog, senkten sich zugleich, nicht sehr natürlich, aber immerhin, die Ohren.

»Und warum?«

»Sie haben mir nicht gesagt, daß Sie ihm die Queen Mary geschenkt haben.«

»Geschenkt? Das stimmt doch gar nicht.«

Mack war erregt. Geliehen, sagte er, leiser werdend, er habe sie ihm, die Schultern senkten sich dabei, bloß geliehen. Weder, das wisse er noch ganz genau, Geburts- noch Namenstag habe der Redner gehabt, warum also sollte er sie ihm schenken?

»Sie waren mit ihm befreundet! Warum sagten Sie mir das nicht?«

Es sei, Mack drehte sich zum Fenster, nicht seine Schuld gewesen, daß das alles so geendet sei. Aber wahrscheinlich, er wandte nochmals kurz den Kopf, habe der Redner, das würde ihn jedenfalls nicht wundern, alles ganz anders dargestellt. Ob er, das habe er sich ja denken können, aus dem Buch vorlas? Womöglich sogar Kapitel sechs? Daß er ein solches Buch geschrieben habe, sei, so denken hier alle, ganz schlimm. Nicht nur wegen derjenigen, die – Glöckner, Toledo, der Generalsekretär, die kommen ja alle vor! – er darin schildere, nein, vor allem, weil es der Partei nur schade und er sogar angekündigt habe, er wolle es, falls man mit seinen Reden nicht anders umgehe, im nächsten Wahlkampf veröffentlichen. Wir alle, da man, wie der Justitiar meine, es nun mal nicht verbieten könne, wir alle hoffen jedenfalls, daß er keinen Verlag dafür findet. Jetzt schauten sie beide zum Fenster hinaus.

»Wie geht man denn mit den Reden des Redners um?«

Mack hob die Schultern. Dann ließ er sie wieder fallen. Alle hier müßten Abstriche hinnehmen. Schriftsteller, Künstler, ja, na klar, hob Mack die Schultern, habe der werden wollen. Aber, jetzt fielen sie wieder, dann sei er zur Partei gekommen und, so habe sich das, wie bei allen hier, eben ergeben, zum Redner geworden. Schließlich habe er selbst, Mack, aber das zähle für den Redner natürlich nicht, auch einmal Germanist werden wollen. Dann, nach einer Pause, drehte Mack den Kopf zu ihm und sagte:

»Und Sie –«

»Ja?«

»Ich meine nur, Princeton, Schülersprecher, die Verwandtschaft mit dem Bundespräsidenten – da hätten Sie doch auch noch eine ganz andere Stelle als diese hier bekommen können, oder?«

Macks Blick, der bei dem letzten Satz noch, wie um es auszumessen, durch das Zimmer gestreift war, richtete sich auf ihn. Er hielt jedoch, so durchdringend wie der Redner konnte Mack nicht schauen, den eigenen Kopf geradeaus. Mack war er keine Rechenschaft schuldig, so wie der neben ihm stand: schnaufend, das war deutlich zu hören, schwitzend, riechend und, als sei das nicht genug, jetzt noch sagend:

»Es ist ein Kampf. Alles andere ist gelogen.«

So, jeder für sich, schauten sie still hinüber, zur Botschaft von Ghana, bis Mack mit einem Ruck, der spontan, fast wie ein Sprung wirkte, sich drehte, um 180 Grad, und auf den Schreibtisch deutete.

»Immerhin haben Sie eine Reise gewonnen. Wann werden Sie die antreten?«

»Ich?«

Macks Finger, kurz, breit, mit kleinen weißen Flecken unter dem Nagel, richtete sich auf das Surprise-Pack in den Parteifarben: Der zweite Preis beim Ostergewinnspiel, ob er das denn schon vergessen habe?

»Eine Reise?«

»Für zwei Personen! Wen nehmen Sie mit?«

Eine Reise! Wohin?

»Kann's mir schon denken.«

»Was?«

»Ich hab auch immer eine Freundin haben wollen. Leider war's mir nicht vergönnt.«

»Sie ist nicht meine Freundin.«

Sie sei, jetzt sahen sie sich an, in Gefahr gewesen, nur deshalb habe er sie mitgenommen. Im Grunde wisse er gar nichts von ihr.

»Aber sie kommt doch aus Tschetschenien. Ist sie Terroristin?«

Er hob die Schultern. Selbst das, ließ er sie wieder fallen, wisse er nicht genau. Es könne auch Tschechien sein. Sie spreche weder deutsch noch englisch und sei mit dem was sie sage, meistens lächle sie bloß, schwer verständlich, weshalb, das hätte wenig Sinn gehabt, sie noch nicht viel miteinander geredet hätten. Dann, als sei das genug, um darüber nachdenken zu müssen, wandten sie beide ihre Köpfe zurück zum Fenster. Hätte er Mack besser nichts gesagt?

»Sie können beide bei mir wohnen.«

Sollte er sich bedanken? Er blieb bewegungslos. Eine Freundschaft mit Mack, war sie möglich? Mit einem, so der Redner vorhin über Mack, zwanghaften Lügner? Doch durfte man dem Redner mehr trauen als Mack? Daß er die Queen Mary nicht herausgab, war kindisch. Ein Bastelschiff!

Im Augenblick – wo sonst die Nacht verbringen? – war er auf Mack angewiesen; auf Mack, drehte er sich, diesen, direkt neben ihm, schnaufenden, schwitzenden, vielleicht auch zwanghaft lügenden Bastel-Mack.

* * *

»Aus Italien.«

Sie standen vor einem Kreuz. Waren da nicht winzige bunte Birnchen drin? Ließen die sich anknipsen?

»Und seit wann wohnen Sie hier?«

Seit, Mack überlegte und sah, wohl aus Zufall, dabei auf die Uhr, die, eine Kuckucksuhr war das nicht, aber durch das kastenförmige Gehäuse und die nach unten hängende Kette wirkte sie seit – wann hatte Mack gesagt? Er habe schon öfter umziehen wollen, aber die Miete sei billig, und die nahe U-Bahnstation – nur siebenundzwanzig Minuten, dann sei er im schwarzen Ei. Weil ich die meiste Zeit, auch den ihm zustehenden Urlaub nehme er höchstens zur Hälfte, bei der Arbeit verbringe, denke er manchmal, lohnt, während Mack sprach, sich das praktisch kaum, tastete der Blick, wie das aussah, durchs Zimmer: Möbel, die zum Teil beklebt, mit Sprüchen oder – hält er das für normal? – Poster, Fotos, Gerümpel und, wohl seit langem, ein Geruch, muffig, beißend, von Klebstoff oder so, nein wirklich, schlimm hatte er, obgleich manches erwartend, sich die Wohnung nicht vorgestellt.

»Und außerdem: Mir genügt's, ich stell keine großen Ansprüche.«

Sollte er nicken? Er wackelte statt dessen mit dem Kopf. Ein wirklicher Freund war Mack nicht, eher ein Arbeitskollege, aber immerhin, fiel, vielleicht auch nur, um sich nicht zu treffen, ihr Blick, seiner, Macks, gemeinsam auf sie:

Was dachte sie? Dort, wo sie, das war immer noch nicht klar, herkam, mochte alles anders sein. Alles? Ihr dichtes Haar, schwarz, lang, lockig, fast kraus, ließ ihren kleinen Körper noch schmächtiger aussehen. Sein Blick, so, von zwei Männern angesehen zu werden, mochte sie gewiß nicht, fiel zurück ins Zimmer:

»Na, Hauptsache man fühlt sich wohl.«

Mack kippte, das Leder des Sofas knarrte, ein wenig vor: »Ja, das tu ich.«

Dann, nachdem die Leere nun doch eingetreten war, deutete Mack nach rechts.

»Komplett! Seit 1976.«

In mehreren hohen Stapeln lagen dort – man mußte schon aufstehen, um zu erkennen welche – Zeitschriften. Er tat es. Vielleicht aus Langeweile, vielleicht auch aus Entschlußkraft zog er, mit schnellem Ruck, so daß der Stapel, kurz schwankend, sich kaum verschob, eine heraus. Dann schaute er auf Mack. Hatte der was dagegen? Wie, wenn – aber wozu? – er, einfach so, zum Spaß quasi, den Stapel umwürfe? Fiele einer, risse, seine Augen auf dem Titelblatt, er den anderen mit verschränkten Armen, doch klein und vor dem Wald riesiger, schwarzer Paragraphen geradezu komisch: ein Politiker. Sind wir, begann er zu blättern, ein Volk von Verbrechern?

Sich 'nen alten Spiegel nehmen und reingucken, ob er das, lachte Mack, daß es aus dem Mund blitzte, auch so gern tue? Jede Woche bis zu drei Stück, wobei er, damit nicht, wie's beim Zufallsprinzip wär, manche oft und andre gar nicht drankämen, nach einem ganz bestimmten System vorgehe.

»Soll ich's Ihnen erklären?«

Er sah auf.

»Was?«

»Mein System.«

Er drehte, schließlich waren sie nicht allein, den Oberkörper und sagte:

»Are you perhaps thursty?«

Sie lächelte. Weil sie nichts verstand, oder aus Schüchternheit? Mack, er habe aber nur Saft da, erhob sich. Und warum sie jetzt hier, bei Mack, wohnen mußten – hatte sie das wenigstens verstanden? Daß sie bei Carassa nicht bleiben konnten, daß es zu gefährlich war, und Simsek, er schaute zum Fenster, sie vielleicht schon verfolgte.

Die Arbeit im schwarzen Ei, das Wohnen, wie sollte, drehte er den Kopf und sah sie an, das alles weitergehen? Hatte sie einen Ausweis? Eine Aufenthaltsgenehmigung? Zu fragen, hatte, so, wie sie jetzt da saß, wohl wenig Sinn: Lächelnd, ohne Fragen, ohne sich für Möglichkeiten, Gefahren also und Hoffnungen, das Zimmer zum Beispiel, in dem sie saßen, näher zu interessieren. Was, wenn zwei fremde Männer, Mack und er, jetzt über sie herfallen würden? Was, wenn, schaute, um realistischer zu werden, er zum Fenster, Simsek plötzlich hier auftauchen würde?

Das Glas schlug auf:

»Bitte!«

Hatte sie nie Angst? War ihr alles gleich? War sie, das würde manches erklären, Buddhistin und, die Flüssigkeit erzeugte einen warmen, seidigen Ton, dann stellte Mack die Packung ab, nahm, wie's kommt, alles hin? Gesundheit, die schmeckt: Vitagold-Multivitamin-Saft. Hatte er auch Chips? Dieser, stand, er konnte es noch lesen, drauf, Qualitäts-Fruchtsaft wird durch Verwendung sonnengereifter, exotischer Früchte zum vollkommenen Geschmackserlebnis.

Soll ich, dachte, denn Mack war alles zuzutrauen, auf das Verfallsdatum schauen? Hier, sein Blick tastete unentschlossen herum, in dieser Wohnung, er konnte das sogar riechen, war viel zuviel: Zeitschriften, Schallplatten, große, schwarze Lautsprecher auf dem Teppichboden vor halbhohen Regalen, über denen, vergilbt, an den Wänden – Wahlkampfplakate? – hing, dort, ein alter Kamm, Mack so sehr an dem allen, daß er mußte an Carassa denken: Angst vor der Zeit?

»Mein System geht so: Ich nehm jedesmal 'nen andern

Jahrgang, also zum Beispiel 1987. Dann zieh ich die letzten beiden Zahlen, also 87, von den letzten drei Zahlen des Jahrgangs ab, den ich in der Woche davor hatte, also zum Beispiel bei 1978: 978.«

Das, er sah auf Macks Mund, ergäbe hier dann also 891. Diese drei Ziffern 8, 9 und 1 multipliziere er jeweils mit 52, denn so viele Wochenausgaben des Spiegel gebe es im Jahr mindestens, und teile sie durch 12, also die Monate. Dadurch, so Mack, sei sichergestellt, daß das, was er lese, nicht bloß auf Zufall beruhe.

* * *

Willkommen in der Hauptstadt! Denn dorthin führt Sie der zweite Hauptgewinn: Fünf Tage, die Sie nicht vergessen werden Sie, jagte es in ihm, dem exklusivsten Hotel Deutschlands, von Begriff zu Begriff, wohnen und erhalten, stand da, freien Eintritt zu der Verwirrung, die – wie soll man sonst sagen? – diese Flucht in ihm ausgelöst hatte, den Zusammenhang, dachte er und schaute hoch, wiederfinden!

Ich muß die Zeit, es war Nacht, still und leer, in dem riesigen Gewölbe schien sie, als ruhe eine große träge Masse darin aus, unendlich. Ende ist Anfang, Anfang Ende: in Bahnhöfen verbiegen sich Linien zu Kreisen. Das Zucken, schaute er hin, stammte von einer defekten Leuchtstoffröhre. Er schloß die Augen. Es mußte ja weitergehen. Dann, um zu lesen, senkte er den Kopf: zum erfolgreichsten Musical Deutschlands! Lachen Sie über Stella und Bobby, sprang sein Blick, erleben Sie einen aufregenden Tag in der Parteizentrale, an dem Sie erfahren werden, was das alles – war es wirklich eine Flucht? Oder, sah er hoch, nur ein Rauswurf?

Dann gehn Sie doch, hatte Mack gesagt, was er und sie, eine andere Möglichkeit sah er nicht, dann auch taten. Nachdem sie sich schon eingerichtet hatten! Auf dem Teppichboden mit zwei alten Gymnastikmatten, die er schaute sie an: War sie nicht müde? Verstand sie, warum sie Macks Wohnung so plötzlich verlassen mußten und jetzt hier, mitten in der Nacht, in diesem, sein Blick, lang sich ziehenden Gewölbe, fiel wieder nach unten. Und jetzt der Clou von allem: ein Frühstück mit dem Generalsekretär! Unten, ganz klein, stand noch: * bei Zuzahlung von 199 Euro.

Endlich! Endlich, schloß er die Augen, hatte er etwas getan. Das Falsche?

»Süßigkeiten! Sie haben bloß zu viele Süßigkeiten gegessen!«

Sie standen, um sich die Zähne zu putzen, zu zweit am Waschbecken, und Mack hatte wieder angefangen: der Niederschlag, die Umfrage wegen der Bücher, er ziehe, sagte, die Bürste noch im Mund, Mack, Büchern, besonders den schwierig geschriebenen, es da doch lieber vor dem Spiegel, sie standen ja vor dem Spiegel und sahen so, ohne einander ansehen zu müssen, sich selbst.

»Die Umfrage wegen der Bücher, die Tüte von C&A, das Krankenhaus – erlogen! Alles erlogen! Der Redner hat mir erzählt, wie's in Wahrheit war.«

Mack spuckte aus.

»Wie denn?«

Daß er – keine Rede von Germanistik! – die Schule abgebrochen und seine Mutter, der – von wegen arme Familie! – eines der wichtigsten Meinungsforschungsinstitute der Republik gehöre, ihn in die Parteizentrale gebracht habe, so wie Schill, obgleich kein Student, über die Studentenverbindung gekommen sei und überhaupt, das habe er inzwischen längst gemerkt, hier eine Hand, sank sein Blick, die andere, ins Becken, zu waschen scheint.

Dann, so, mit dem Schaum noch im Mund weiterzureden, war Unsinn, griff er zum Becher und gurgelte. Mack, das sah er aus dem Augenwinkel im Spiegel, stand wie festgefroren da. Jetzt – hätte er's vielleicht anders sagen sollen? – stellte er den Becher ab. Schonender, und daß er, aber das war doch klar, das nicht persönlich meine: Lügen! Lügen, immer wieder Lügen, rief, um das auch deutlich zu machen, er nochmals laut aus: Das schwarze Ei – ein einziges Lügengebäude! Von oben bis unten, alles erfunden und – Ändi zum Beispiel! Angefangen als Demonstrant und, wie das dann heiße, lieber Kerl, weil die anderen es genauso machten, und, nur um sich selber als Opfer sehen zu können, würden, sagte er und unterbrach, aufgeregt, sich selbst:

»In Wirklichkeit versteckt er Pornohefte in der Bücherei!«

Ob, bewegte Mack endlich den Mund, diese Verleumdung auch vom Redner stamme? Der Redner, er wolle ihm mal was erzählen, verbreite seit zwei Jahren alle möglichen Geschichten über die Kollegen. Angefangen habe das mit den Wahlen zum Betriebsrat, für den er, jeder wußte warum, kandidiert habe. Weil er nämlich geglaubt habe, vom Betriebsrat aus könne er verhindern, daß die Weihnachtsansprache nach draußen vergeben werde. Und, wer hat ihn gewählt? Niemand! Eine einzige Stimme: die eigne. Seitdem, und deshalb, nur deshalb habe er dieses schlimme Buch zu schreiben begonnen, erfinde, so die Wahrheit über den Redner, dieser ständig solche – Lügengeschichten? Von wegen! Er habe, unterbrach er Mack, doch mit eignen Augen gesehen, wie die Bibliothekarin – total entsetzt! – die Pornohefte gefunden habe. Außerdem: Wenn auch der Redner quasi mitlüge, so beweise das höchstens, daß es sich um keinen Einzelfall handele, sondern das schwarze Ei, wie schon gesagt, als solches bereits ein Lügengebäude darstelle.

Mack schwieg. Hatte er überhaupt begriffen, was gemeint war? Daß, fing er deshalb erneut an, Mack, anders als mit Ändi, längst nicht mehr mit dem Redner befreundet sei, sondern, und die Gründe dafür seien ihm ganz gleich, offenbar verfeindet –

»Und Sie?«

Mack sprach also wieder. Er überlegte: Meinte Mack seine Beziehung zum Redner? Ob er, aber das war doch kindisch, in dieser Auseinandersetzung mehr zu ihm, Mack, oder zum Redner halte? War es das, was Mack wissen wollte? Aber dann, das war grauenvoll, einfach grauenvoll, fing es an:

»Princeton, Schülersprecher, Bundespräsident! Für wie dumm«, Mack spuckte nochmals aus, »halten Sie uns eigentlich?«

Die Spucke, weiß und schaumig, er schaute hin, lag im Becken, und schob sich, alle, alle, hätten, daß da was nicht stimmt, gleich gemerkt, erst langsam, sie war ja zäh, dann, erst mal ins Rutschen gekommen, immer schneller, alle, außer Glöckner, der, was Sie nie begriffen haben, von allen der ehrlichste ist, und sich so was gar nicht vorstellen kann, daß, die Spucke bremste plötzlich ab, jemand, nur um die Stelle, kurz vor dem Abfluß, zu bekommen, sich derart verleugnet, daß er sogar ein fremdes Foto benutzt. Sie war schon, so ein armes Schwein, habe er sich gedacht, fast drin gewesen, als, aus physikalischen Gründen, nur weil, hing, bevor sie, die Spucke, endgültig in einem der Abgußlöcher verschwand, nur weil, wiederholte Mack, Sie, wofür Sie ja gar nichts können, keine solche Mutter hatten wie ich, sind Sie chancenlos gewesen und haben, vielleicht, wer weiß, von Freunden geliehen, wie ja dann auch von mir, ihr letztes Geld ausgegeben, um es der Sekretärin, ohne die, darüber seien sich alle im klaren, eine so weit angelegte Täuschungshandlung gar nicht gelingen konnte, anzubieten, und die, selber ohne feste Anstellung, es aus Verzweiflung, vielleicht auch aus Mitleid, vermutlich angenommen habe.

Ob er, fuhr, da er schwieg, Mack fort, denn hätte besser zu ihm sagen sollen, gut ja, Sie haben vielleicht Geschichte studiert und sind auch sonst wie was weiß ich gebildet, aber hier, in der Realität, kommt es leider auf was ganz andres an: Daß, aber das ham Sie ja inzwischen selbst rausgekriegt, sonst hättn Sie sich das mit dem Bundespräsidenten und Princeton nicht ausgedacht, man einen, wie soll ich sagen, bestimmten Eindruck machen müsse.

Aus der Ferne, gleich kommt er, ein Geräusch: Er wird einfahren, seine Türen springen auf, und wir steigen ein. Er sah auf das Plakat, das, jenseits der Schienen, vor ihnen hing. Ausdruck Ihrer Persönlichkeit: der neue BMW X 5 mit xDrive! Warum, seine Augen glitten ab, tut es so weh? Warum? Wenn ich doch, und alles andre wäre unlogisch, ohnehin immer nur bin, was ich bin doch, auch wenn ich mir selbst ins Gesicht schaue, Sehen, immer nur Sehen, was, der neue BMW X 5, jederzeit, als sei das unendlich viel, geschieht.

* * *

Die Marionetten!

Eine hatte, was komisch aussah, einen ausgeschlagnen Zahn, der, indem er nicht existierte, dem Gesicht Charakter gab. War der Zahn also da, ohne zu existieren? Die andere – eine Art Kasper? – trug, lachend, eine karierte Schirmmütze, welche, weil sie schief saß, falls keinen sonstigen Sinn, dann jedenfalls den Ausdruck einer Lebenshaltung hervorzubringen schien. Welche, fragte er sich, als sie erneut in ihre schäbige, unmodische Ledertasche griff, Gründe veranlaßten sie, ihr Land zu verlassen? Wie kam sie in jene Wohnung? Warum wollte Simsek diese, sie zog eine dritte heraus, Marionetten, begriff er, hatten, obgleich aus totem Holz, Leben:

Augen, Münder, Nasen, die, was keine Menschenleiche vermag, durch Form allein, indem, wer sie ansah, wirklich ansah, lebte in der Gewißheit, daß er etwas – was? – fühlte, was, das Gegenteil wäre Nichts, wahr war.

Die Stützle-Blissier! Ihr Lächeln, der Mund trocken, klein, verströmte, so man sie wahrnahm, Gefahr, und um die Augen, über den schmalen Lippen, als habe sich ein verpfuschtes Leben dort eingekrallt und lasse nie mehr los – die Stützle, kein Zweifel, dachte er, als er sie sah, wie sie leibt und lebt. Nur die Frisur, und solche gestickten weißen Blusen trägt man heute nicht mehr, aber sonst glich – oder irrte er sich? – diese Marionette seinem Eindruck nach war auch diejenige, die sie inzwischen hielt sie einen kleinen, glatzköpfigen Mann in der Hand: Mack! Das war Mack!

»Komm zurück!«

Er trug, drollig genug, seine Lebensrolle, das Existenzdiagramm unterm Arm, und war wohl – Feldherr? Architekt? Und die Stützle – alte Jungfer? Diese Marionetten, mindestens hundert Jahre alt, abgestoßen, aber in ihren Formen und Farben noch voller Leuchtkraft, erhalten ihren Sinn erst aus dem Stück, für das, vielleicht in Tschechien, vielleicht in Tschetschenien, sie geschnitzt worden waren. Hatte, da stand ein Junge, sie die Marionetten geerbt?

»Komm sofort zurück!«

Als lauerten Gefahren, so vorsichtig tastete er über den Architekten, griff, da alles ihm zulachte, nach dem mit der Mütze und zeigte dem Vater, der hatte sich schon erhoben, die Beute. Er, der Vater, setzte, nachdem er, was den Jungen angezogen, die Marionetten, sah, lächelnd – für wen? – sich wieder.

»Wann? Um 11 Uhr 28!«

Ein Mann, irgendwo da hinten, telefonierte. Er drehte, um nicht zu hören, den Kopf zur Scheibe: Felder, Wiesen, Wälder flogen vorüber. Draußen, gibt es das? Dann wird es jedenfalls vom Zug, dem rasenden, und allem, was in ihm ist, ignoriert. Auf ihrem Schoß, er schaute hin, lag jetzt eine Figur, ganz in Schwarz, die – der Redner? – einen Zylinder trug. Heutzutage, dachte er, tragen nur noch Totengräber solche Zylinder.

Wie kam es, daß diese Marionetten, aus einer andern Zeit, von einem fremden Ort, ihn dennoch erinnern konnten? An was, er dachte nach und drehte sich zum Fenster, sich festhalten? Kindheit: Straßen, Schilder, Autos – wie frei geworfnes Spielzeug raste das, was ist, draußen, nicht drinnen, vorbei. Und genauso schnell wie der Zug, wie ich für das, was, Bäume, Menschen, Häuser, draußen ist, bin, ist, was drinnen ist – ich?

»Bring die zurück!«

Wohin fuhren sie? Er sah, der Vater sprach auf ihn ein, hinüber, und wirklich, der Junge, dieses Mal noch gehorchte er, brachte ihn wieder: Glöckner? War das, ein Gärtner mit rotem Kopf und Adern, die, an der Schläfe, am Hals, wie pralle, grünliche Würmer sich wanden, nicht Glöckner?

Noch einmal, als seien ihre Möglichkeiten unbegrenzt, griff sie in die schäbige, abgewetzte Tasche. Wen würde sie herausziehen? Eine Frau? Einen Mann? Ein Krokodil? Für welches Spiel waren sie, die Marionetten, gemacht? Oder war, was gespielt werden konnte, hing ja umgekehrt davon ab, welche Marionetten es – Hiebe? Er schaute auf. Hatten sie Hiebe gesagt? An einem Tisch, die beiden in Grün, schräg vorn, vielleicht Jägerinnen, diskutierten über – Liebe? Hatten sie Liebe gesagt? Er, vergeblich, versuchte die Worte, ihre, andre, verschwanden, und sein Blick fiel zurück auf die neu herausgezogene Marionette: Sie hatte, was verwirrte, in jeder Hand, winzig, süß, ihrerseits winzige Marionetten, die aussahen wie, er schaute auf die andern Marionetten, und dann, sie lächelte, ihr in die Augen. Wer war sie? Wo kam sie her? Mit ihr leben? Mit ihr reisen? Als Marionettenspieler? War das, und plötzlich erkannte er, eine Möglichkeit, indem er furchtlos, zum ersten Mal, in sie, diese Augen, hineinsah, wirklich hineinsah: sich selbst?

Reisen, ich, als Marionettenspieler?!

Aber kann ich denn da, wieder, die Lider fielen, spürte er die Angst und sah, weil diese, die Angst, auch Bilder erweckt, den Mann auf der Bank, spuckend, rollte der das Papier, aus dessen Enden, zerrissen in Fäden, der Tabak quoll:

»Machen wir uns nichts vor, dem Menschen kommt nur eine symbolische Bedeutung zu.«

Dann, die Augen öffnend, sah er sie wieder an. Wie leicht das war, sie saß ja, die Marionetten in der Hand, direkt neben ihm. Er griff, sie zu fühlen, danach und sah wieder, drüben, den Jungen, dem der Vater, ungeduldig, genervt, schwer zu erkennen was aus den Händen wand. Den Marionettenspieler? Das darf er nicht!

Wer? Der Junge? Der Vater? Ich, den Bann brechen, die Schale zerschlagen, werde es tun! Diese Schale, hart, in sich rund, wie von Innen das Ei, dunkel und wärmend, sie, diese Mauer aus Scham und Gewohnheit durchbrechen, um zu sehn, was ist, wirklich ist: sie, die rasende Landschaft, die, so sprang, erst langsam, dann schnell, immer schneller, wie ein Gedanke, zwischen draußen und drinnen sein Blick hin und her, bis Landschaft, Scheibe, Augen verschwinden, und die reine Aufmerksamkeit, leer, den Raum, winzig kurz, durchbricht, vielleicht auch die Zeit.

»Die Fahrscheine bitte!«

Er, sich wieder drehend, sah nach ihr. Also existiert sie! Kein Traum, er wollte ihr gerade, als plötzlich, niemand dachte dran, ein Schlag, der die Luft preßte, das Licht verlöschte und, für einen winzigen Moment, alles wieder aufzuhören schien, bevor alle, bloß ein Tunnel, zu verstehen glaubten und sogar – »die Fahrscheine bitte!« – die Stimme des Schaffners nochmals erklingt, so daß schon alle dachten, hier ist es – der Anfang, das Ende – wie vorher, bis dann aber nochmals, stärker als zuvor, ein Schlag, der preßte: Ein Gegenzug! Drinnen? Draußen? Wahnsinn der Geschwindigkeit, die, indem sie ihn überwindet, ihn, den Raum, wie Denken Grenzen, erst erzeugt: Wer bin ich? Was will ich? Was kann ich? Licht! Und er sah die Lüge vom Drinnen und Draußen; Wachsein heißt Träumen, drinnen ist draußen, denn es gibt nur eine Welt, die lebt, wie ich durch sie, durch mich, und bliebe, ohne dich, tot und leer, ohne Zeit, ohne Raum, wie Worte bloß, in einem ungelesenen Buch.

Heiko Michael Hartmann
im Carl Hanser Verlag

Unterm Bett
Roman
2000. 224 Seiten

»Ein intelligent gemachter und hoch amüsanter Roman über den deutschen Beamten, wie er leibt und lebt. Bei Heiko Michael Hartmann sind Leichtigkeit und Ernsthaftigkeit verquickt. Dieses Buch setzt Maßstäbe.«

Dirk Knipphals, *Tageszeitung*

»Seine Sprache ist voller Sarkasmen, voller Schmerz und voller existentieller Leidenschaft. *Unterm Bett* ist eine überraschende Analyse der Macht als eines absurden Verwaltungsapparates.«

Jörg Magenau, *Frankfurter Allgemeine Zeitung*

MOI
Roman
1997. 192 Seiten

»Der erste Roman von Heiko Michael Hartmann ragt heraus. Er ist dramaturgisch gekonnt und geradezu meisterhaft im Einsatz seiner Sprache. Er ist auf jeder Seite interessant. Er ist hochkonzentriert. Er ist egozentrisch, aber nicht unpolitisch. Und er ist enorm witzig.«

Elke Schmitter, *Die Weltwoche*

»In seiner physischen Direktheit und pathologischen Brutalität hält sich die grelle Komik des Romans stets auf der Seite eines kalten analytischen Blicks, die Sprache bleibt auf der Spur des Seziermessers. Schneiden tut weh.«

Stephan Krass, *Neue Zürcher Zeitung*

»Einer der bemerkenswertesten deutschen Debütromane!«

Uwe Pralle, *Frankfurter Rundschau*

Deutschsprachige Literatur im Carl Hanser Verlag

Lars Brandt
Andenken
2006. 160 Seiten

»Lars Brandt schildert das Zusammentreffen zweier Menschen so fein nuanciert, offensichtlich um Gerechtigkeit bemüht und gleichzeitig mit dem Mut zum ins Absolute gehobenen Detail, daß man diese Prosa außerordentlich schätzen wird.«

Tilman Spreckelsen, *Frankfurter Allgemeine Zeitung*

»Eine Andenkensammlung, ohne daß eines der ausgestellten Erinnerungsstücke je kitschig würde. Ein Kunststück. Und kein kleines!«

Max Hermann, *Die Welt*

»Ein intensives, kluges, luzides Buch über eine Vater-Sohn-Beziehung der außergewöhnlichen und doch nicht ungewöhnlichen Art.«

Cathrin Kahlweit, *Süddeutsche Zeitung*

Arno Geiger
Es geht uns gut
Roman
2005. 392 Seiten

»Mit verbüffender Feinfühligkeit macht Arno Geiger seine Gestalten lebendig und glaubhaft. Mit meisterhafter Beiläufigkeit erzählt er Privates und Historisches, aus der Epoche der Väter und Großväter mit ebensolcher Sensibilität wie aus neuerer Zeit, unscheinbare Details, die erst durch den Wortwitz ihren Glanz bekommen... Ein großer Roman!«

Franz Haas, *Neue Zürcher Zeitung*

»Ein großartiger Familienroman! *Es geht uns gut* gehört zum Bemerkenswertesten, was zur Zeit in der Literatur deutscher Sprache zu lesen ist.«

Volker Hage, *Der Spiegel*

»Geiger versteht es wie wenige deutschsprachige Autoren, Dialoge zu schreiben und Figuren, vor allem Frauenfiguren, zu charakterisieren. Es ist ein melancholisch-melodisch dahinfließendes Buch, in seinem Dahinfließen geheimnisvoll wie die Zeit – ein Buch der Verzauberung und Verführung zum Leben.«

Stefan Gmünder, *Der Standard*

»Arno Geigers großer österreichischer Familien- und Geschichtsroman jenseits nostalgischer Klischees ... ein Werk von Einfühlungsgabe, Sprachkraft und Intelligenz.«

Tilman Krause, *Die Welt*

Reinhard Jirgl
Abtrünnig
Roman aus der nervösen Zeit
2005. 544 Seiten

»Der Berliner Autor Reinhard Jirgl geht höchst kunstvoll aufs Ganze und überragt mit *Abtrünnig. Roman aus der nervösen Zeit* die Konkurrenz um Längen … der stärkste neue deutschsprachige Roman weit und breit.«

Heinrich Vogler, *Der Bund*

»Jirgls Geschichten halten keinen metaphyischen Trost bereit, der das Unerträgliche erträglicher macht. Für dieses seltene Buch ist Reinhard Jirgl kürzlich der Bremer Literaturpreis verliehen worden.«

Jürgen Verdofsky, *Stuttgarter Zeitung*

»Wortgewaltig und wortspielerisch … Es gibt keinen deutschsprachigen Roman, der so entschieden und furios an sämtlichen Voraussetzungen unserer Konsensgesellschaft zweifelt.«

Iris Radisch, *Die Zeit*

»Reinhard Jirgls Romane bilden eine eigene Welt. Eigensinnig sind sie in der Interpunktion, kühn in der Wortakrobatik, unerbittlich in ihrem Blick auf Gegenwart und Vergangenheit … Hier hat die Prosa jene messerscharfe Klarheit, die Jirgls Schreiben auszeichnet.«

Cristina Nord, *taz*